La Mansión del Doctor

La Mansión del Doctor

Heather Quinto

TruRealm Media
www.trurealmmedia.com

La Mansión del Doctor

Esta es una traducción directa del libro "The Doctor's Estate".
El texto de este libro está ambientado en Saratoga Springs, NY, en el año 2019.

Publicado por TruRealm Media

2757 Sussex Ave. Clovis, CA 93611

ISBN: 978-0-578-70451-7

Nota del autor

Heather Quinto es una nativa americana yaqui, que reside en Fresno, California, con su compañero de vida y muchos gatos. Tiene una licenciatura en Escritura Creativa / Inglés con especialización en Mercadeo de la Universidad Southern New Hampshire. Ella es la autora de la novela paranormal / fantasía, *Inhuman*, y un cuento espiritual / romance titulado *In Love and Death*. Ayudó a escribir *The Doctor's Estate* con Jesús Martínez, quien fue el creador de la historia.

Heather siempre tuvo un fuerte impulso de escribir y crear historias imaginativas, desde que podía tomar un lápiz. Comenzó dibujando libros ilustrados cuando tenía cuatro años y a escribir cuentos cuando tenía ocho años. La principal inspiración de Heather detrás de la escritura es ser capaz de dejar el mayor impacto en quien toma uno de sus libros, desafiando a sus lectores a pensar de manera diferente. Como escritora, Heather se esfuerza por agregar temas ocultos dentro de sus libros y capas de simbolismo en la trama y los personajes para agregar una narración más sabrosa. Puedes leer y releer una de sus novelas y encontrar una perspectiva completamente nueva de la historia cada vez.

"Escribir es una herramienta poderosa. Todo lo que necesito es un lápiz y papel, y puedo cambiar el mundo ". -Heather Quinto

Expresiones de gratitud

Las siguientes personas han contribuido con su tiempo y conocimiento para ayudar a que este libro sea lo mejor posible. Un agradecimiento especial a Joshua D'Andrea por su inspiración creativa para el escenario oscuro de esta historia. Gracias a Sam D'Andrea por su talento artístico en el diseño de los símbolos rituales de la historia. Y, gracias a Valentina Larrada Arévalo por corregir esta versión traducida.

Capítulo uno

Eventos recurrentes

Vi a la mujer acelerar rápidamente por los escalones, mientras levantaba su vestido. Un fuerte rugido sacudió la casa cuando un hombre, que no podía ver, hizo otro disparo. Ella gritó mientras abría la puerta principal, y la seguí de cerca, incapaz de hacer otra cosa que ver cómo todo se desarrollaba. La delgada puerta de malla golpeó contra las paredes con paneles de la casa. Era como si yo también pudiera sentir la punzada aguda que irradiaba su cráneo cuando el hombre agarró un puñado de su cabello y tiró de ella hacia atrás.

Su espalda golpeó el barro húmedo. Su cabello crespo, ahora mojado, se extendía frente a su cara como una cuerda. Ella levantó su falda mientras intentaba desesperadamente ponerse de pie. "Howard, por favor ", la escuché rogar. "¿Qué te ha pasado? Soy yo. ¡Soy Lavinia!" Sus botas resbalaron sobre el barro, y la suela gruesa y endurecida del zapato del hombre se plantó sobre su espalda, haciendo que se estrellara contra el suelo nuevamente. Se dio

1

vuelta sobre su espalda, exhausta por su pelea. "¡Howard, este no eres tú!"

"¿Dónde está el cuaderno?", demandó él. Sus ojos, antes azules, se habían vuelto negros. Le apuntó con una pistola de 45 milímetros y levantó el seguro. "Dónde. Está. El cuaderno".

Las lágrimas cayeron por sus mejillas, manchando su rostro con el color de su máscara. "Howard, sé que estás ahí. ¡Por favor, debes luchar contra esto!". Me dolía el corazón por esta mujer que no conocía.

Un fuerte golpe resonó en el aire.

Lavinia, con dificultad para respirar, miró su abdomen, del que ahora fluía un espeso líquido rojo. Empapó su vestido, decolorando el púrpura. Ella se recostó y tosió. La sangre burbujeó cuando mi cuerpo también vibró de dolor. Era como si ella y yo estuviéramos conectados en este mismo momento. Howard, con una cara tan fría como la piedra, pisó el cuerpo de Lavinia y apretó el gatillo por última vez directamente a la cabeza.

"Voy a encontrar la maldita cosa yo mismo", dijo y escupió sobre el cuerpo inmóvil.

Me desperté en la cama mientras jadeaba. Me agarré a las sábanas empapadas y me limpié el sudor frío de los ojos. Era la tercera vez esta semana que tenía este sueño, y no tenía idea de por qué.

Me quité las mantas y caminé hacia mi baño para prepararme para el trabajo. Desde que me mudé a esta casa, me ha perseguido la misma pesadilla casi todas las noches. Cada vez me despertaba sudando frío. Anoté en mi bloc de papel, que dejé en mi mesita de noche, que debía comprar algunos pares de sábanas. Era molesto tener que lavar las mismas sábanas todas las mañanas por el sudor.

Abrí el grifo y me eché agua fría a la cara. Fue refrescante y abrió mis poros para despertarme. Mojé el peine antes de cepillarme el pelo liso y castaño. Mi cabello era más largo en la parte superior que en los costados, y el peluquero me lo cortó de esta manera, para poder voltear mi cabello hacia atrás, que estaba de moda. Extrañaba tener mi barba, pero al estar donde trabajaba, requerían que estuvieras afeitado.

Me vestí con mi uniforme púrpura. La mayoría de los hombres no usarían colores tan femeninos, pero disfruté demostrando que estaban equivocados. Puedes usar rosa y ser varonil. Los músculos en mis brazos eran prueba suficiente. Cuando bajé las escaleras, el gruñido del piso de madera desgastado me recordó que necesitaba ser reemplazado. Esta casa fue construida a principios de mil novecientos, por lo que tenía sentido que se tratara de mejoras.

Cuando llegué a la cocina, preparé mi típico batido de proteínas con un poco de espinacas mezcladas. La proteína me ayudó a desarrollar mis músculos. Tomé una nota en un bloc diferente, puesto en mi refrigerador para configurar el gimnasio de mi casa. Tomé mi batido mañanero mientras me dirigía al trabajo. Hoy sería un buen día. Al menos eso me decía todos los días. Mi madre siempre me dijo que tu día es lo que hiciste de él.

En el trabajo, me agarré con fuerza a los mangos de plástico de la silla de ruedas del sr. Walters, mientras lo empujaba constantemente por los pasillos del centro de enfermería especializada, o lo que llamamos "CEE". Una de sus ruedas rotas chirriaba al vidriarse sobre los pisos de linóleo. Tuve que encorvarme para alcanzar las manijas de la silla de ruedas, lo que dejó mis hombros curvados en un ángulo incómodo. Quería conversar con mis pacientes como siempre lo hacía. Descubrí que les ayuda a levantarles el ánimo. "¿Ganó en el bingo de hoy?", pregunté.

La voz áspera del señor Walters siempre me consuela, como un hombre cuyas palabras podrían dar consejos infiltrantes cuando más lo necesitabas. "No, Ted. No gané. Esa maldita Rochela me atrapó de nuevo. Juro que hace trampa".

Me reí. Lo dice todos los días. Siempre fue alguien que estaba haciendo trampa. La iluminación fluorescente que golpeó el piso de color hizo que la instalación pareciera estar bien mantenida. Soy un fanático de la limpieza, así como de la organización.

"¿Quiere que la informe?", ofrecí en broma. "Puedo ver si puedo encontrar una carta ganadora".

El señor Walters meneó el dedo. "Sí, sí. Haz eso", comenzó a susurrar, lo que me hizo esforzarme por escucharlo. "Y colócate otro pudín de tapioca mientras lo haces".

Solté otra carcajada mientras empujaba al sr. Walters a su habitación. "Me aseguraré de hacer eso, señor". Presioné los trozos de plástico en las ruedas traseras para mantener la silla de ruedas en su lugar. Girándome para mirar al hombre, dije: "¿está listo para intentarlo hoy por su cuenta? ¿O quiere ayuda?".

El sr. Walters chasqueó sus arrugados labios. Su barbilla puntiaguda sobresalió más después de haber obtenido su dentadura. Agitó su mano despectivamente. "No, no. Tengo esto". Le temblaban las manos mientras las movía a los lados de la silla, y lentamente se levantó. Siempre me aseguraba de estar a su lado y tomar una postura lista para atraparlo en cualquier momento.

El terco hombre arrastró los pies por el suelo y se agarró a la ropa de cama cuando lo alcanzó. Le quité las mantas y se metió en la cama mientras yo colocaba las almohadas como le gustaba.

"Eres un buen niño, hijo", me dijo. Su mano temblorosa me palmeó el brazo. "Ya no están hechos como tú".

Agarré la bandeja de comida que esperaba pacientemente en la mesita de noche. Los músculos de mis mejillas se tensaban a medida que mi sonrisa crecía.

"Gracias, señor. Fueron mis padres". Coloqué la bandeja en el regazo del sr. Walters.

"¿Cómo está tu mamá?"

Me mordí la mejilla y tragué antes de forzar una sonrisa. "Tan bien como puede estar".

El señor Walters frunció el ceño. "Es una pena terminar así. Sin recordar quiénes son tus hijos. Lo siento por ti, muchacho".

"Gracias, señor". Suspiré y señalé las dos tazas de pudín de tapioca. "Le conseguí uno extra". Le guiñé un ojo antes de salir de la habitación.

Revisé el reloj en mi muñeca: eran casi las cinco en punto, lo que significaba que sería hora de salir pronto. Me dirigí hacia el vestuario de empleados, que estaba hacia el vestíbulo delantero por el pasillo a la izquierda. Mientras caminaba por el vestíbulo, vi a las otras enfermeras preocupadas por la televisión. Mi curiosidad se despertó, así que me acerqué a ellos, pasé por las hileras de sillas y sofás y miré hacia la pantalla, que colgaba en la esquina de la habitación. "¿Qué está pasando?", pregunté.

Mi compañero de trabajo, Ben, respondió: "otro hombre sin hogar y con enfermedades mentales desapareció". Levantó la vista hacia el televisor con la mano cubriendo su boca. "Es una pena, ya sabes. Ojalá pudiéramos asimilarlos a todos", volvió a decir. "Seguirá ocurriendo. ¿Qué pensaron que pasaría después de que aprobaron esa ley hace unos años? Causó la liberación de un grupo de personas con discapacidad mental que no podían permitirse el lujo de estar en sus hogares".

"Lo sé. Ha estado pasando en los últimos ocho años, pero ahora es cada vez peor. Parece que hay más personas secuestradas que el año pasado". El acento sureño de Christina siempre hacía que mis mejillas se calentaran, e hice todo lo posible por ocultarlo frotándome la cara. "Está mal que si ya 'no tiene seguro, ya' y acaba en la calle. Alguien los ha estado recogiendo y haciéndoles cosas inimaginables", dijo ella. "Y pensaron que los primeros secuestradores de hace ocho años no estaban conectados con los de hoy". Christina se volvió hacia mí y su rostro se iluminó con una sonrisa. "Hola, Ted". Extendió su brazo y juguetonamente me golpeó en el brazo. "¿Casi terminas con tu turno, cariño?"

Tragué saliva y mis nervios revolotearon en mi estómago ante el pequeño contacto. Ella siempre me hizo sentir así. Asentí mientras trataba de no sonreír demasiado ansiosamente. No quiero parecer desesperado por ella. "Sí, estoy a punto de salir y volver a casa". Ahora es momento de partir, Ted. Sé casual. Saludé a todos antes de darme la vuelta y dirigirme hacia el área de vestuarios.

Cuando dejé el trabajo, el tono de mi celular sonó en mi mochila azul Jan Sport. El identificador de llamadas decía que era mi papá. Solté un fuerte suspiro antes de responder: "¿Qué pasa, papá?".

El tono tembloroso de la voz de mi padre me hizo enderezar mi postura alarmado. "Es tu madre".

Mi pecho se contrajo y mis pies se convirtieron en plomo. "¿Qué le pasó?¿Dónde está?¿Se encuentra bien?". Cada pregunta salió más rápido que la anterior.

"Ella está bien. Ella está ... bien ".

"¡Maldita sea, papá! ¿Dónde está ella? No puedes simplemente iniciar llamadas como esta".

"Lo sé. Lo siento. Yo solo ...". Hizo una pausa, y estuve a punto de gritar por teléfono para obtener una respuesta. "Estamos en el hospital".

Balanceé mi mochila sobre mi hombro y la cargué hacia la salida. "¿Qué hospital?"

"El de tu ciudad. Ella escapó de nuevo".

Abrí mi auto y las bisagras de metal oxidado rechinaron. El chirrido del motor me hizo darme cuenta de que necesitaba un auto nuevo. No era que no pudiera pagar uno, pero este fue mi primer vehículo. Me aseguré de cuidarlo bien, y no pude separarme de él. Suspiré mientras me abrochaba el cinturón. "Papá, debes vigilarla mejor. Especialmente ahora que personas como ella están desaparecidas. Podría haber sido recogida por un extraño. Voy en camino". Cerré la puerta de golpe.

"Lo sé. Lo siento. Yo solo..".

"Dije que estoy en camino". Colgué abruptamente antes de arrancar.

7

Cuando entré en el hospital, corrí a la habitación de mi madre y la encontré debajo de unas sábanas jugando con el control remoto que controlaba la cama. A pesar de que la televisión estaba encendida, estaba completamente absorta en las funciones del control remoto. Ella presionaría un botón y sus labios se curvarían de emoción. Entonces presionó y miró a su marido con temor. No pude evitar sonreír, tanto por el alivio como por la recién descubierta inocencia de mi madre. Su cabello largo y canoso brillaba donde los mechones plateados eran golpeados por la luz fluorescente.

"Mamá", respiré mientras me dirigía hacia ella. Dejé caer la mochila al suelo, me arrodillé junto a su cama y tomé su mano. "¿Cómo estás?".

"Oh, estoy bien", dijo alegremente. La piel alrededor de sus labios estaba muy arrugada, y había arrugas alrededor de sus ojos por todos los años de felicidad. "Desearía que tuvieran mejor comida. Quiero un poco de pizza. No quiero esa comida allí". Hizo un gesto hacia su plato con un movimiento de su mano.

Hice una mueca. "Escuché que te fuiste de aventura hoy, mamá".

Ella continuó presionando los botones del control remoto. "Oh, sí. Parker necesitaba ir a la tienda, así que me ofrecí a llevarlo".

Mi ceño se frunció y miré a mi padre que estaba detrás de mí. Todo lo que hizo mi padre fue encogerse de hombros. Sus anteojos se hundieron un poco en la parte inferior de su nariz, y usó sus dedos para empujarlos hacia arriba. Volví mi atención a ella. "¿Quién es Parker, mamá?".

"El joven que vive calle abajo de nosotros. ¿No te acuerdas? Solías..".. Ella se apagó y miró la pared de enfrente. "Solías.... Solías...". Parpadeó y fue como si volviera a la realidad. La respiración se me detuvo en la garganta. Ella me miró y su vieja sonrisa regresó, la que crecí viendo. Esa sonrisa podría calentar cualquier habitación en la que estuviera. "Mi niño", dijo. "Viniste a verme".

Apreté mi agarre en su mano. "Eso hice, mamá. ¿Cómo estás?".

"Oh, no sé", colocó el control remoto a un lado de la cama. "Estaba terriblemente deshidratada cuando me encontraron y bastante fatigada, por eso me mantienen aquí durante la noche. Quieren asegurarse de que no empeore. Yo solo desearía saber por qué estaba en ese bosque. Yo creo, pero..".. Ella sacudió la cabeza. "Parece poco importante ahora y muy lejos".

"Papá necesita vigilarte mejor".

Los ojos color avellana de mi madre brillaron intensamente. "Oh, Ted. Sé más suave con él, ¿quieres? Está haciendo lo mejor que puede". Ella puso una mano en mi mejilla, y ese pequeño toque, sin importar la edad que tuviera, siempre traía una oleada de consuelo. "Y es lo suficientemente bueno, ¿de acuerdo? Preocúpate por ti y tu vida. Papá y yo podemos manejarnos solos".

Presioné mis labios con fuerza. "De acuerdo, mamá". Sabía que no debía discutir con ella.

"Tal vez deberíamos alejarnos de las montañas y acercarnos a Saratoga Springs", dijo radiante. "Estaría más cerca de ti".

Le di unas palmaditas en la mano antes de ponerme de pie y acercarme a mi padre. Su cabeza medio calva me hizo sentir temeroso de empezar a perder el cabello a los cuarenta años como él. Estaba a solo diez años de ese destino. "¿Le has estado dando el medicamento que le recetó el médico?". Susurré severamente.

Mi padre estaba parado allí con las manos en los bolsillos de su rompevientos. "Sí, le he estado dando a Patricia su dosis tres veces al día, según las instrucciones del médico".

Apreté mi lengua contra mis dientes mientras apartaba la vista de los ojos de mi padre.

"Simplemente no funcionan", dijo.

Mi voz se elevó. "¿Qué quieres decir con que no funcionan?". Ambos miramos a mi mamá. Cuando no dirigió su atención hacia nosotros y la mantuvo en la pantalla del televisor, bajé el tono. Con los dientes saludados, dije: "Es medicina. Se supone que debe hacer lo que se prescribe". Mi padre extendió los brazos en defensa, pero antes de que pudiera hablar, le dije: "Y si no es así, tienes que decirle al médico, para que pueda aumentar la dosis o cambiar la receta".

"Hijo, estamos haciendo todo lo que podemos".

Miré a mi madre. "Sí, bueno, no parece que sea suficiente". Lo enfrenté nuevamente. "Si no la cuidas mejor, lo haré yo". Me acerqué a mi madre para despedirme, agachándome para besarle la frente. Mi alta estatura hizo que apenas pudiera levantar su brazo para acariciar mi hombro.

Al día siguiente en el trabajo, me resultó difícil concentrarme. Primero, olvidé registrarme y perdí algo de tiempo de trabajo, y luego cometí un error en la orden de medicamentos de un paciente. Estaba caminando penosamente por el pasillo cuando la voz de Ben me devolvió a la realidad. "Olvidaste cambiar la cama de la señora Sal como dijiste que lo harías", dijo Ben. "¿Estás bien?". Su frente se frunció en preocupación. Parpadeé. "Sí, por supuesto". Sacudí la cabeza para que mi cerebro volviera a funcionar, como quien golpea el televisor para obtener una mejor conexión. "Voy a hacerlo".

Aceleré el paso mientras cruzaba el pasillo hacia la habitación de la señora Sal. Puse una gran sonrisa cuando entré, para ocultar mi mirada aturdida. "Hola, señorita. ¿Cómo está hoy?"

La señora Sal se rió de mí por llamarla "señorita". "Eres otra cosa, muchacho". La sra. Sal era una mujer fuerte y también era rica en espíritu. Siempre disfruté verla. Terminó de beber su jugo de naranja. "Aquí, toma esto por mí, ¿bueno?"

"Sí, señora", le dije con entusiasmo. Recogí la cuna de la señora Sal y la saqué de la habitación junto con la taza vacía. Me propuse conocer todos los horarios de mis pacientes como el dorso de mi mano, así que sabía que la sra. Sal vendría a buscar su medicina en cualquier momento. Tenía que tomarlo después de cada comida, y recientemente estaba postrada en cama debido a su mala cadera. A pesar de tener un andador, por su expresión dolorosa me di cuenta de lo difícil que era para ella moverse. Me encargué de entregarle su medicina.

Cuando entré en su habitación, estaba a punto de levantarse de la cama. Ella gimió de dolor y corrí en su ayuda. "Señora Sal, acuéstese".

Ella resopló mientras, de mala gana, me dejaba recostarla contra las almohadas. "Necesito mi medicina".

"Lo sé. La tengo para usted", dije mientras se la daba con una taza de agua.

"Bendito tu corazón, muchacho", dijo. Su respiración todavía era dificultosa por el dolor. "¿Quiere algo más?", ofrecí. Ella me miro. "Un poco de ron estaría bien". Eso me hizo reír. "Estaba pensando más en el departamento de alimentos. Puedo deslizarle uno de sus platos favoritos. Sé que le gustan las albóndigas". "Por supuesto. Sí, las disfruto". Tomó su medicina y me entregó el vaso de plástico vacío. "Sí, cuando tengas tiempo, claro. No creas que no te veo corriendo por estos pasillos como un loco". Me señaló. "Estás trabajando muy duro. ¿Cuánto te pagan, eh?".

Esbocé una amplia sonrisa. "Más que suficiente".

"Bueno". Ella puso los ojos en blanco y dirigió su atención a la pantalla de televisión.

Antes de irme, le pregunté: "¿Quiere que ajuste el aire acondicionado aquí o está cómoda?"

La señora Sal me saludó con la mano. "Estoy bien, muchacho. Sigue trabajando". Su carcajada hizo eco en los pasillos cuando me fui para atender a otro paciente.

Después de unos minutos de verificar a mis personas asignadas y administrar medicamentos, me metí en el ritmo de las cosas una vez más. Sin embargo, el deterioro de la salud de mi madre golpeó la parte posterior de mi cráneo como un pinchazo interminable.

Fue esta razón precisa por la que compré esa casa en primer lugar. Incluso había usado las computadoras en el CEE durante mi almuerzo para encontrar listados de casas en la ciudad. No creí ni por un segundo que mi padre pudiera cuidar a mi madre. Al menos no a mi nivel de atención. Esa no fue la primera vez que la enviaron al hospital por huir, y parecía estar empeorando. Hace un mes, me encargué de encontrar un hogar donde mis padres pudieran vivir. De esta manera, podría vigilarla mejor.

Las casas de la zona eran caras, pero llevaba años ahorrando. Aprendí de los errores de mi padre mientras crecía y tuve siempre una cuenta de ahorros para emergencias y gastos adicionales. A pesar de tener más que suficiente para el pago inicial de una casa decente, cada hogar en el área era muy caro.

Comencé a pensar que podría tener que mudarme de la ciudad mientras escaneaba los listados. Eso fue hasta que encontré una propiedad con una casa de dos pisos por poco más de doscientos mil dólares. Había releído el precio con incredulidad. Para mí, no había forma de que una casa de cinco dormitorios con tres baños y un sótano costara tan poco. Especialmente no en una ciudad tan cerca de la ciudad de Nueva York.

Tenía que haber algo mal con la propiedad, pero decidí llamar al agente inmobiliario de todos modos. Si había algún problema, lo descubriría pronto.

Capítulo dos

La vieja mansión

Hace un mes, me detuve en mi viejo Toyota Tacoma para ver por primer vez lo que pronto será mi hogar. Era una vieja mansión, pero desde entonces la tierra había sido vendida para construir más casas en el vecindario. La casa ahora se sentaba solo en un terreno verde de menos de medio acre, que hacía un patio trasero de tamaño decente. Fresnos verdes cubrían el costado de la casa. Había un gran patio delantero con mecedoras blancas y grandes ventanas con paneles que permitían a alguien ver la sala de estar en un extremo y el comedor en el otro. Me maravillé con los paneles blancos de la casa. Era un color sólido, lo que significaba que podia cambiarlo si quería.

Un techo de color gris cubría el patio para dar sombra, y vigas de madera pintadas de blanco lo sostenían. Cuatro ventanas alineaban el segundo piso justo arriba. Una pintoresca pasarela cementada se curvaba hacia los escalones que estaban unidos al porche, y los arbustos se alineaban en el borde de la propiedad.

Me senté en mi camioneta, esperando al agente de bienes raíces cuando mi celular sonó. Era mi hermana. "Hola, Scarlett", le respondí.

"¿Qué estás haciendo ahora?". Podía escucharla mascando su chicle.

Miré por la ventana de mi auto hacia la casa. «A punto de mirar una casa. ¿Por qué? ¿Qué estás haciendo?".

"¿Una casa?". Sus golpes de encías cesaron. "¿Por qué?¿Finalmente estás listo para mudarte de ese apartamento húmedo en el que has estado desde que tienes veintitantos años?¿Los treinta y dos grandes finalmente te hicieron pensar en juntar tu mierda y fingir que actúas como un adulto?".

Me reí ligeramente. Scarlett era dura con sus palabras, pero tenía buenas intenciones. Supongo que crecer solo conmigo como hermano la hizo así, pero disfrutaba nuestras bromas. Era ruda, pero eso es lo que la hizo perfecta para la ciudad de Nueva York. "¿Cómo va la ciudad, hermana? ¿El trabajo va bien?", le pregunté.

Ella mascó su chicle un poco más. "Sí. Voy en camino ahora mismo". Escuché una bocina por el teléfono, seguido de un auto que tocaba la bocina desde más lejos. "¡Sí, tú también bastardo! ¡Vete a la mierda!". Ella rió. "Lo siento por eso".

Yo sonreí. "Tienes que tener más cuidado, Scarlett".

"Sí, sí. Entonces, esta cosa de la casa. ¿Qué te hizo finalmente querer comprar una?¿Tienes una novia que no conozco?". Podía escuchar la sonrisa en su voz.

"No". Me encogí de hombros mientras me recostaba en el asiento del conductor. "Pensé que podría tener una casa lo suficientemente grande como para que mamá y papá vivan".

"Ajá..."

"Para ayudar a papá a cuidar a mamá", agregué.

"Sí, claro. Para ayudar a papá. ¿Seguro que de eso se trata?". Una mujer con un Mercedes rojo se detuvo junto a la casa. "La agente de bienes raíces está aquí", le dije.

"Tienes problemas de control, amigo. Lo sabes, ¿no? Siempre tenías que ser el encargado. Papá está bien. Es mamá la que no.

"Bueno, bueno. Me tengo que ir ", dije cuando comencé a abrir la puerta de mi camioneta.

"¡No! Déjame terminar, maldita sea".

Solté un suspiro mientras me recostaba en mi asiento. Yo sabía que no debía colgarle. Había a toda velocidad por la carretera solo para golpearme con esto.

"Deberías confiar más en papá, amigo. Está haciendo todo lo que puede".

Solté un bufido. "Sí".

"Hablo en serio, Ted. Es necesario que escuches esto, y lo voy a decir una vez: todo este esfuerzo que estás haciendo es para que puedas controlar la situación y lo que le está sucediendo a mamá. Ya pusiste mucho dinero en arreglar la casa de mamá y papá para que sea más segura para ella. Agregaste el sendero a la puerta principal para reemplazar los escalones y esas cosas. Constantemente estás molestando a papá por cómo cuida de ella porque todo lo que ves es que ella está empeorando constantemente, pero no es culpa de papá ".

Me estaba poniendo cada vez más incómodo, y respiré profundamente en el teléfono mientras me removía en mi asiento.

"No puedes hacer que mamá sea mejor", dijo ella.

Silencio.

"Va a morir por esto algún día, y no hay nada que puedas hacer al respecto. Así que, por favor, trata de aceptarlo. Sé que es difícil, pero no hay cura para lo que tiene".

"¿No crees que ya sé eso!", dije alterado. Me aclaré la garganta y bajé el tono. "Uh... Lo siento por eso".

"Está bien, amigo. Estás enojado por la situación. Lo entiendo. Simplemente no pierdas el control con todo esto, ¿de acuerdo? Hazme un favor y pregúntate realmente quieres la casa, incluso si mamá no estuviera enferma".

La agente de bienes raíces había salido de su auto y estaba parada junto al porche con un portapapeles en la mano.

"Me tengo que ir".

Ella mascó su chicle una vez más. "Bueno. Nos vemos".

Salí de la camioneta y cerré a puerta demasiado fuerte. Respiré hondo antes de cruzar la calle para encontrarme con la mujer. Olía mucho a laca, y su cabello rubio parecía permanentemente atascado en su estilo. Ni siquiera el viento podía moverlo. Ella sonrió mientras extendía su mano. "Hola. Debes ser Ted Rovers. Soy Cecile Linksy". Después de estrecharle la mano, me entregó su tarjeta.

Giró sobre sus talones hacia la casa. "¿Y bien?¿Qué piensas?". Su chaqueta roja y su falda lápiz a juego abrazaban bien su cuerpo, pero, en cambio, me concentré en la casa.

No tenía mucho que decir, ya que no sabía nada sobre la propiedad. "¿Funcionaba la electricidad o la fontanería?¿Tenía aire acondicionado?". Hice una mueca. "Se ve bien", dije sin mucha emoción.

Cecile no pareció darse cuenta. "Espera a que veas el interior", chilló. Me llamó con la mano para que la siguiera mientras subía los escalones del porche. "El porche fue recientemente renovado con todos los pisos de madera nuevos. Hice que entrara un tipo para arreglar eso. La casa fue construida a principios de mil novecientos, y la última vez que fue completamente renovada fue en los años setenta". Sacó las llaves de su bolsillo y abrió la puerta de la pantalla y luego la de madera. La casa olía a madera vieja y polvo. "Ha pasado un tiempo desde que alguien ha estado aquí".

Un tramo de escaleras me saludó al entrar. A la derecha estaba la sala de estar y el comedor. A la izquierda estaban la cocina y el pequeño rincón de desayuno. Me dirigí hacia la cocina primero. El piso estaba hecho de linóleo de color naranja y marrón. Los mostradores coincidían con sus gabinetes de color marrón oscuro. La estufa estaba a unos cinco pies de distancia de la pileta, y eran solo unos pocos pies de espacio en el mostrador. "Es pequeño", noté.

Cecile sonrió y dejó escapar una risa nerviosa. "Lo sé. Fue restaurado en los años setenta, por lo que el color está un poco anticuado como puede ver. Sin embargo, hay mucho espacio para extenderlo. Puedes sacar el rincón del desayuno para agregar más espacio en el mostrador a la cocina o al salón en la parte de atrás".

19

Asentí mientras tocaba el mostrador con el dedo. En la esquina cerca de la puerta del garaje había una pequeña cesta. Cecile lo señaló. "Puedes dejar tus llaves allí y llamar por teléfono", dijo. "Hubo algunas cosas dejadas por los dueños anteriores. Pensé que la canastita era perfecta para que las personas pusieran sus llaves después de un largo día".

Le di gusto a Cecile y puse mis llaves dentro de la canasta. Me di vuelta y sonreí antes de pasar junto a ella hacia la puerta. La sala de estar y el comedor se hacían una sola con una alfombra a juego. Pensé que podría convertir esto en una gran sala de estar hasta que mis padres se mudaran.

Había una puerta conectada al pie de la escalera, y dentro había otro conjunto de escaleras que conducían al sótano. "¿Puedo bajar?¿Hay iluminación adecuada?", pregunté.

"Oh, sí", dijo Cecile. Había un interruptor de luz en la pared.

Me aferré al riel de madera, y con cada paso, el piso crujió con el menor peso de mi pie. Cuando llegué al fondo, el olor a almizcle del cemento húmedo golpeó mis fosas nasales. Cecile pasó junto a mí hasta el centro del sótano y tiró de la cuerda de metal que estaba conectada a la bombilla. La luz no era suficiente para cubrir la totalidad de la habitación. Las sombras aún acechaban en las esquinas, lo que dificultaba la visión. Sin embargo, pude ver un armario en el fondo, y eso despertó mi interés. Me acerqué para abrirlo, pero estaba cerrado.

Cecile sonrió nerviosamente: "Voy a aclarar lo que hay en esa habitación cuando se compre la casa. Son solo papeles y otras cosas viejas de los propietarios anteriores".

"¿No viene con la casa? Por lo general, es así ", dije. No me interesaban demasiado los muebles viejos y las baratijas de propietarios anteriores, pero me pareció interesante que Cecile no lo hubiera limpiado antes.

"Si desea conservar los artículos, puedo dejarlos allí".

Cecile jugueteó con su pluma.

Su nerviosismo me hizo sentir curiosidad. "No te preocupes por los artículos. Me los quedaré. Tal vez podría encontrar algo útil allí".

El sótano estaba hecho completamente de cemento, y me preguntaba dónde se originó su humedad. Pensé en las cosas que podría hacer con él. Quizás podría vivir allí abajo y mis padres arriba. O tal vez podría convertir esto en un gimnasio en casa. Primero, tendría que poner una mejor iluminación.

"También hay una lavadora y una secadora conectadas aquí abajo en el extremo derecho", dijo Cecile señalando con su bolígrafo.

"¿Eléctrico o de gas?", pregunté.

"Creo que eléctrico".

Asentí mientras subía las escaleras. No tenía lavadora ni secadora, ya que mi complejo de apartamentos tenía una lavandería. Cuando llegué a la planta baja, inmediatamente dirigí mi atención hacia el segundo piso.

La madera gimió con cada paso que daba al subir las escaleras. Al llegar al piso superior, el dormitorio principal estaba a mi izquierda inmediata. Otro dormitorio estaba al lado. El pasillo se partió por la mitad en las escaleras. Había un baño a la derecha junto con los otros tres dormitorios y un baño al otro lado del pasillo al otro lado de las escaleras.

"Las habitaciones están recién alfombradas", dijo Cecile. "Me aseguré de agregar eso porque siento que lo hace más acogedor".

Asentí con la cabeza y metí las manos en los bolsillos. Entré en el dormitorio principal y di un golpecito con mi dedo contra mi bolsillo. Era más pequeño de lo que esperaba. Había un baño adjunto al lado superior izquierdo de la habitación. En el centro, colgaba un ventilador de techo de color dorado y marrón, pero no había bombilla. Asomé la cabeza en cada habitación e hice una nota mental para comprar bombillas.

"¿Alguna razón en particular por la que está interesado en comprar una casa?", preguntó Cecile mientras bajábamos las escaleras.

Me concentré en dirigirme al patio trasero mientras hablaba. "Quiero cuidar mejor a mi mamá y ayudar a mi papá con eso", dije con una sensación de distanciamiento.

"¡Oh! Eso es maravillosamente dulce ", dijo Cecile. Salí y el olor a musgo fresco llenó el aire. Los mismos árboles del patio delantero con las ramas en forma de araña y las hojas colgantes cubrían el patio trasero. El sol brillaba a la perfección y las hojas dejaban manchas de sombra sobre la hierba. "Mucha sombra", dijo Cecile. Había un toldo de madera que cubría la pequeña área cementada. Pensé que sería un lugar perfecto para poner un banco de pícnic. Me apoyé en una de las vigas de madera y noté que se tambaleaba un poco.

Inmediatamente retrocedí para inspeccionarlo más. Empujé suavemente la viga, y el toldo tembló en su lugar.

"Querré que venga un inspector antes de hacer cualquier tipo de oferta", dije.

"Por supuesto", dijo Cecile.

"Hay algo en mi mente. ¿Por qué la casa es tan barata?".

La sonrisa de Cecile vaciló.

"Las casas en esta área nunca son tan baratas. Al menos no una de cinco dormitorios en una propiedad tan bonita. ¿Hay algo mal con el hogar¿Moho?¿Ratas?".

Cecile sacudió la cabeza y fijó su sonrisa. "Nada como eso. Tienes mi palabra de que nada es perjudicial para el hogar. Créeme". Sus labios encajaron en una línea apretada, y se puso de pie con una postura perfecta.

Ignoré su toque de aprensión. "Bien. Déjame conseguir un inspector y veremos una oferta", dije. Aunque solo vi una casa, sentí que esta sería lo suficientemente buena para mi mamá, pero las palabras de mi hermana hicieron eco en mi cabeza. Las aparté y se dispersaron. Quería esta casa para algo más que mi mamá. Era para mí también. Al menos eso es lo que me dije. Ya era hora de que dejara ese pequeño departamento. Además, es posible que nunca haya una oportunidad de encontrar una propiedad tan barata en el futuro. Si la casa no tenía ningún daño grave al acecho dentro de las paredes, no me importaba saber por qué era tan barata.

"¿Cuándo sería un buen momento para que venga un inspector?, pregunté mientras me dirigía hacia la canasta para buscar mis llaves.

"Este sábado puede ser", dijo Cecile.

Mi ceño se frunció mientras hurgaba en la pequeña canasta buscando mis llaves. No estaban allí. Me palmeé los bolsillos del jean y miré a mi alrededor en el suelo.

"¿Qué pasa?" preguntó Cecile.

"Mis llaves", murmuré. "Están desaparecidas".

Cecile inspeccionó la canasta y llegó a la misma conclusión. Sabía que las había puesto allí. Busqué en las encimeras y en los armarios. Subí las escaleras a toda prisa y revisé cada habitación. Era raro para mí perder mis cosas.

Salí al patio trasero e inspeccioné el césped, pero no pude evitar quitarme la sensación de que las había dejado en esa canasta. Sabía que lo había hecho. Regresé a la cocina y me apoyé contra el mostrador con la mano. Al tamborilear con el dedo, pensé en donde podría haberlas dejado. Eché un vistazo a la canasta y recostadas sobre las llaves de Cecile estaban las mías.

Me acerqué para agarrarlas. Asumiendo que Cecile las había encontrado y las había colocado allí, pregunté: "¿Las encontraste?"

Cecile estaba ocupada en la otra habitación. Su voz resonó contra las paredes vacías. "¿Qué dijiste?".

Alcé un poco la voz. "Mis llaves. ¿Cómo las encontraste?"

"No lo hice. Estoy mirando en este armario junto a las escaleras".

Me mordí el labio inferior. "Yo, uh, las encontré".

"¡Bueno!" Escuché que una de las viejas puertas rozaba las viejas bisagras cuando Cecile cerró una puerta. Entró en la cocina, arreglando su falda roja. "Antes de contratar a un inspector, ¿deseas pagar un anticipo por la casa? Es completamente reembolsable si decides después de la inspección que ya no deseas comprar la casa".

Jugué con las llaves en mi mano y miré la canasta.

"Sí, por favor".

Cuando firmé el papeleo, escuché un crujido arriba. Cecile se detuvo y miró hacia el techo. También me detuve a la mitad de la firma y miré hacia arriba. "Es el piso viejo", dijo Cecile con un movimiento de su mano. "Las casas viejas a veces crujen sin razón".

Asentí vacilante y firmé el formulario.

El sábado siguiente, volví a la casa para estar allí con el inspector. Cecile apareció también. Era primavera, así que fue un día agradable y ventoso. Sin embargo, el sol se nublaba de vez en cuando. Abrí la cremallera de mi chaqueta mientras el inspector miraba por encima del débil toldo en el patio trasero.

"Esto va a ser un problema", dijo el inspector. "Tendrá que repararse, pero lo bueno es que no parece estar conectado a la casa". Señaló con su pluma hacia la parte del toldo que estaba más cerca de la casa. "Parece que alguien construyó esto por sí mismo, y no hizo un buen trabajo". Tomó nota en su portapapeles de metal.

"¿Algo más?", pregunté. Mantuve mis manos en los bolsillos y apreté fuertemente las llaves que estaban dentro.

El inspector leyó de su lista. "El aire acondicionado es fuerte y el calentador funciona bien. El cableado eléctrico y la plomería van bien. Excepto en el sótano que parece haber una pequeña fuga, pero debería ser reparable. Parece ser solo un perno suelto en una de las tuberías, y la fuga es bastante pequeña. Ven conmigo". Entramos en la cocina y el inspector encendió cada quemador. "Hay un quemador que no arranca. Es una estufa de gas, así que la buena noticia es que está emitiendo gas. Ese simplemente no enciende. Es fácil de solucionar. Solo instale un nuevo encendedor".

Asentí y noté que Cecile también tomaba notas.

"Aparte de eso, la casa está en muy buen estado", dijo el inspector. "Algunas puertas carecen de cerraduras adecuadas, pero de nuevo, una solución fácil".

Después de que le pagara al inspector y se fuera, Cecile preguntó un poco aturdida: "¿qué piensas?¿Quieres comprar?¿O necesitas unos días más para pensarlo?".

No pude evitar preocuparme porque la casa era muy barata, pero todo salió bien en la inspección. Empujé el pensamiento hacia la parte posterior de mi cabeza y extendí mi brazo para estrechar la mano de Cecile. "La compro".

Capítulo tres

El sueño inquietante

Una vez que revise a la señora Sal por última vez, dejé el trabajo y volví a mi casa vacía. No tengo un montón de cosas porque vivía en un apartamento un mes antes. La casa permaneció vacía cuando todo se puso en su lugar. Tenía una pequeña mesa redonda donde siempre comía. Era solo yo, así que no tenía una gran mesa de comedor. El sofá era algo que tenía desde la primera vez que me mudé a mi apartamento, y todavía estaba en buena forma en medio de la sala de estar. Los de la mudanza me ayudaron a colocar mi pantalla plana en la pared. Esa era probablemente la única cosa buena que poseía.

Todo lo demás me lo dieron mis familiares: un somier antiguo, un gran armario y mi mesita de noche. Con la casa vacía de gente, me quedé parado en la cocina desnuda sintiéndome pequeño. "Es solo una excusa para comprar más cosas", me dije. "Eso es bueno".

Miré la canasta que estaba en la esquina. Cecile la había dejado allí cuando me mudé, diciendo que era un regalo de bienvenida. Vacilante, saqué las llaves del bolsillo y las puse allí. Fue entonces cuando sonó mi teléfono. Era mi padre "Escuché que te mudaste", dijo inmediatamente después de que respondiera.

Pateé la esquina de uno de los gabinetes. Tenía la esperanza de mantener esto en secreto hasta que estuviera listo para que mis padres se mudaran porque sabía que mi padre estaría molesto cuando se enterara. Supongo que cuatro semanas fue todo lo que mi hermana estuvo dispuesta a mantenerse callada. "Sí, decidí que era hora de un cambio".

"Scarlett me dice que es porque planeas que nos mudemos contigo".

Maldita sea, Scarlett. Me aclaré la garganta y comencé a pasear por la cocina. "Sí papá. Esperaba convencerte de que me permitieras ayudar".

"Hijo, estamos bien".

"No, según mi pronóstico".

Escuché a mi padre suspirar a través del receptor. En este momento, debería pellizcarse el puente de la nariz, haciendo que sus anteojos se levanten. "Hijo, no necesitamos todo esto. ¿De dónde sacaste el dinero para comprar una casa, eh?".

Me puse derecho mientras mis músculos se tensaron. "Soy responsable y tengo un par de cuentas de ahorro, *padre*. Eso es más de lo que puedes decir".

Silencio.

"No tuve ningún problema para ayudarte a arreglar la casa porque no te lo podías permitir", le dije.

"Las facturas médicas cuestan mucho hoy en día, Ted". Sonaba cansado. No había pelea en su voz.

Ignoré el comentario de mi padre. "Y no tendré problemas para que mi casa cumpla con los códigos de seguridad de mamá para que puedan vivir aquí. Así no tienes que preocuparte tanto por las facturas médicas. Ahí va a ir a parar su dinero de todos modos. Puedo cubrir el resto".

Mi padre dejó escapar otro respiro lento. "Hijo, ¿es esto realmente lo que quieres? Usa esa casa para construir una familia propia ".

Le respondí con enojo: "¿por qué no quieres mi ayuda, papá?".

Mi padre igualó mi tono. "¡Porque no es tu trabajo como nuestro hijo preocuparte por cosas así!". Calmó su voz. "Si yo también estuviera enfermo, esa sería una historia diferente".

"Es tu orgullo".

"¿Y no es el tuyo también? Eres terriblemente orgulloso, hijo".

Puse el pie en el linóleo y colgué el teléfono. Lo metí en la pequeña canasta con mis llaves. Caminé penosamente hasta mi sofá y me desplomé en él, frotándome la frente. Quizás estaba siendo irrazonable. Tal vez debería ser más suave con mi padre. Tal vez mi mamá realmente era intratable. Sacudí la cabeza mientras me inclinaba y apoyaba los codos sobre las rodillas. Juntando mis manos fuertemente, golpeé mi dedo índice contra mi nudillo. Tenía que haber esperanza en alguna parte. En cualquier sitio. Quizás su vida conmigo y estar cerca de mí más a menudo evitaría que me olvidara.

La noche comenzó a caer mientras estudiaba la sala vacía a mi alrededor. Aparte de unas pocas cajas que estaban dispersas, la casa estaba desempacada. Presioné los lados de mi frente con mis pulgares. Tal vez estaba por encima de mis posibilidades, pero ahora tenía la casa. De cualquier manera, necesitaba que funcionara. Un repentino golpeteo resonó desde las escaleras. Sonaba como madera raspando el suelo, como una silla chirriando.

De ida y vuelta.

De ida y vuelta.

Supuse que probablemente solo eran las tuberías viejas o el asentamiento de la casa.

Aun así, el sonido nunca cesó. Se hizo cada vez más fuerte y más rápido. Mi cuerpo se calentó cuando la adrenalina se precipitó como una ola. Lentamente me senté y puse mis oídos para escuchar más de cerca. "¿Debería subir las escaleras para inspeccionar? No, es solo el establecimiento de la casa", me dije otra vez. Aun así, mi ritmo cardíaco se aceleró.

Más rápido. Más fuerte Más violento.

¡Explosión!

El repentino choque vibró por toda la casa.

Inmediatamente me puse de pie. No había forma de que pudiera ignorar eso. Con cautela, me dirigí a la escalera. Me agarré a la barandilla mientras miraba el segundo piso. No había nada allí, pero no pude evitar sentir que algo o alguien realmente estaba parado allí mirándome. El cabello en la parte posterior de mi cuello se erizó y mi mandíbula se apretó mientras tragaba.

Cuidadosamente di el primer paso e hice mi mejor esfuerzo para no aplicar demasiada presión para que no sonaran las tablas del piso chirriante. Mientras subía la escalera, el latido de mi corazón era ensordecedor en mis oídos. Mi respiración se aceleró con cada paso. Cuando llegué a la cima, estudié el área para encontrar cualquier anormalidad. Probablemente había sido solo el viento. Lo único incorrecto era que la puerta del dormitorio principal estaba cerrada, y sabía que la había dejado abierta.

Sintiéndome más valiente, me dirigí hacia la puerta. Un golpe más fuerte movió el suelo desde el interior de la habitación. Salté hacia atrás y solté un grito ahogado. Tomé otro trago mientras giraba el pomo de la puerta. La molienda de metal hizo un ruido chirriante. Abrí la puerta y me preparé para lo que sea que pudiera ver.

Vacío.

No había nada en la habitación, excepto mi cama y un par de cajas. Di un paso en la habitación y la escaneé rápidamente. Revisé debajo de la cama y en el baño, pero no había nada allí. La ventana estaba cerrada, por lo que no pudo haber sido el viento. "Tal vez hubo una corriente de aire de algún tipo", dije. "O tal vez la puerta no está bien puesta y se cierra por sí sola". Revisé las bisagras, pero parecían seguras.

"Aire", concluí. Dejé la puerta del dormitorio abierta al salir. Bajé las escaleras sacudiendo la cabeza. Riéndome de mí mismo por estar asustado con los sonidos de una casa vieja, decidí dejar la experiencia en el fondo de mi mente. En cambio, me puse a hacer la cena. Mantener mis manos ocupadas siempre fue una forma segura de hacerme olvidar las cosas.

Me di cuenta de que no tendría suficiente espacio en el gabinete para las cosas de mis padres cuando se mudaran porque sabía que lo necesitarían con seguridad. Encontré mi bloc de notas en el refrigerador. Cada habitación tenía un bloc de notas en caso de que tuviera que tomar nota de algo. Escribí para recordar que necesitaba instalar más espacio en el gabinete.

Mi estómago gruñó mientras revisaba el refrigerador buscando algo. Encontré algunos huevos y tocino. Tenía arroz, entonces decidí prepararlo frito para la cena. Mientras cocinaba, recordé el tiempo que pasé con mi madre en la cocina. Ella me mostró cómo remover los cuencos llenos de masa para galletas o ensalada correctamente.

"Si alguna vez hay demasiado de un sabor. Simplemente agrega más ingredientes para igualarlo", diría ella. Casi siempre, agregaba más tocino. "El tocino nunca lastima a nadie", decía con un guiño.

Para nivelar la insalubridad, ella siempre ponía espinacas en casi todas las comidas. Ponía tocino en todo, porque "el tocino iba con todo". Me reí entre dientes mientras cortaba más tocino para agregar a mi arroz. En el refrigerador había una pequeña bolsa de espinacas, que arrojé a la sartén humeante.

Miré mi celular, que todavía estaba en la canasta. Decidí cogerlo y llamar a mi mamá. Dejándolo en el altavoz, esperé mientras sonaba el dial hasta que escuché un clic. "Hola, mi dulce niño", dijo mi madre. Di un suspiro de alivio. Estaba teniendo uno de sus días buenos.

"Acabo de llamar para ver cómo te va. Estoy cocinando", dije.

"Ah, ¿y estás manteniendo la proporción correcta de tocino y espinacas?".

Miré mi sartén y agregué más espinacas. "Ahora sí".

La risa de mi madre hizo que mi sonrisa creciera.
"¿Cómo estás? Escuché que tienes un nuevo hogar. ¿Estás emocionado de ser propietario oficial de una casa?".

"Sí, lo estoy. Ya era hora de que arreglara mi mierda, ¿no crees?".

"Será un buen hogar para comenzar una familia, ¿no?".

Inspeccioné mi casa casi vacía y me encogí de hombros. "Supongo que sí".

"¿Cómo van las cosas con esa chica?¿Cómo es que se llama?". Podía escucharla chasquear los dedos mientras pensaba. "¿Chelsea?".

"¿Te refieres a Christina?".

"¡Sí! ¡Eso!¿Ya le has pedido una cita?".

Me lamí los labios y sacudí la cabeza. Mis mejillas comenzaron a calentarse ante la idea. "No, todavía no mamá".

"Oh, necesitas invitarla a salir, y en realidad invitarla. No hagas esa cosa hoy en día que todos los otros niños hacen y piden 'pasar el rato'. ¡Sé un hombre! Digamos que es una cita". Su voz era alentadora como la de un entrenador preparando al equipo antes del gran partido.

No pude evitar reír. "Sí, mamá. Voy a hacerlo".

"¿Lo prometes?".

Apagué la estufa cuando mi arroz terminó de cocinarse. "Sí, lo prometo, mamá. Me pondré nervioso".

"Bien porque no estaré por siempre, y tu hermana no tendrá hijos pronto. Es demasiado joven. ¡Solo tiene veinte años! Tiene toda su carrera por delante. Ya estableciste tu carrera como enfermero. Ahora ve a casarte". Ella se rio. "Sin embargo, no te sientas presionado".

Me apoyé contra el mostrador. "No. No hay presión en absoluto", dije en broma. Mi madre se calló de repente y mi alarma interna sonó. "¿Mamá?".

Sin respuesta.

"¿Mamá?".

Aún silencio.

Decidí hablar un poco más fuerte. "¡Mamá!". Finalmente, su voz se sonó, pero ya no sonaba como ella. Sonaba muy lejos. "Hola. ¿Puedo ayudarle con algo?".

"Mamá, es Ted. Estamos hablando por teléfono".

"¿Estamos?". Ella se calló de nuevo.

"¡Mamá!". Comencé a golpear mi dedo contra el mostrador.

"¿Necesitas que te ayude a encontrar a tu madre, dulce niño?".

Hice mi mejor esfuerzo para tragar el nudo que comenzó a formarse en mi garganta.

"No sé cómo es ella. ¿Me puedes dar una descripción?", continuó.

Mi voz tembló. "Mamá, ¿has estado tomando tu medicina?

"¿Qué medicina?", hizo una pausa. "¿Quién eres tú?".

Espanté las lágrimas antes de que pudieran caer. Tomé una respiración profunda. "Dale el teléfono a papá, mamá".

"¿Quién es ese?¿Es el doctor? Él me da mi medicina".

"Sí, lo sé, mamá. Pásame al doctor, por favor".

"Oh, está bien", dijo alegremente. Podía escucharla hablando con mi padre. "Es un niño que busca a su madre".

"¿Hola?", escuché a mi padre decir.

"Papá", le espeté. "¿Mamá ha estado tomando su medicina?".

Mi padre suspiró. "Sí, Ted."

Apreté los dientes mientras me agarraba más fuerte al mostrador. "Necesita una actualización de su receta. Evidentemente, no está funcionando".

"Hijo, no hay cura para el Alzheimer. El medicamento es solo para ayudar con algunos de los síntomas".

Apreté un poco más el teléfono y dije con los dientes apretados: "lo sé".

"No creo que lo hagas". Su tono sonaba sombrío con un toque de simpatía. Lo odiaba.

"¡Están trabajando para encontrar curas! ¡Pueden encontrar una para mamá!".

Mi padre se calló. Después de un minuto, dejó escapar otro suspiro. "Ted, sé que es difícil. También fue difícil para mí aceptarlo".

Escuché a una mujer gemir de dolor. "¿Esa es mamá?".

"¿Qué?¿Qué quieres decir?".

"Escuché a una mujer llorar de dolor. ¿Era esa mamá?".

"No, hijo. Está justo a mi lado viendo las noticias".

Lo escuché de nuevo, y esta vez fue seguro que vino de la esquina cerca de la sala de estar. Mi ritmo cardíaco se aceleró. "Creo que podrían ser los vecinos", dije.

El tono de mi padre tenía un toque de preocupación. "¿Suena como un problema? Si es así, llama a la policía. No vayas a ver".

El mismo chirrido que antes llenaba la casa. El roce de la madera contra las tablas del suelo irritó mi tímpano. "Me tengo que ir, papá. Creo que la casa puede tener ratones o algo así", dije.

"¿Ratones? Tengo algunas trampas para eso aquí. Pasa mañana ", dijo. Estaba demasiado obsesionado con el ruido extraño para prestar atención a lo que decía mi padre. "Sí, por supuesto, papá. Adiós". Colgué y puse mi teléfono en mi bolsillo trasero.

Caminé hacia la pared más cercana. El chirrido sonaba como si viniera del interior de las paredes. Pensando que podrían ser ratas, puse mi oreja contra ella para escuchar cualquier escurrimiento. Una vez más, el fuerte ruido volvió, pero no pude precisar desde dónde estaba viniendo. Decidí golpear la pared, pensando que asustaría al animal que estuviera dentro y haría que el ruido se detuviera.

Silencio.

Me quedé allí con la oreja presionada firmemente mientras esperaba más sonidos. Pasaron unos segundos. Todo lo que podía escuchar eran las sirenas distantes de la ciudad y mi reloj de pulsera haciendo tictac. De repente, un gran golpe sacudió la casa. Me asusté mucho.

Vino de arriba.

Me acerqué lentamente a la escalera y alcé la vista. Esta vez, sin embargo, el miedo no me hizo dudar. Ahora estaba irritado por el alboroto. Subí los escalones hasta llegar a la cima y vi que la puerta del dormitorio principal estaba cerrada de nuevo.

Respiré profundamente para calmar los pensamientos acelerados en mi cabeza. "¿Podría ser esto realmente el viento?"'. Caminé a grandes zancadas hacia la puerta y la abrí. Golpeó contra la pared, y escaneé mi habitación vacía. La ventana estaba cerrada, así que revisé la salida de aire sobre la puerta. No había flujo de aire. El chirrido comenzó de nuevo, pero sonaba como si estuviera justo detrás de mí. Mi pulso se aceleró cuando mis instintos se activaron. Sentí como si me estuvieran observando, y alguien estaba justo detrás de mí, listo para agarrarme en cualquier momento. Se me erizaron los pelos de la nuca y me sudaban las palmas. El tiempo se congeló en su lugar mientras lentamente volvía la cabeza.

Mi visión periférica debe haber estado jugando conmigo porque podría haber jurado que vi una sombra con el rabillo del ojo. Mi teléfono celular sonó desde el interior de mi bolsillo y agradecí la distracción. "¿Hola?", respondí.

"¡Ted! Ven a la barra de Parting Glass", dijo mi compañero de trabajo, Ben. "Tuve un día difícil en el trabajo, hombre. Necesito una noche fuera. Frank y Carlos están aquí conmigo". Luego dijo con un tono burlón: "y Christina".

Sonreí mientras rodaba los ojos. "Sí,seguro. Voy a bajar". Bajé apresuradamente las escaleras y saqué mis llaves de la canasta. Tenía más prisa por salir de casa que ver a mis amigos. Lo último que necesitaba hacer era perseguir sonidos extraños y sombras. Mientras conducía hacia el bar con las ventanas abiertas, encontré que el aire nocturno se calmaba mientras enfriaba la adrenalina. Se aclaró mi mente y me encontré riendo. "Todo es inducido por el estrés", me dije. "Parece que necesito salir de noche".

Cuando llegué al bar, encontré a mis compañeros de trabajo acurrucados alrededor de una de las mesas altas. El pub irlandés siempre estaba ocupado en noches como esta con otros lugareños que acababan de salir del trabajo. Las fuertes bromas de los otros clientes, la música en vivo y las risas llenaron la sala de una sensación de camaradería y ocio. Uno podría quitarse los zapatos fácilmente en el ambiente relajado como si estuvieran en su propia casa. La mayor parte del pub estaba hecho de madera, la barra y la parte inferior de las paredes, pero todo lo demás estaba pintado de verde oscuro y tostado. El piso estaba coloreado del mismo verde oscuro. Las tiras negras corrían por el piso hasta llegar a donde estaban los tableros de dardos con líneas para mostrar dónde pararse a la distancia adecuada para un lanzamiento adecuado. Era un lugar de tamaño decente que disfrutamos debido al ambiente, pero era ruidoso, al ser tan popular. A veces me costaba oírnos, así que tuvimos que gritarnos el uno al otro.

Fui al bar primero. Era una barra de forma cuadrada, con una tapa de madera bien cuidada, que envolvía la otra pared. Me apreté entre los altos taburetes. "Un vaso de su mejor cerveza, por favor".

El barman asintió con la cabeza mientras llenaba mi bebida. "Aquí está, señor".

"Mantenga mi cuenta abierta", le dije mientras le daba una propina al camarero antes de dirigir mi atención hacia Ben y los demás. Se habían llevado un par de taburetes más altos para sentarse en las mesas. Tomé un sorbo de mi cerveza y me deslicé en un taburete para unirme a ellos.

"¡Ted, mi hombre!", exclamó Ben. Enganchó su brazo alrededor de mis hombros y me apretó antes de soltarme. Cogió su bebida para golpearla contra mi vaso. "Gracias por venir. ¿Cómo va el nuevo hogar?".

Me encogí de hombros. "Está bien. Todavía estoy desempacando lentamente, lo que no debería tomar mucho tiempo, ya que no tengo muchas cosas. Aunque creo que la casa tiene ratas o algo en las paredes".

"Deberías haber conseguido un inspector", dijo Carlos mientras tomaba un sorbo.

"Lo hice, que es lo más extraño. ¿No lo comprobaría un inspector?".

"Escuché que depende", agregó Frank. "Cuando compré mi casa, tuve que contratar dos tipos diferentes de inspectores. Los agentes inmobiliarios técnicamente no tienen que decirte una mierda".

Christina era la única chica allí, y me sonrió y me guiñó un ojo. Tragué saliva antes de tomar un sorbo de mi bebida y dejarla sobre el mantel a cuadros verde y blanco. Le di una sonrisa tímida en respuesta.

"¿Cómo disfrutas estar en el CEE, Frank?", pregunté. "Empezaste la semana pasada, ¿verdad?".

Frank dejó su vaso. "Sí, es agradable. Prefiero las horas allí y los beneficios. Mucho mejor que el último lugar en el que estuve".

"¿No estabas en esa instalación en la calle desde aquí?", preguntó Ben.

Frank asintió con la cabeza. "Ese lugar era un desastre. Realmente fue la gestión. Era de propiedad privada, por lo que era más de negocio que cuidar a los pacientes". Frank dobló los hombros hacia atrás. "No me gustó la ética del lugar, así que me fui. Quería trabajar como enfermero porque me importa, no solo porque es dinero fácil. Les agradezco que me hayan dado la bienvenida y me hayan invitado".

"No hay problema, hombre", dijo Ben. Se agarró a mi hombro otra vez. "Ted y yo empezamos juntos. Aunque ahora me tienen trabajando los fines de semana, entonces no lo veo tan seguido durante la semana, pero cuando este chico comenzó, era muy tímido. Apenas habló con nadie. Prácticamente tuve que arrastrarlo fuera de su casa para que me acompañara al bar".

Todos se rieron y yo hice una mueca mientras miraba mi bebida.

"No lo creo", dijo Carlos. Miró a Frank mientras me señalaba. "Pero puedes aprender mucho de él sobre el cuidado de los pacientes". Me miró. "No sé cómo lo haces con todos esos pacientes adicionales. Te ofreciste voluntario para llevar extras, ¿no? ¡Diablos! Yo no creo que pudiera manejar eso. Apenas puedo seguir el ritmo de los que tengo".

Me encogí de hombros. "Realmente todo está en el momento. Cuando conozco sus horarios, funciona de manera fácil. Simplemente no hay tiempo para descansos".

"Sí, Carlos", bromeó Ben. "Estás constantemente pasando por la sala de descanso".

Frank y Ben lo molestaron arrojándole un par de cacahuetes.

Carlos se rio. "¿Qué? Necesito mis bocadillos". Él negó con la cabeza, todavía riendo. "Pero en serio, ya no puedo trabajar tanto ahora que a mi hijo le diagnosticaron leucemia hace unos meses. Mi esposa también está estresada". Se pasó los dedos por el pelo. "He estado trabajando menos. Necesito estar en casa, ¿sabes?".

Ben puso una mano sobre su hombro e hizo una mueca. "¿Cómo está el pequeño?".

40

Carlos se encogió de hombros. "Está respondiendo al tratamiento, lo cual es bueno, pero aún es difícil verlo así. Solo tiene cuatro años".

Mi corazón se anudó, y pensé en cuando me enteré del diagnóstico de mi madre. Todos estaban allí para mí, y nosotros estamos haciendo lo mismo para Carlos. Carlos dejó escapar una ligera risa. "Todavía es un niño y lo demuestra. No deja que la enfermedad lo afecte".

"¿Cuánto tiempo han estado juntos tú y tu esposa?", preguntó Christina.

"Un poco más de cuatro años", se rio entre dientes. "Estábamos saliendo cuando quedó embarazada, y era justo que me casara con ella, ¿sabes?".

Christina asintió con la cabeza. "Entiendo".

"Ha sido duro para nosotros, pero realmente nos ha hecho crecer juntos en lugar de separarnos".

Christina sonrió enormemente y no pude evitar sonreír en respuesta. "Eso es bueno".

Como quería cambiar de tema porque la expresión de Carlos me decía que había terminado de hablar, le pregunté a Frank: "¿cuál es tu historia? ¿Qué te metió en la enfermería?".

Frank rio. "Ustedes no pierden el tiempo cuando se trata de conversación".

Todos nos reímos. Eso es lo que me gustó de mi grupo de amigos. Odiamos una pequeña conversación y preferimos saltar directamente a las cosas profundas.

Frank se frotó las rodillas con las manos. "Bueno, comencé como auxiliar de enfermería en Colorado. Ayudé a cuidar a mi abuela, que vivió con nosotros mientras crecía. A lo largo de los años, llegué a disfrutarlo y decidí hacerlo

41

como parte de mi vida, ya que sabía mucho. Años más tarde, después de conseguir mi primer trabajo en un hogar de ancianos, fui a la ciudad de Nueva York de vacaciones y me topé con mi futura esposa en un bar".

Todos teníamos sonrisas en nuestros rostros.

"Ella vivía en Nueva York, así que decidí mudarme allí. Estuve trabajando allí un poco y asistí a la escuela de enfermería, pero luego se metió en bienes raíces y quiso mudarse aquí persiguiendo el dinero. Decidí trabajar en el CEE ".

"Recientemente compré una casa. ¿Cuál es el nombre de su esposa?", pregunté.

"Cecile. ¿Por qué?".

Me reí. "Ella era mi agente de bienes raíces cuando compré mi casa".

Frank se echó a reír a carcajadas. "Es cierto cuando dicen que es un mundo pequeño".

"Maldita sea," dije. Chocamos nuestras botellas de cerveza juntas.

"¿Compraste una casa? Me alegra oír eso, Ted", dijo Christina mientras me sonreía. Su gran sonrisa fue suficiente para hacerme olvidar todas las cosas por las que he estado pasando. Es lo que realmente necesitaba en este momento.

Ben volvió su atención hacia ella. "Entonces, ¿qué metió en la enfermería, Christina? Nunca hemos preguntado".

"Sé que no lo has hecho. Qué grosero ", dijo con un tono de sarcasmo. Eso nos hizo reír a todos. Ella se encogió de hombros. "No lo sé. De alguna manera sucedió ". Hizo una pausa mientras leía la etiqueta de su cerveza. "He estado cuidando a mis hermanos menores toda mi vida, y quería un trabajo para sacarme de la casa".

"Tiene sentido, así que ahora te preocupaste por las personas mayores". La sonrisa descarada de Ben reveló que estaba bromeando.

Las mejillas de Christina se pusieron rosadas mientras sonreía. "Seguro que sí. Eso lo resume todo para mí. Quería alejarme, y lo hice por un rato. La enfermería paga bastante bien ".

"Sí", dije.

"Y es una carrera respetable. Nunca tuve la intención de hacer esto durante tanto tiempo como lo he hecho ".

Fruncí el ceño. "¿Qué quieres hacer?".

Ella se encogió de hombros. "No lo he entendido del todo. No sé qué quiero hacer cuando sea grande". Ella rió. Su risa burbujeante fue contagiosa y nos hizo unirnos a ella.

Christina se inclinó sobre la mesa hacia mí mientras jugaba con el lóbulo de la oreja entre sus dos dedos. Siempre llevaba el pelo recogido en un moño en el trabajo, pero como estaba desconectada, dejaba que su cabello rubio naturalmente ondulado cayera perfectamente alrededor de su rostro. Su tono rosado de brillo de labios brilló cuando la luz lo golpeó a la perfección. Christina me atrapó mirándola e inmediatamente volví a mirar la mesa. Mis mejillas se calentaron, y su risa me hizo reír a cambio.

"Entonces, ¿qué pasó hoy en el trabajo, Ben?", pregunté. Esperaba que el cambio en la conversación distrajera a otros de verme sonrojar.

Ben se recostó en el taburete y suspiró. Sus brazos cayeron flácidos a su lado. "El señor Jacobson murió hoy".

Todos aprovecharon la oportunidad de enviarle sus condolencias. Sabía que esto tenía que ser particularmente difícil para él porque no lidiaba bien con la muerte. Cuando su padre adoptivo murió, se negó a aceptarlo. No quiso ni siquiera asistir al funeral, lo que lo carcomió más tarde. Fui con Ben a visitar su tumba unos meses después del hecho. La muerte siempre había sido su miedo desde que sus padres biológicos murieron en un accidente automovilístico cuando era un niño. Él también estaba en el auto, así que había un remordimiento de sobreviviente mezclado allí. No tenía otra familia, por lo que lo colocaron en un orfanato. Esta fue la primera vez que Ben ha lidiado con la muerte desde la muerte de su padre adoptivo.

Le pedí otro trago para enviarle mis condolencias. Me dio una sonrisa con los labios apretados cuando se lo entregué. Su pena me tocó. Desearía poder llevármela y sentirla en lugar de él.

Christina extendió su brazo para apretar el de Ben. "Lamento mucho escuchar eso", dijo con el ceño fruncido.

Ben sacudió la cabeza mientras miraba su taza medio vacía. "Simplemente sucedió en un instante. Un minuto lo estaba viendo y recogiendo su comida, y al siguiente murió. Solo había salido de su habitación durante tal vez una hora. Hizo una pausa. "Realmente te hace pensar, ¿sabes? Sobre la mortalidad y todo eso. Algún día seré yo". Se inclinó sobre la mesa y se pasó los dedos por el pelo. "Un día todos terminaremos así".

Pensé en mi madre y me dio un vuelco el corazón. Tomé un gran trago de mi cerveza.

"Me refiero a lo que sucede después de eso, ¿saben? Sé qué procedimiento hacer cuando muere un paciente, pero ¿qué pasa con él?".

Fruncí el ceño y miré a Ben. "¿Qué quieres decir con él? Él está muerto. No le pasa nada". Sabía que eso era insensible, pero descubrí que pensarlo lógicamente facilitaba las cosas. Tal vez él había encontrado la misma comodidad.

"¿De verdad? Sinceramente, piensas que cierras los ojos la última vez y luego se apaga. ¿Eso es?". Ben volvió a sentarse en su silla y se cruzó de brazos, mordiéndose el labio.

"Creo que hay vida después de la muerte, cariño", dijo Christina.

Ben la miró. Sus ojos muy abiertos con esperanza.

"Vi este especial en la televisión", dijo. "Y hablaron sobre cómo funciona la energía. Nunca muere incluso después de la muerte". Ella se cruzó de brazos. "Incluso dicen que después de que alguien muere, pierde una pequeña cantidad de peso. Es muy minúsculo, pero es lo suficientemente significativo como para notarlo. No saben por qué. Creo que es el alma dejando el cuerpo".

Todos miraron sus gafas con contemplación, y Ben asintió con la cabeza lentamente. "Creo eso", dijo Ben. "Quiero decir, tengo que hacerlo. Debo pensar que hay más en la vida que solo morir. Tengo que creer que hay más para el señor Jacobson".

"Hay más en la vida que la muerte", intervine. Aparté mi vaso de cerveza casi vacío. "La vida se trata de las experiencias y las relaciones que haces". Mis ojos se posaron en Christina por una fracción de segundo. Su sonrisa hizo

45

que mi respiración se inquietara, y aparté mis ojos rápidamente. "Creo que eso es todo lo que hay. Yo no creo en una vida futura o un Dios que va a venir a castigar por no creer en él. No me parece muy saludable adorar algo así ".

"Entonces, ¿no crees en nada?", preguntó Carlos, incrédulo.

Me encogí de hombros. "Supongo que no. No hay evidencia sustancial para probarlo. No es práctico. Las personas están inventando cosas para sentirse mejor porque tienen miedo. No estoy diciendo con certeza que no haya otra vida. Solo digo que no hay pruebas para ninguna de las posturas, así que no tengo ninguna".

"Eso es mierda", dijo Ben. "Tiene que haber más. Tiene que haberlo". Ben estaba sumido en sus pensamientos y se quedó en silencio alrededor de la mesa.

"Vamos a jugar algunos dardos, ¿eh?", ofreció Frank. Todos se levantaron para pasar al lado de la barra. Pedí otra bebida en el bar, y Christina se paró a mi lado mientras ordenaba la suya. Me di cuenta de lo cerca que estaba. Podía sentir el calor de su cuerpo sobre mí, y me hizo sudar las palmas.

"Por lo que se ve. Creo que te equivocas, amigo ", dijo. Tenía una sonrisa juguetona en su rostro. Se la devolví "¿Oh, sí?¿Y por qué es eso?".

Cuando llegó su cerveza, tomó un sorbo. "Creo que tienes miedo de creer en algo más grande que tú mismo. Te gusta mantener las cosas a la vista para que puedas mantener el ojo en ellas". Su sonrisa llegó a sus ojos, y cometí el error de mirarlos demasiado tiempo. Sus mejillas se pusieron rosadas y miró hacia abajo por un breve segundo antes de codearme juguetonamente el costado. "Vamos, Ted. Juguemos un rato".

Ben fue primero. Tuvo un total de cuatro dardos, y cuando dio en el blanco en su último lanzamiento, gritó: "¡Así es como lo haces!". Tomó un trago de su cerveza. "La cerveza te ayuda con tu puntería".

"En ese caso", dije mientras tomaba un gran trago. "Déjame ver qué tan bien lo hago". Perdí el primer lanzamiento y ni siquiera golpeé el tablero de dardos. Los chicos a mi alrededor se rieron entre dientes. "Espera", le dije. "Estaba calentando".

"Claro, claro", bromearon.

El sonido del metal clavándose en la madera me hizo levantar los brazos en señal de victoria. "¿Ven? ¡Lo hice!".

"Sí, pero en ninguna parte cerca de la diana", dijo Ben, riendo mientras señalaba la franja roja más lejana cerca del número veinte.

Lo apunté con mi dedo. "Pero es una mejora. Solo mejorará a partir de aquí". Escuché a Christina reír, lo que me hizo perder el enfoque cuando tiré el dardo. Fallé de nuevo. Todos mis amigos aplaudieron lentamente en señal de felicitación. La cerveza me llegaba a la cabeza y me sonrojó. Me encontré sonriendo sin preocuparme mientras tiraba el siguiente dardo. Esta vez estaba a escasos centímetros de la diana. "Ah, ¿ves? Solo estaba calentando".

"Sí, sí, pero todavía estás detrás de mí", dijo Ben con un movimiento de su mano.

Christina se adelantó para agarrar los dardos de mi mano. Sus dedos rozaron lentamente mi palma mientras me miraba. La sonrisa se apoderó de mí y fue obvio para Christina lo mucho que disfrutaba ese pequeño contacto.

"¿Les importa si entro a juego?", preguntó con su acento sureño.

"En absoluto", dijeron los demás. Todos se alejaron del tablero.

Ella hizo su primer lanzamiento y se alejó unos centímetros del pequeño círculo rojo. Todos los chicos aplaudieron a su alrededor. "Suerte de principiante", dijo mientras tiraba el otro y fallaba.

Ben y los demás me miraron, y Ben hizo un gesto con los ojos para que me acercara a Christina. Frank y Carlos se quedaron allí sonriendo, instándome a hacer un movimiento. Christina no estaba prestando atención mientras se acercaba al tablero para sacar el dardo. Ben me dijo: "Ve con ella. Coquetéale. Ayúdala".

Asentí con la cabeza antes de acercarme a ella. "¿Te importa si te muestro?", pregunté. "Tengo algunos consejos".

Las mejillas de Christina se volvieron rosa brillante, lo que hizo que mi pecho se agitara. "Bueno". Puso los dardos en mi mano. "Enséñame".

Me mordí el labio inferior mientras luchaba más allá de mi corazón acelerado. Guie a Christina lejos del tablero y la ayudé a adoptar una postura adecuada. "Deberías pararte en este ángulo, con tu cuerpo hacia el lado donde quieras apuntar el dardo". No estaba seguro de mis manos, y pensé que no debía tocarla sin su permiso.

Christina esbozó una sonrisa irónica y dijo: "Guíame con tus manos".

Luché contra mi temblor cuando los puse en sus caderas. Las moví a un lado y luego pasé mi mano por su brazo mientras las guiaba a una posición de lanzamiento. Ben y los demás se rieron entre dientes, y yo miré en su dirección. Todos miraron hacia otro lado con sonrisas visibles en sus rostros mientras bebían su cerveza.

Mantuve su mano en posición mientras ella se aferraba al dardo. "Lo tirarás así". Moví el brazo por ella lentamente. "Pero hazlo más rápido". La parte trasera de su cuerpo estaba presionada contra la mía. Esperaba que no pudiera sentir mi corazón latir rápidamente contra mi pecho. De mala gana di un paso hacia atrás para que ella pudiera lanzar.

Dio en el blanco, y los demás la animaron.

"¿Ves? Te conseguiste un buen entrenador", señaló Ben. "Deberían venir aquí más a menudo para practicar juntos".

Eché un vistazo a Ben, y él levantó los brazos inquisitivamente. "¿Qué?", articuló.

Me incliné hacia él y dije en voz baja: "lo estás intentando demasiado".

"Y no te estás esforzando lo suficiente", susurró.

Terminamos otra ronda de cervezas mientras jugábamos, y Christina nos dejó boquiabiertos por su victoria inmaculada. Me sentía un poco mareado al final de mi cuarta cerveza y me resultaba más difícil apuntar correctamente al tablero.

"Vayamos a casa", dijo Ben mientras golpeaba su vaso vacío sobre la mesa.

Ben, Frank y Carlos agarraron sus chaquetas antes de salir por la puerta. Me paré en el bar, cerrando la cuenta cuando Christina se acercó, sosteniendo su billetera. "Puedo pagar tus bebidas", le ofrecí.

Los labios de Christina se curvaron y ella dijo: "Gracias, pero yo puedo pagar. No es que no aprecie tu ofrecimiento, pero soy una chica orgullosa". Levantó su billetera y la sacudió. "Tengo mi propio dinero".

"Respeto eso. ¿Aceptarás mi oferta de acompañarte a tu coche?".

La sonrisa de Christina creció. "Eso lo aceptaré".

Después de pagar las cuentas, mantuve abierta la puerta para Christina mientras ella salía. Me paré a su lado derecho mientras caminábamos alrededor del final del edificio. Abrí la cremallera y puse mis manos dentro de los bolsillos delanteros. Soplé aire cálido en el aire frío mientras continuamos por la acera mojada.

"¿Cómo está tu madre?", preguntó Christina

Mordí el interior de mi mejilla. "Ella está bien. Como esperarías que estuviera". Miré a Christina, cuya nariz comenzaba a ponerse rosa. No pude evitar sonreír ante eso. Sus suaves ojos azules eran tan acogedores y amables. Podía abrirme fácilmente con ella. "Compré esa casa para que ella y mi padre se mudaran". Me detuve. "Quiero cuidarla mejor". Sentí un cambio de peso en mi pecho. Se sintió bien hablar con alguien acerca de mis problemas, además de con mi hermana y mi padre.

Christina extendió la mano y me apretó suavemente el brazo. "Eres un hombre dulce por querer cuidar a tu mamá así. Yo solo espero que no estás asumiendo demasiado".

"¿Qué quieres decir?".

"Tienes que pensar en ti, cariño. No puedes pensar solo en los demás. No es sano".

Me encogí de hombros. "No solo pienso en los demás. También compré esa casa para mí".

Christina me miró con una sonrisa cómplice. "Está bien, cariño".

Me sentí a la defensiva. "También dedico mi vida a mi carrera".

"Sí, pero ¿por qué decidiste ser enfermero?¿Por el diagnóstico de tu mamá?".

Me detuve brevemente. Me convertí en enfermero poco después de que mi madre comenzó a mostrar signos de su enfermedad, pero ella no necesitaba saber eso. "Siempre quise ser enfermero", me dije más a mí mismo que a ella. Christina permaneció en silencio. Todo lo que hizo fue asentir con la cabeza, lo que solo me irritó más. Cuando llegamos al auto de Christina, se giró para mirarme. "No asumas demasiado o te estresarás", dijo. Puso una mano en mi mejilla, y mi molestia se desvaneció de inmediato. "El estrés puede conducir a todo tipo de cosas, como pérdida de sueño, apetito e incluso alucinaciones". Ella me dio una pequeña sonrisa. "Me preocupo por ti, descuidándote a ti mismo. Espero no haber sobrepasado los límites".

Sacudí mi cabeza. El alcohol en mi sistema salpicaba mis emociones claramente en mi rostro, lo que sabía que me avergonzaría mañana. "Gracias". Las palabras de mi madre hicieron eco en mi cabeza, y el alcohol me hizo sentir lo suficientemente valiente como para decir: "me preguntaba si saldrías conmigo".

Sus labios se abrieron en una gran sonrisa. "Me encantaría. ¿Qué tal el próximo sábado?".

Tomé un respiro de alivio. "Eso es bueno".

Christina se puso de puntillas y sus suaves labios rozaron suavemente mi mejilla. "Buenas noches, cariño". Abrió la puerta de su auto y entró.

Mientras la veía alejarse, mi primer pensamiento fue llamar a mi madre para decirle. Sin embargo, lo pensé mejor teniendo en cuenta el estado en que se encontraba a principios de esta tarde y lo tarde que era.

Decidí tomar un Uber para llegar a casa en lugar de conducir después de haber estado bebiendo. Esperé unos minutos fuera del bar. Un joven se detuvo y me hizo un gesto para que entrara en el vehículo.

"¿Noche de diversión?", preguntó el conductor. Me asomé por la ventana mientras me frotaba las rodillas con las manos para calentarlas. Mis nervios estaban entumecidos por el alcohol. "Sí, han sido unas semanas difíciles". Fruncí el ceño y sacudí la cabeza. Nunca era tan abierto con los demás. Debe haber sido el alcohol.

El hombre miró hacia el camino. "Te entiendo. La vida puede agobiarte". Miró su GPS y dijo: "¿Vives de la avenida Batson?".

"Sí".

"Entonces, vives cerca de esa vieja mansión, ¿verdad?".

"Vivo *en* la vieja mansión".

El conductor abrió mucho los ojos sorprendido. "No pensé que alguna vez venderían la casa a nadie después de lo que sucedió".

Moví mi cabeza hacia la dirección del conductor. "¿Qué sucedió?".

"¿El agente inmobiliario no te contó?", dijo atónito. Silbó. "Estoy bastante seguro que, por ley, que tiene que hacerlo, ¿verdad? De todos modos, en la casa tuvo lugar un asesinato hace unos ocho años".

Mi corazón se hundió y parpadeé con incredulidad. "¿Un asesinato?".

"Una chica fue asesinada por su novio allí. Creo que se volvió loco un día y comenzó a dispararle". Me mordí el interior de la mejilla y bajé la mirada hasta mis rodillas.

"Nunca atraparon al tipo".

Volví a levantar la cabeza. "¿Nunca lo atraparon?". Mi voz se quebró.

El conductor sacudió la cabeza. "Las autoridades buscaron como locos, pero nunca lo encontraron. Debe haber salido del país o algo así. También escuché que la casa fue una vez un hospital psiquiátrico".

Mi corazón dio un vuelco ante lo que dijo el conductor. ¿Una instalación mental? Quería convertirlo en uno improvisado para mi madre.

"Sin embargo, no estoy seguro de eso", dijo el conductor. "Pero a los adolescentes siempre les gustó entrar para encontrar fantasmas". El conductor se detuvo en mi casa y lo miré con reticencia. Los hermosos paneles ahora estaban cubiertos de sombras amenazantes que se extendían como brazos hambrientos hacia la calle. Las ventanas, que alguna vez fueron acogedoras, adquirieron una energía mucho más oscura y misteriosa.

"Bueno, que tengas una buena noche", dijo el conductor.

Tragué. "S-sí ... Gracias". Salí lentamente del auto y retrocedí los escalones hacia mi casa. El sonido de la puerta al cerrarse hizo eco en las paredes desnudas de mi casa. Fue un claro recordatorio de lo expansivo y vacío que era. Miré alrededor a todas las cajas medio vacías que todavía necesitaban ser desempacadas.

Suspiré mientras me pasaba los dedos por el pelo. Colocando mis llaves en la canasta junto a la puerta del garaje, subí a mi habitación. A pesar de la historia de la casa, no podía ni podía creer que estuviera embrujada. La casa solo tenía una mala historia, y los sueños eran solo una coincidencia. Eso fue todo.

Más tarde, esa noche, me di la vuelta en la cama, apretando fuertemente las mantas. Giré al otro lado y las acerqué más, pero aún me castañeteaban los dientes y mi cuerpo temblaba. Abrí los ojos y me senté. La sensación penetrante del aire frío que golpeaba mi piel provocó un escalofrío que me recorrió la columna. Me quité las mantas y salí de mi habitación para revisar el aire acondicionado. Sabía que no lo encendía, ya que era mediados de la primavera, y todavía hacía frío en Saratoga Springs durante ese tiempo. La nieve apenas se había derretido unas semanas atrás.

Me froté los brazos mientras salía de mi habitación, pero cuando salí, noté un cambio dramático en la temperatura. El pasillo era mucho más cálido que mi cuarto. Regresé a mi habitación y el frío me golpeó la cara como el hielo.

Revisé cada ventana y ventilación. Revisé dos veces el termostato, pero mi aire acondicionado estaba apagado. Decidí encender mi calentador para ver si eso ayudaba. Después, caminé hacia una de mis cajas para sacar dos mantas adicionales. Cerré la puerta de mi habitación antes de acostarme en la cama y cerrar los ojos.

En ese momento, un sonido de rastrillado como el deslizamiento del metal contra el metal me hizo abrir los ojos. El sonido era pequeño, pero como mi habitación estaba en absoluto silencio, el chirrido se hizo aún más fuerte. Me senté en la cama, y tan, claro como el día, vi girar el pomo de la puerta. La luz de la luna desde mi ventana golpeó el pomo de la puerta de oro justo. Pude ver mi reflejo en la perilla mientras giraba lentamente hacia la derecha y luego hacia la izquierda. El metal envejecido chirriaba con cada movimiento.

Mi corazón se detuvo. Apreté fuertemente las sábanas antes de respirar profundamente. "Esto es ridículo", me dije. Parpadeé deseando que la alucinación se fuera, pero aun así, el pomo giró. Me negué a dejar que el miedo me venciera, así que me quité las mantas. Agarré una de las lámparas que aún no había enchufado para usar como arma si fuera necesario. Luego fui hacia la puerta, preparándome para lo que sea que pudiera ver al otro lado.

Abrí la puerta. Tenía la lámpara en alto, lista para atacar, pero no había nada allí. Mientras bajaba el brazo, mi frente se apretó en confusión. Miré por el pasillo, pero tampoco había nadie. Puse la lámpara en el suelo y sacudí la cabeza.

"Debe ser el alcohol", me dije. Bajé las escaleras hacia la cocina para buscar agua. Me tragué una taza y luego la segunda. "Quizás el agua detenga estos delirios de borracho", pensé. Me eché un poco de agua en la cara antes de subir las escaleras.

Decidí que si no había ningún ruido más durante la noche, ignoraría este a toda costa. No iba a ceder ante el miedo y las ilusiones. Todo se debía al estrés, una mezcla de alcohol y a ese conductor que me contó sobre la historia de la casa. Mi mente me estaba jugando una mala pasada. Sin embargo, no cedería.

Mientras dormía, tuve el mismo sueño de ver a esa mujer con un vestido morado corriendo por las escaleras de mi casa. Ella gritó cuando escuchó un disparo. Esta vez quise enfrentar al atacante para tratar de ayudarla, pero me vi obligado a seguirla. Mi adrenalina corrió por todo mi cuerpo mientras veía a la mujer luchar contra un hombre alto con un corte de pelo al rape. Él se alzó sobre ella, y los músculos de sus brazos se flexionaron mientras halaba de su cabello y la tiraba al suelo.

"¡Levántate!", grité. "¡Corre!". Mis manos temblaron de aprensión.

"¿Dónde está el cuaderno?", exigió el hombre.

Traté de ayudar a la mujer a levantarse, pero nada de lo que hice funcionó. Era como si no tuviera fuerzas. Era demasiado tarde, y la mujer recibió un disparo justo en el medio de su abdomen. Apreté las manos en un puño, listo para luchar contra el hombre, pero cuando me balanceé, mis brazos lo atravesaron.

"¡Bastardo!", grité.

El hombre pisó el cuerpo de la mujer y le disparó a la cabeza, matándola. Él dijo: "Voy a encontrar la maldita cosa yo mismo".

Me desperté de golpe con una furia que me atravesó, lo que hizo que mis sábanas se empaparan de mi sudor. A pesar de que el sueño había terminado, todavía podía escuchar el disparo sonando en mis oídos.

Capítulo cuatro

Cordura deslizante

Me quité las mantas y miré por la ventana de mi habitación. Ya era de mañana. No había nadie en mi patio trasero o en los patios de los vecinos por lo que podía ver. Aun así, no pude sacar el sonido de ese disparo de mi cabeza. Revisé todas las partes de mi casa, pensando que tal vez alguien había entrado y había disparado. Finalmente, salí, pero no había disturbios que pudiera ver. Todo parecía ser normal, aunque no pude evitar pensar que el disparo fue real. Sacudí la cabeza mientras subía las escaleras. Tenía que prepararme para el trabajo y dejar de perseguir los ruidos que escuché de mis sueños.

Llamé a un conductor de Uber para que me llevara al bar antes del trabajo para poder recoger mi camioneta. Después, me dirigí directamente al trabajo.

Durante mi turno, no pude evitar la sensación de cuán real era el sonido de ese disparo. Estaba cubriendo a Christina en la recepción durante la primera parte de mi turno mientras estaba en su descanso. Golpeé mi lápiz sobre el mostrador mientras reflexionaba sobre los eventos de anoche y de esta mañana. Decidí buscar en internet las causas probables para escuchar un disparo de mi sueño en la vida real. Tenía que haber una razón lógica.

Encontré un sitio que hablaba de sueños y sus posibles significados. Salí de él mientras ponía en blanco los ojos. Luego, me encontré con un sitio web que hablaba de sueños vívidos y lúcidos. Lo encontré más atractivo, especialmente porque el artículo trataba de un estudio realizado sobre ellos en lugar de las interpretaciones de los sueños. "A veces nuestros sueños pueden filtrarse en nuestras vidas despiertas", decía. "Especialmente si un sueño es lo suficientemente vívido, puede tomarle tiempo a nuestro cerebro reajustarse al mundo despierto".

El artículo dice que cuando nos estamos despertando de los sueños, a veces nuestro cerebro sigue emitiendo la molécula de dimetiltriptamina en nuestro cerebro o DMT, que es el motivo por el cual las personas pueden alucinar o escuchar cosas que no están allí, después de despertarse. Para mí, esto fue suficiente para satisfacer mi inquietud por el disparo que escuché. Estaba solo en un sueño profundo, y cuando desperté, todavía estaba medio dormido, lo que provocó la superposición del disparo de mi estado de sueño a mi estado de vigilia.

Christina regresó de su descanso, y rápidamente salí de mi búsqueda antes de que pudiera atraparme. "Gracias por cubrirme ", dijo. Me puse de pie y ella volvió a sentarse en el escritorio.

Puse mis manos en los bolsillos de mis matorrales. "En cualquier momento", le dije con una sonrisa tímida. Abrí la boca para decir más, pero lo pensé mejor.

"Oh, Ted. ¿Le darás este gráfico a Mónica por mí?", preguntó Christina

"¿Mónica?", pregunté inquisitivamente. "Es la chica nueva. La enfermera Brooks me dio la tabla actualizada de uno de sus pacientes. Tiene el pelo oscuro. No puedes confundirla. Ella trabaja en la misma área que tú.

Tomé la tabla y dije: "Sí, claro".

"Gracias, cariño". Inmediatamente salí por el pasillo en busca de esta nueva chica. Eché un vistazo a cada habitación por la que pasé, y Christina tenía razón, no podía confundirla. Estaba en la última habitación del pasillo, y el contraste de su cabello negro sobre su piel de alabastro se notaba incluso a una milla de distancia.

Llamé a la puerta abierta, y ella se volvió hacia mí mientras esponjaba una almohada para uno de sus pacientes. "¿Mónica?", pregunté.

"Sí", dijo ella. Su voz era mansa y tranquila, y tuve que inclinarme un poco para poder escucharla mejor.

"Esto es para ti", le dije, entregándole el gráfico. "Es de Christina. Es información actualizada sobre uno de sus pacientes".

"Oh, gracias", dijo. "¿Cuál es tu nombre?".

"Ted Rovers ... ¿Cuándo empezaste aquí?".

Mónica se volvió hacia su paciente, que era una mujer de ochenta años llamada Camille. Me la asignaron cuando comencé, pero cuando cambiaron mi horario, también cambiaron a mis pacientes. "Camille, ¿hay algo más que necesites?".

La mujer sacudió la cabeza mientras comía de su avena.

"Regresaré para ver cómo estás más tarde. Disfruta tu desayuno". Mónica salió de la habitación y yo la seguí. "Es un placer conocerte, Ted. Empecé aquí la semana pasada".

Caminé junto a ella por el pasillo. Sabía que era difícil comenzar a trabajar en un lugar nuevo, y ella parecía tímida como yo. Decidí entablar conversación con ella. "¿Qué te hizo querer trabajar aquí?".

"Este..". Ella estaba callada mientras pensaba. "Solía cuidar a mis padres. Se están haciendo mayores, así que...".

Asentí con la cabeza en comprensión.

"Pero estar atrapada en esa casa todo el día me hizo enloquecer".

Conocía esa sensación demasiado bien, ya que me crié en medio de la nada en las montañas de California.

"Fui muy buena para cuidarlos y lo disfruté, así que decidí convertirme en asistente de enfermería certificada", dijo.

"Tengo una historia similar", dije. "Fue la enfermedad de mi madre la que me influyó para convertirme en enfermero. Ella tiene Alzheimer ".

Mónica me dio una sonrisa torcida para mostrar su simpatía. "Siento escuchar eso".

Me encogí de hombros. "No es fácil, pero estoy aprendiendo a lidiar con eso. Fue un placer conocerte".

"Igualmente. Por cierto, ¿quién es ese?". Mónica señaló por el pasillo hacia el área recreativa donde estaba Ben. Nos estaba mirando desde detrás de una de las estanterías, y rápidamente empujó un libro de vuelta al estante antes de salir corriendo.

Me reí. "Ese es Ben. Él es otro enfermero aquí".

"Me mira mucho, pero nunca dice nada. Intenté hablar con él ayer, y todo lo que dijo fue galimatías y me fui. ¿Está bien?"

No pude evitar reír. *Y Ben dice que no tengo juego.* "Es un poco incómodo cuando se trata de mujeres".

"Oh", dijo Mónica y soltó una pequeña risa. "Eso es muy divertido y triste".

"Lo es, pero es inofensivo. Si te acercaras a él, huiría en la otra dirección. No tiene suerte con las damas".

Mónica sonrió. "Puedo ver por qué. Bueno, intentaré no asustarlo estando en la misma habitación que él".

"Por favor," dije. "Y un placer conocerte de nuevo".

Mi siguiente paciente fue Hank. Estaba en la habitación más alejada del pasillo. El CEE estaba formado por el vestíbulo principal, que era la primera habitación cuando alguien entraba en las instalaciones. Ahí es donde Christina trabajaba detrás del escritorio. Al lado de su escritorio hay un pasillo solo para empleados, donde estaba la sala de descanso. En el vestíbulo, teníamos sillas, sofás y un televisor. Al otro lado de la habitación estaba el pasillo principal que tenía una línea de habitaciones de pacientes. La mayor parte de mis pacientes estaban en esa sección cerca del vestíbulo.

Al otro lado de ese pasillo, estaba el área recreativa. Había puertas corredizas de vidrio en la sala de recreo que conducían al área vallada exterior. Había un pasillo a la izquierda y a la derecha de la sala. Ambos estaban llenos de habitaciones de pacientes. El mostrador médico y la cafetería estaban en uno de estos pasillos.

Cuando llegué a la habitación de Hank, llamé ligeramente a la puerta antes de entrar. Hank estaba sentado allí en su cama con el sombrero de veterano como siempre. "Muy bien, Hank", comencé. "Es esa hora del día". Hank dejó escapar un resoplido antes de sonreír. "Necesitamos cambiar a mis enfermeros. Sin ofender, pero preferiría tener una señorita agradable para este trabajo". Solté una risita. "No te culpo. Yo me sentiría igual". Hank se levantó lentamente de la cama, pero necesitaba mi ayuda para llevarlo a su silla de ruedas. Lo levanté por las piernas en un brazo mientras usaba el otro para sostener su espalda, y lo llevé a su silla de ruedas. Era tan ligero que podía sentir la fragilidad de su cuerpo lisiado en mis brazos. Lo llevaría a la bañera, pero Hank se sentía más digno siendo llevado en una silla de ruedas, lo que yp respetaba.

Empecé a bañarme y dejé que Hank revisara la temperatura del agua con su mano para juzgar si hacía demasiado calor o frío. Hank podía quitarse la camisa bien, pero necesitaba ayuda con el pantalón del pijama. "Recuerda que todavía puedo limpiar mi propio culo", dijo Hank.

"Lo sé, señor".

"Ya sabes qué hacer".

"Sostener los calzoncillos. Entendido. Tú haces el resto".

Hank asintió con la cabeza. "Buen hombre. No soy un maldito bebé. Salvé vidas, maldita sea. Y las quité. No necesito que otro hombre me báñe".

Le pregunté: "¿Estás listo?". Hank dejó escapar un resoplido. Lo tomé como un sí, y lo recogí para colocarlo en el agua. Tuve que quedarme cerca para asegurarme de que no se ahogara o que no necesitara más ayuda, pero a Hank no le gustaba que estuviera en la misma habitación. Como compromiso, tomé asiento fuera del baño y le hablé con la espalda vuelta.

"¿Cómo te trata la vida jubilada, Hank?".

"¡Bah!", exclamó Hank, lo que me hizo reír. "Es terrible. Quiero morir ya. He estado esperando morir durante los últimos veinte años más o menos. Nunca quise vivir hasta una edad en la que necesitara que me llevaran al maldito baño".

Asentí con la cabeza. "Entiendo completamente, señor. Yo sentiría lo mismo".

Estaba tranquilo. Podía oír el agua que salpicaba Hank al lavarse a sí mismo. " Pero", comenzó Hank, "me alegra tenerte como mi enfermero asignado. El último nunca entendió que alguna vez fui hombre y necesitaba ser tratado como tal".

"Todavía eres un hombre".

"Eso es realmente amable de tu parte, pero un hombre que necesita ayuda para cagar ya no es un hombre. Soy la ciruela marchita de lo que una vez fui, y es por eso que no puedo esperar hasta mi último aliento moribundo para terminar esta humillación".

Realmente simpatizo con Hank. Mi corazón se retorció de dolor y una sensación de vacío se instaló en mi estómago. Hubo silencio entre nosotros por un momento. De repente, escuché un gran chapoteo y me puse recto en mi asiento. Llamé: "¿Hank?".

Sin respuesta.

"¿Hank?", pregunté de nuevo.

Lo escuché soltar un pequeño gemido.

Inmediatamente me puse de pie en alerta. "Bien. Me doy la vuelta para ver cómo estás". Vi a Hank encorvado con el brazo colgando del costado de la bañera. Corrí para ayudarlo a levantarse.

Hank me empujó. "¡Estoy bien, muchacho! Me mareé, eso es todo".

Esto hizo poco para ayudar a calmar mi preocupación. Mi ceño permaneció fruncido mientras lo ayudaba a sentarse en la bañera. "¿Por qué tienes mareos?".

"Es esa maldita medicación nueva que me dieron. ¡Mira hacia el otro lado!".

Inmediatamente me fui a mi silla para que Hank pudiera terminar de bañarse. "¿Por cuánto tiempo ha estado sucediendo esto?".

"Alrededor de una semana".

Alcé las cejas y crucé los brazos. "¿Y no pensaste en decirme?".

"No es gran cosa. Nada que no pueda manejar".

"¿Qué otros síntomas tienes?".

"Náuseas por los mareos. Me duele el estómago, lo cual es una mierda porque disfruto de esas magdalenas de arándanos que tienen. Anoche, las vomité". Hank se quejó para sí mismo. "Maldita vejez".

Mastiqué el interior de mi mejilla. Estuve en silencio por unos momentos y luego pregunté: "¿Has terminado de bañarte?".

"Sí, sí", dijo Hank. "Sácame de esta maldita cosa".

Agarré algo de ropa recién lavada para él y me dirigí a la bañera. "Ahora, aquí viene la parte difícil", dije.

"Bah, termina de una vez", dijo Hank con un movimiento de su mano.

Aparté la vista hacia la pared del fondo mientras quitaba la ropa interior empapada de Hank y le ponía un par fresco y seco. En mi visión periférica, pude ver el ceño fruncido de Hank. No me disgustaba cambiarlo. Cambié un montón de pacientes, pero sabía que Hank lo odiaba. Por respeto, aparté la vista.

Cuando terminé de vestirlo y lo volví a colocar en su cama, fui al mostrador de medicamentos donde colocaron a Frank. "Hola, Frank", le dije. "¿Puedes traerme la carta del sr. Charleston?".

"¡Por supuesto!¿Qué está pasando?", preguntó.

"Solo quiero comprobar algo". Miré por encima la ingesta de medicamentos asignada de Hank. "¿Hay alguna manera de que podamos cambiar sus medicamentos? Lo están enfermando".

"Puedo preguntar, pero no está en nuestro ámbito de práctica. Puedo hacer que una de las enfermeras principales lo vigile".

El enfermero Brooks nunca estaba cerca cuando la necesitaba, e incluso si lo estuviera, me gritaría por entrometerme demasiado en los asuntos de sus pacientes. Era un hombre estúpido y orgulloso, y la idea del sufrimiento de Hank me hizo sentir inepto. Le di a Frank mi cara decepcionada.

Frank me dio una sonrisa comprensiva. "Lo entiendo, estás frustrado. Pero es tu trabajo como enfermero controlar al paciente y dejar que el médico principal o el enfermero registrado sepan qué está sucediendo".

Asentí con la cabeza. Mi inexperiencia se muestró y eso solo empeoró mi frustración. Hice todo lo posible para contenerlo apretando los dientes. "Él debería dejarlos ahora".

"Hasta donde sé, han probado casi todos los medicamentos en el mercado, y todo enferma a Hank. Esta dosis le ha dado un menor problema".

Me pasé los dedos por el pelo y dije: "Bien. ¿Qué debo hacer para que se sienta mejor?".

Frank me dio una toallita fría. "Usa esto para enfriarlo y darle un masaje", dijo Frank. "Le traeré un poco de té de menta para las náuseas".

Regresé a la habitación de Hank. Necesitaba tomar mi descanso para almorzar, pero en cambio, decidí consolar a Hank con un masaje y una toallita. De esta manera, podría vigilarlo. El té de menta sí ayudó, y tenía más confianza.

Cuando terminó mi turno, me fui directo a casa. Estaba demasiado exhausto para prepararme algo de comer, y me desplomé en el sofá en el momento en que entré por la puerta principal.

Una hora después, me desperté con la televisión encendida, pero podría haber jurado que nunca toqué el control remoto. Sin embargo, mi mente estaba demasiado nublada para comenzar a cuestionarla. Me senté sobre los codos mientras mis ojos se abrían. Estaban dando las noticias y la presentadora hablaba de otro hombre con enfermedad mental que desapareció. Me levanté del sofá y apagué la televisión.

Como era lunes, decidí planificar mi semana con anticipación en la agenda que colgué en la nevera. Quité el imán del planificador y me senté en la mesa de la cocina con un bolígrafo. Planeaba terminar de desempacar el final de la semana. Reprimí una sonrisa mientras escribía mi cita con Christina el sábado. Pongo una pequeña tarea para mí cada día: limpiar el patio trasero, transferir dinero a mi cuenta de ahorros para renovar el hogar, comprar comestibles, llamar a mamá y limpiar lo que haya dentro del sótano.

Después de que terminé de hacer mi lista, decidí comer ese arroz frito que nunca llegué a comer anoche con algunas verduras frescas mientras terminaba de desempacar mi sala de estar.

Mientras limpiaba una de las cajas, en el fondo, me encontré con una vieja foto de mí, mi madre, mi padre y Scarlett. Tenía que tener unos doce años y Scarlett tenía casi dos años. Siempre había rogado por otro hermano o hermana, y cuando finalmente conseguí uno, no me gustó el resultado. Sonriendo, miré a mi yo de doce años que miraba a mi hermana. Estaba jugando con uno de mis viejos juguetes y sonriendo. En ese momento, iba a tirar ese juguete porque era "demasiado grande" para cosas de niños. No fue tanto idea mía como de mi padre. Decidió que yo era demasiado viejo para "muñecas". Había pasado por mi habitación y había tirado todos mis peluches, diciendo que tenía que empezar a actuar como un hombre. Ese fue un día difícil para mí porque mi única manta de seguridad, Effy el Elefante, fue arrojada al contenedor de basura. No pude dormir esa primera semana sin ella.

Pensé en esa pelea entre mi madre y mi padre después de que él había pasado y arrojado todos mis juguetes. "¡Todavía no está listo!¡Sigue siendo un niño!", había exclamado mi madre.

"Por eso precisamente necesitamos tirar sus juguetes de niña. Necesita convertirse en hombre". Mi padre siempre tenía una forma de sonar enojado, a pesar de que estaba teniendo una conversación normal.

"¡Solo tiene doce años!". Mi madre prácticamente le suplicó.

"Y ya es hora de que comience a actuar de esa manera. Mi padre tiró mis juguetes cuando era mucho más joven".

"Pero él no eres tú y tú no eres tu padre". Todavía recuerdo ese silencio ensordecedor que cayó entre ellos después de que mi madre dijo esas palabras.

Nunca hablamos de mi abuelo, y no tenía idea de por qué. No fue hasta que fui mayor que supe que mi abuelo era un hombre abusivo cuando bebía demasiado, que era todo el tiempo. Al mencionarlo mi madre, fue como una estaca en el corazón para mi padre.

"No más juguetes", fue todo lo que dijo.

Mis padres le dieron mi GI Joe a mi hermana, lo que me hizo quererlo nuevamente.

Mi mente volvió a ese día en el parque con Scarlett sentada en la manta jugando con mi viejo GI Joe. "Quiero que me devuelvan mi juguete", le dije a Scarlett. Ella me sacó la lengua y luego se echó a reír.

Grité antes de empujarla. En lugar de llorar como quería, ella se levantó y me golpeó en la cara con el juguete. Sostuve mi mejilla derecha en mis manos. El dolor punzante me hizo palpitar la mejilla. Grité: "¡Mamá! ¡Scarlett me golpeó!"-

"Tal vez no deberías haberla empujado", dijo mi mamá mientras nos preparaba bocadillos. "Yo lo vi todo".

Esa fue la última vez que fui violento con mi hermana. Ella devolvió el golpe.

Más tarde, mi madre fue a la tienda a comprar un nuevo GI Joe. Se había metido en mi habitación en medio de la noche, y fingí estar dormido. Lo metió debajo de mi manta y besó mi mejilla antes de irse. Hasta el día de hoy, todavía tenía esa figura de acción. Estaba en una caja en el sótano con mis otras baratijas de recuerdo.

Me reí cuando el recuerdo se borró de mi mente, y cavé a través de otra caja para encontrar un marco de fotos para poner la foto. Al ver a mi familia todos juntos en una foto, me di cuenta de lo vacía que estaba ahora mi casa. La inmensidad de la casa me erizó aún más por la soledad que sentía en mi corazón. No me había dado cuenta de que se había puesto tan oscuro. Encendí la luz de la sala de estar y luego coloqué suavemente el marco de la imagen en la estantería al lado del sofá.

Gotas de agua besaban las ventanas mientras la lluvia caía. Todo lo que tenía eran los sonidos del clima junto con el automóvil ocasional que conducía al hacer que el agua se agitara en la distancia para hacerme compañía.

Mientras lentamente desempacaba mis libros para colocarlos en el estante, el grito de una mujer llenó el aire, haciéndome tirar mi libro y mi corazón deja de latir. Mi cuerpo tembló cuando sonó un disparo. Me puse de pie de un salto y corrí hacia la canasta por mi celular. Llamaría a la policía. No había duda de ese sonido. No estaba dormido esta vez.

"911. ¿Cuál es tu emergencia?", preguntó el despachador.

Corrí hacia la ventana más cercana, pero mi visión del mundo exterior estaba oscurecida por la lluvia en la ventana. Mi voz temblaba con cada palabra. "Me gustaría informar sobre sonidos de disparos".

"¿Dónde están ubicados?"

"Veintiuno cincuenta y tres, Avenida Batson. Escuché a una mujer gritar antes de que se disparara".

"La policía está en camino".

Me temblaron las manos cuando me agarré a la ventana. "Por favor, apúrense. Creo que puede estar lastimada".

"¿Puede verla?".

Entrecerré los ojos mientras miraba hacia la oscuridad total. "No. No puedo ver a nadie". Corrí a la sala de estar para mirar por la ventana. "No veo a nadie. Soy enfermero, así que saldré a ver si está bien".

"Por favor, quédese adentro, señor".

Lo ignoré y salí corriendo por la puerta. El sonido de la lluvia rugió a mi alrededor, haciéndome sordo a cualquier otra cosa. Bajé los escalones del porche buscando a la mujer o tal vez a alguien con una pistola. Sin embargo, cuanto más caminaba por la calle, más me daba cuenta de algo: nadie estaba afuera, ni una sola alma.

Estaba empapado cuando llegó la policía. "Señor, ¿es usted el que llamó?", preguntó uno de ellos.

Asentí mientras mis ojos todavía deambulaban, buscando a la mujer. "Vaya adentro. Nos encargaremos desde aquí", dijo el oficial. Un segundo oficial se me acercó y me guio de regreso a casa.

Me senté en mi porche mientras los policías registraban el área usando linternas. Varios minutos pasaron. La policía pidió refuerzos para buscar en los bloques cercanos, pero todavía nada. Uno de los oficiales caminó hacia el porche con las manos enganchadas al cinturón. "No encontramos a ninguna mujer, señor", dijo. "Incluso hablamos con algunos de los vecinos y dijeron que no escucharon nada. ¿Está seguro de que escuchó disparos?". Me quedé parado en el borde de mi porche. "Uno. Solo un disparo y una mujer gritando".

"Nada de eso sucedió aquí. Tal vez su televisor estaba encendido y lo confundió".

Lentamente sacudí la cabeza. "No", murmuré.

"¿Qué dijo?". El oficial se inclinó lentamente para escuchar mi voz sobre la lluvia.

Tragué saliva. "Tal vez fue mi televisor", mentí. Lo último que necesitaba era que me consideraran loco, pero, de nuevo, tal vez lo estaba. Los oficiales se fueron y yo me senté allí encorvado, pasando mis dedos por mi cabello. Yo lo *oí*. No había cómo negarlo.

Regresé a la casa y puse mi teléfono celular en su lugar en la cocina. Me senté en el sofá y pensé en las palabras de Christina. Quizás estaba demasiado estresado y ahora estaba alucinando debido a eso. No dormí muy bien anoche, eso podría explicarlo. Eso y estaba lloviendo. Quizás fue un rayo y el viento lo que me hizo confundir el sonido como un disparo. Sin embargo, eso no explicaba a la mujer gritando.

Sacudí mi cabeza. "No, no, no", me dije. "No voy a ceder ante las alucinaciones. De eso se trata. Necesito cuidarme mejor". Aun así, me encontré a mí mismo escuchando cada pequeño sonido que crujía dentro de la casa.

Necesitaba distraerme, así que me tomé mi tiempo mientras me preparaba para acostarme. Incluso arreglé el baño antes de pasarme el hilo dental dos veces. Mientras trabajaba en el último diente, atrapé algo púrpura con el rabillo del ojo. Se agitó como una ola por mi pasillo, y podría haber jurado que vi la parte posterior de una pierna de aspecto femenino. Lo ignoré mientras agitaba mi enjuague bucal. Escupí en el fregadero, y cuando levanté la cabeza, lo que vi me hizo dar un paso atrás en estado de shock. Golpeé mi mano contra mi pecho y solté un fuerte grito. No era propio de mí hacer tanto ruido, pero la visión fantasmal hizo que mi cuerpo se congelara como el hielo.

Justo detrás de mí, en el espejo, había una mujer que parecía tener poco más de treinta años. Era alta para ser mujer, casi alcanzaba mi estatura. Llevaba un vestido morado con bordes irregulares al final de la falda como si hubiera muchas capas desiguales unidas. Su cabello era un nido de ratas, pero complementaba bien su rostro. Aun así, el color desvanecido de su piel casi transparente junto con la mirada sin vida en sus ojos me inquietaba. No solo eso, sino que había un extraño en mi casa.

Me di cuenta después del primer choque inicial y grité: "¿qué estás haciendo aquí?". Volví la cabeza para mirarla directamente, pero había desaparecido. Golpeé mis manos contra el mostrador y apreté con fuerza mientras respiraba profundamente para calmarme. La busqué en el dormitorio, mirando en el espejo. Mi cuerpo estaba helado. No podía moverme.

No vi nada a través del espejo, lo que me hizo sentir más valiente. Después de calmar mis latidos acelerados, busqué en la habitación, pero no pude encontrar nada. Miré por el pasillo y en las demás habitaciones también. Si hubiera una mujer en la casa, entonces no podría haber llegado muy lejos. Escaneé todas las áreas de abajo, pero aun así, no se pudo encontrar a nadie.

Antes de subir a mi habitación, me aseguré de cerrar todas las puertas y ventanas. No iba a aceptar que pudo haber sido una alucinación o, Dios no lo quiera, algún tipo de fantasma. Hice lo que cualquier persona en su sano juicio haría, en mi opinión, verificar dos veces cada entrada posible.

Antes de subir las escaleras, decidí tomar mi teléfono para poder poner mi alarma por la mañana. Sin embargo, cuando miré en la canasta, no estaba allí. Mi ceño se frunció. "Debo haberlo dejado arriba", pensé para mí mismo. Caminé penosamente hasta el segundo piso luchando por mantener los ojos abiertos mientras buscaba en mi habitación el teléfono. No pude encontrarlo en ningún lado. Apreté los dientes mientras tiraba las mantas de la cama y acariciaba las sábanas. "¡No tengo tiempo para esto!", exclamé. Bajé las escaleras pisando fuerte, pensando que lo había dejado en la sala de estar, pero siempre mantengo mis cosas en los lugares designados. Era raro para mí no hacerlo. Por otra parte, había estado teniendo un par de errores mentales. Podría haber dejado fácilmente mi teléfono en otro lugar.

Después de buscar en la sala de estar, decidí volver sobre mis pasos de toda la noche. Tal vez lo dejé caer afuera. Si es así, la lluvia lo habría vuelto inútil por ahora. Regresé a la cocina para verificar si pasaba por alto algo y, justo allí, tenía mi teléfono celular en la canasta. Mastiqué el interior de mi mejilla, y mi mano tembló visiblemente mientras la levantaba. El calor se formó en mi pecho, presionándome, y me agarré con tanta fuerza al teléfono, que mis nudillos se pusieron blancos. Cerré los ojos mientras respiraba profundamente para enfriarme.

Caminé a toda velocidad hasta mi habitación, me metí en la cama y puse la alarma para la mañana. Tomé algunas respiraciones terapéuticas más. "Necesito una salida nocturna o algo así", me dije antes de cerrar los ojos.

Esa noche, tuve la misma pesadilla que siempre tenía de esa mujer en el vestido morado siendo asesinada a tiros por el mismo hombre. Una vez más, me desperté sudando frío. *Esto tiene que parar.*

Mientras preparaba mi desayuno en la mañana, que era solo un batido de proteínas con un plátano a un lado, me reí de mí mismo por los eventos de la noche anterior. Miré por la ventana de la cocina y el sol naciente iluminó la casa con un suave color naranja que besó el viejo linóleo.

Me sacudí la idea de la noche anterior de mi mente mientras mezclaba mi bebida de desayuno. "Era solo estrés", me dije. "Me acabo de mudar a una nueva casa, y no he estado comiendo lo mejor en los últimos días. También me emborraché hace solo unos días. Necesito cuidarme mejor". Me convencí de que todo lo que vi e hice anoche se debió al estrés y al exceso de trabajo. Quizás unos días libres me harían bien. Debería volver a visitar a mi madre. Tal vez pasar tiempo en la ciudad con mi hermana o ir a unas vacaciones tranquilas solo.

Subí al baño y miré a través de mi cajón de medicamentos, donde tenía una variedad de vitaminas. Tomé un poco de B12, vitamina D, hierba de san Juan y aceite de pescado, acompañado de un trago gigante de mi batido. Eso debería ayudar a impulsar mi sistema.

Recordé cuando me metí por primera vez en el estilo de vida "en forma", como lo expresó mi madre. Practicaba casi todos los deportes mientras estaba en la escuela, y mi madre me molestaba diciendo: "¿estás planeando competir en los Juegos Olímpicos?". Todo lo que quería era una distracción y algo que hacer, considerando que vivíamos en las montañas. No había mucho para mantenernos ocupados aparte del trabajo en la propiedad cortando leña, alimentando a los pollos, reparando la casa, etc. Solo quería estar cerca de personas, en lugar de estar en reclusión. Una ventaja adicional era estar lejos de mi padre y estar en el deporte era la única forma segura de lograrlo.

Además, no era tan bueno en el área académica, así que pensé que siempre podría volver a ser un entrenador de educación física o algo así, aunque eso no era realmente lo que quería hacer con mi vida. Estaba perdido durante mis veinte años, sin saber en qué especializarme. Eso fue hasta que mi madre se enfermó.

Estaba de un humor particularmente alegre durante mi turno en el trabajo. Quería ser más positivo, y esperaba que eso también se extendiera a mi salud mental y emocional. "Todo comienza contigo", me dije a mí mismo, mientras marcaba la hora. Era algo que mi madre siempre solía decir. La felicidad comienza desde adentro, no desde el mundo exterior.

Revisé a Hank tocando a la puerta y esperé a que me permitieran entrar. "Adelante", murmuró Hank. Cuando entré, Hank gruñó y dijo: "ahora, ¿por qué estás tan condenadamente feliz?¿Me estás limpiando el culo de forma divertida?".

Me reí. "No, señor. Solo es un buen día".

"Te acostaste con alguien", dijo Hank como si fuera un hecho, y mis mejillas ardieron. Hank asintió con la cabeza. "Eso es bueno para ti. Dios sabe que yo ya no puedo nada".

Me aclaré la garganta. "Vine a ver cómo te ha ido con tus medicamentos. Tomé una nota en su historial para su médico".

Hank tosió. Parecía que algo estaba atrapado en su garganta, tratando desesperadamente de escapar con cada respiración que tomaba. "Sí, sí. Decidí bajar la dosis".

"¿Y?".

"Y ya veremos. Solo ha pasado un día".

Exhalé y asentí. Eso fue lo suficientemente bueno para mí. "Que tenga un buen día, señor".

"¡Bah!". Hank agitó su mano despectivamente.

Al salir, me topé con Ben. "¡Oh, hola!", dije.

"Lo siento, hombre", dijo Ben con una sonrisa. "Estoy llegando tarde de mi hora de almuerzo. Espero volver a mi puesto antes de que alguien se dé cuenta".

"Me preguntaba si tú y los chicos querían salir a tomar una copa", le dije. Miré por encima del hombro de Ben a la nueva enfermera, Mónica. "Puedo invitar a Mónica y quizás a algunos otros compañeros de trabajo también".

Ben se frotó la parte posterior de la cabeza mientras se mordía el labio. Fracasó en tratar de ocultar su sonrisa ante la mención de Mónica. "Sí, me parece bien".

Después del trabajo, me hice una ensalada rápida con pollo antes de salir a nuestro pub favorito. Ya me sentía mejor, y mis labios se curvaron hacia arriba cuando sentí una nueva esperanza. Mientras estaba en el bar, pedí una ronda de bebidas para todos. "Gracias, hombre", dijo Ben mientras tomaba un sorbo. Carlos, Frank, Christina y Mónica levantaron sus vasos en mi dirección como una forma de agradecimiento.

"¿Vas a beber?", preguntó Carlos

Sacudí mi cabeza. "No esta noche. Puedo ser el conductor designado para cualquier persona si lo necesitan, pero últimamente estoy tratando de cuidar mi salud".

Ben casi resopló. "¿Cómo puedes invitarnos a tomar una copa y no beber tú mismo? ¡Eso es una locura!".

Christina estaba sentada a mi lado y me frotó el brazo. "¿Todo bien?", me preguntó en voz baja para que los otros no pudieran escuchar.

La miré con una sonrisa. "Sí, todo está bien". La forma en que las cejas de Christina se curvaron hacia arriba me dijo que no la convencí.

"Y además ... como si necesitaras comer sano", dijo Ben. "Eres el mejor, chico, lo sé". Ben se agarró la grasa del estómago. "Yo soy el que no es saludable". Él y los otros muchachos se rieron.

Me reí nerviosamente y sacudí la cabeza. Odiaba ser halagado. "Ya no tanto. Desde que me mudé de ese complejo de apartamentos, no he podido hacer tanto ejercicio. Tenían un gimnasio completo, mientras que mi casa, no ".

Frank tomó un trago considerable de su cerveza. "Todos podríamos ayudar a construir un gimnasio en la casa de Ted. Sería bueno porque de esa manera no tenemos que ir a uno público y pagar todas esas malditas tarifas adicionales, y todos vivimos cerca unos de otros. Sé dónde vive Ted en la calle Batson, y yo vivo a unas pocas cuadras de distancia".

"Además, todos podemos ir al bar después. Ya sabes, para incitarnos a hacer más ejercicio", agregó Carlos.

"O simplemente ve al bar", dijo Ben. Todos se echaron a reír.

"Ya estoy renovando mi casa para mamá", le dije. "Agregar un gimnasio no sería demasiado exagerado. Estaba planeando poner uno en el sótano de todos modos", dije.

Ben golpeó su mano sobre la mesa. "¡Perfecto! Lleva mi gordo trasero al gimnasio de Ted".

Después de que la risa se calmó, Mónica habló. Su voz era pequeña. Casi no la oí hablar, "¿qué casa en la calle Batson?".

"La vieja mansión", le dije.

El rostro de Mónica se puso blanco y sus músculos de la mandíbula se tensaron visiblemente mientras miraba su bebida.

"¿Qué pasa?", pregunté.

"Mi hermana vivía allí", respondió Mónica.

"¿Ah, sí?¿Cuándo?", preguntó Ben. Su sonrisa me dijo que no estaba al tanto de la expresión sombría de Mónica.

El cabello negro azabache de Mónica le cayó frente a la cara y se lo puso detrás de las orejas. "Hace unos ocho años". Ella jugó con la condensación en su vaso.

Contuve el aliento. "Fue ella quien...". Me quedé en silencio, inseguro de cómo terminar esa frase.

Mónica asintió con la cabeza. Sus labios rosados temblaron un poco, y su rostro se volvió aún más pálido.

"¿Qué le pasó a tu hermana?", preguntó Christina

Mónica miró a todos. "Ella fue asesinada en la casa por su novio".

Todos soltaron un grito ahogado.

"Mierda, hombre", dijo Ben. "Mira, si no quieres hablar de eso...". Ben hizo un gesto a todos alrededor de la mesa. "Respetaremos eso y lo dejaremos en este momento". "No, está bien", dijo. "Nunca pensé que alguien estaría tan loco como para vivir en esa casa desde el incidente". Mónica me miró y el miedo era evidente en sus ojos. "¿Por qué estás viviendo allí?".

Me quedé sin palabras por un breve segundo. Tal vez fue su pregunta lo que me tomó por sorpresa, pero de repente me sentí avergonzado por vivir en esa casa. Miré a Mónica por mucho tiempo. "Para mi mamá. Para ayudarla. Es solo una casa ", dije finalmente.

Mónica bebió su cerveza y se limpió la boca. "Ella no debería mudarse allí". Mónica se levantó y se echó el bolso al hombro. "Lo siento, chicos. Me tengo que ir. Gracias por la cerveza". Inmediatamente se fue por la puerta.

"¡Ay Dios mío, Ted!", dijo Ben. Se recostó en su taburete, derrotado. "Espantaste a mi cita".

Todos se rieron, excepto Christina y yo. No podía sacudir la horrible sensación que se anudaba en mi pecho. Se retorció hasta que cayó sobre mi estómago. Lo que dijo Mónica sonó como una advertencia, pero no pude entender por qué dijo eso.

Después de que todos bebieron lo suficiente, los llevé a casa. Christina fue la última en ser dejada. Nos sentamos en silencio un momento en mi camioneta. Pude ver a través de mi vista periférica que Christina me estaba mirando y mordiéndose el labio como si quisiera decir algo.

"¿Qué crees que Mónica quiso decir con lo que dijo?", preguntó Christina.

Ajusté mi postura. "No lo sé. Tal vez ella siente que el lugar es de mala suerte o algo".

"Probablemente", dijo Christina y miró hacia adelante. "¿Cómo te has sentido, Ted? No pretendo entrometerme, pero pareces fuera de lugar hoy".

La miré cuestionablemente. "No estoy fuera de lugar. Hoy fue un buen día".

"Si tú lo dices", dijo. "Todavía estoy esperando nuestra cita".

Eso me hizo sonreír. "Yo también. ¿Tienes algo en mente que quieres hacer o quieres que te sorprenda?".

Los labios de Christina se curvaron. "Sorpréndeme". Dejó escapar una risita ligera, lo que hizo que mi corazón diera un vuelco. Cuando llegamos a la casa de Christina, me volví hacia ella, pero me aseguré de mantener un amplio espacio entre nosotros en caso de que Christina se sintiera incómoda al estar tan cerca de mí. La mano de Christina colgaba de la manija de la puerta del auto. "Te veré este fin de semana", dijo con un guiño. Ella saltó del auto y esperé hasta que estuvo a salvo adentro antes irme a casa.

El sábado siguiente, me desperté y me sentí más ligero que toda la semana. Mi pensamiento positivo había hecho lo suyo. Me puse un poco más alto, y caminé con un salto. Decidí pasar el día desempacando el resto de mi casa antes de salir con Christina. Mis rodillas se debilitaron al solo pensar en una cita con ella. Planeaba llevarla a un buen restaurante y terminar la noche con un paseo por el parque principal de la ciudad. Las luces de Navidad todavía colgaban en los árboles a lo largo del camino principal que corría por el medio del parque, y pensé que sería perfecto.

Puse música en mi teléfono y me puse a trabajar desempacando el resto de mi habitación. Era principalmente mi ropa la que tenía que colgar. No era un hombre excesivo, así que había muy poco que desempacar. Aplasté las cajas y bajé las escaleras. Lo último que haría sería desempacar el resto de los artículos del baño y organizar el sótano. Sostuve todas las cajas rotas en un brazo mientras bajaba al sótano. Tiré las cajas a una esquina y el polvo voló en el aire. Necesitaba limpiar todo el lugar.

Al lado de mi caja miscelánea, que estaba llena de viejos recuerdos, fotos, anuarios de la escuela secundaria y mis trofeos deportivos, vi mi viejo bate de metal de mis días en el equipo de béisbol de la escuela secundaria. Sostuve el bate en mi mano, y la cinta blanca alrededor del mango trajo una avalancha de recuerdos.

Mientras balanceaba el bate lentamente, por el rabillo del ojo, vi la puerta del misterioso armario que estaba cerrado. Puse el bate contra la pared y subí a buscar las llaves que me dio el agente de bienes raíces. Había estado tan preocupado con mi madre y desempacando que me olvidé por completo de la misteriosa habitación detrás de la puerta.

Luego tuve que, casi, meter la pequeña llave de metal en el pomo de la puerta deforme. Gruñí mientras empujaba la llave más adentro y la movía para fijarla en su lugar. Giré el pomo, y las viejas bisagras gimieron cuando la puerta se abrió para revelar la habitación. Me quedé allí con la boca abierta. Era un gran trastero lleno de camas de hospital abandonadas, mantas, barandillas y armarios de metal.

La habitación estaba desorganizada, y había una cama desgarrada y polvorienta en el camino que me bloqueaba del resto de la habitación. Las ruedas ya no funcionaban, y chirrió contra el frío y duro suelo de cemento cuando la empujé. Tosí cuando la suciedad en el aire llenó mis pulmones. Busqué una ventana para poder hacer que la habitación estuviera menos cargada, pero no había ninguna. Estaba oscuro, y la única luz venía de la pequeña ventana en la otra habitación en el otro extremo del sótano.

Saqué mi teléfono para iluminar mi camino a través de los espacios reducidos. La habitación era bastante grande, y me encontré pensando en un gimnasio en casa. Podría aclararlo y usar esta sala como área de entrenamiento. Cogí un tubo de metal polvoriento que estaba a mis pies. Era curvo en ambos extremos, y me di cuenta de que era un asa para instalar en una bañera. Se colocó en cada baño en el CEE. Podría usarlo para mi madre.

Cuando pasé junto a las sillas que tenían correas de cuero y la caja llena de las cerraduras que faltaban en las puertas, no pude evitar preguntarme por qué todo esto estaba guardado aquí en esta habitación. "¿Por qué no tirarlo?", pensé dentro de mí.

Había armarios de metal cubiertos de telarañas que ignoré. No me interesaban, por el contrario, las tablas de madera en el piso, sí. Las levanté y salió una araña. Rápidamente dejé caer la tabla y pisoteé el bicho antes de que pudiera llegar lejos. Volví a levantar las tablas grandes y una gran sonrisa se formó en mi rostro. "Puedo usar esto para construir una rampa en el porche para mi madre", me dije en voz alta. Miré a mi alrededor los suministros en la habitación y pensé en cómo podría hacer un buen uso de ellos.

Mi entusiasmo se vio rápidamente eclipsado por susurros leves que me revolvieron el estómago. Flotaron en el aire circundante, y mis oídos se animaron mientras trataba de encontrar la fuente. Asumí que era alguien hablando afuera, pero luego escuché la voz de una mujer clara como el día, que decía: "Escucha". Giré la cabeza, pero no había nadie allí. Los susurros eran incoherentes, y todos se mezclaron. No podía entender lo que ninguno de ellos decía, pero las voces se volvieron más fuertes y persistentes. Una voz estalló entre las masas y exclamó: "¡Ted!".

Mi corazón casi salió de mi pecho y corrí hacia las escaleras sin pensarlo dos veces. Corrí a la planta baja, dando dos pasos a la vez antes de apresurarme hacia mis llaves en la cocina. Bajé corriendo los escalones del porche hacia mi auto. Mis manos temblaron mientras luchaba por ponerlas en el encendido, y las dejé caer antes de apresurarme a recogerlas. Cuando finalmente encendí el motor, salí a toda velocidad, haciendo que mis neumáticos chirriaran contra la calle.

Casi pierdo el control y apenas pude manejar el volante cuando pasé por una señal de alto. Una bocina me ensordeció los oídos cuando pasé junto a un auto que cruzaba y apenas le faltaba unos centímetros. Esto me hizo parar momentáneamente en medio del camino. Solté el volante y cerré los ojos. Necesitaba orientarme antes de tener un accidente. Tomé varias respiraciones profundas hasta que mis manos se calmaron, y luego presioné suavemente el acelerador.

No sabía a dónde iba, pero quería poner la mayor distancia posible entre esa casa y yo. Mientras conducía hacia el corazón de Saratoga Springs, vi numerosas carpas blancas sobre mesas de plástico. Estas mesas tenían numerosas cestas llenas de productos en ellas. Cada tienda tenía comida diferente, y docenas de personas caminaban entre cada mesa comprando artículos. Me detuve a un lado de la calle y salí. Me había olvidado por completo del mercado semanal de agricultores de la ciudad. Respiré profundamente el aire primaveral enérgico. Abrí mi cazadora y crucé la calle.

La mayor parte del mercado de agricultores se realizaba en el interior, pero disfruté la vista de las frutas recién cosechadas que se exhibían en el frente. Delante de mí había un edificio público gigante que tenía un amplio espacio en el interior para que una multitud de personas vinieran a comprar comida. La mayoría de las veces había llovido, por lo que habían mantenido el mercado dentro.

Pasé por alto las frutas y entré. Entre todas las verduras frescas, había un carnicero que vendía carne recién cortada. Pensé en la falta de comida en mi refrigerador en casa y me acerqué a la mesa. "¿Estás interesado en algo?", preguntó el hombre. "Lo estoy vendiendo por libra".

Inspeccioné cada pila de carne exhibida en la nevera gigante del hombre. Tenía una tapa de cristal para que pudieras ver fácilmente el interior. El paquete de tocino me llamó la atención y lo señalé. "Dame una libra de tocino, por favor".

"Lo tienes", dijo el hombre. Después de que el tocino fuera envuelto en el papel y yo lo pagara, no pude evitar sonreír pensando en mi madre y sus ridículas técnicas de cocina. No necesito una libra entera, pero yo pensé que podía ir a casa de mis padres unas cuantas noches de la semana para cocinar para mamá.

Saqué mi teléfono del bolsillo trasero y presioné el botón de marcación rápida para llamar a mi madre. Sonó demasiado tiempo para mi gusto, ya que por lo general contesta de inmediato. Cuando hizo clic y escuché la voz de mi madre, suspiré aliviado. "Hola, mamá", le dije. "Estoy en el mercado de agricultores, y pensé en ti cuando...".

"¿Quién habla?", preguntó

Comencé de nuevo. "Es tu hijo, Ted. Estoy en el mercado de agricultores y...".

"¿Puedes recogerme unos espárragos?".

Me confundí. "¿Espárragos?".

Su voz sonaba muy lejana como cuando tenía uno de sus malos días. "Eres el repartidor, ¿verdad? Necesito dos libras de espárragos. Tengo una fiesta a la que ir mañana. Sarah está teniendo otro bebé y le dije que prepararía un plato para su baby shower ".

Me detuve en seco. Me acordé de nuestra vecina Sarah, pero eso fue hace casi dos décadas. "Mamá, la fiesta de Sarah ya sucedió".

"¿Qué?". Mi madre jadeó. "¿Cuándo?¡Me lo perdí!".

"Mamá, sucedió hace veinte años".

"Oh...".

Suspiré. "Entrégale el teléfono a papá, por favor".

"¿Quién es tu padre?".

Me mordí el labio inferior. "El hombre que vive contigo".

"¡Oh! ¿Te refieres al doctor?".

Solté un suspiro lento y pellizqué el puente de mi nariz. "Sí, el doctor. Pásame al doctor".

Mi madre estaba callada, y pude escuchar los balbuceos por teléfono, pasaron unos segundos antes de que pudiera distinguir algo. Entonces escuché a mi madre tararear. "¡Mamá!", grité por el teléfono.

"¿Perdón?". La voz de mi madre sonó como si el teléfono estuviera colocado en algún lugar lejano. Escuché el ruido de ollas y sartenes y el agua corriendo.

"¡Mamá!".

"Oh, perdón", dijo. Podía escuchar los sonidos torpes, y luego su voz sonó más fuerte. "¿Quién es?".

Estuve en silencio mientras trataba de calmar mi frustración. Me aferré un poco fuerte a mi teléfono. La conexión a través del teléfono crujió, y la voz de mi madre se quebró.

"¿H... hola ?".

"¿Mamá?".

"Yo... no puedo...".

"¿Mamá?".

"No puedo... escuchar...". Entonces la línea se cortó. Se escuchó un pequeño crujido mientras estrujaba el teléfono en mis manos. Respiré profundamente cuando encontré un asiento en un banco cercano. Decidí llamar a mi padre. Cuando él contestó, inmediatamente dije: "Necesitas obtener un mejor servicio celular. La línea se cortó entre mamá y yo".

La pura falta de urgencia de mi padre solo hizo que mi ira se encendiera más. "Lo siento, hijo. Ya sabes cómo... Arriba en estas montañas. La recepción se pone... A veces".

"Voy a ver a mamá", dije, y luego colgué.

Cuando me levanté del banco, vi a esa misma mujer translúcida en el vestido morado de mi espejo. Los pelos de mi nuca se erizaron y me agarré fuertemente al paquete de tocino. Sus ojos castaños chocaron con los míos, y me sentí como si me estuviera diciendo que la seguirá. Lentamente se giró y desapareció entre la multitud. Caminé hacia su dirección y pude ver su falda púrpura detrás de un grupo de personas. Empujé a la gente en un intento de seguir el brillo púrpura. Justo cuando pensaba que me había acercado, vi a esta misteriosa mujer aparecer en otra gran multitud y cambiar de dirección.

Estaba tan preocupado por buscar un vestido morado que casi me estrellé contra una mesa. "Oh, lo siento", le dije mientras arreglaba el mantel.

"Está bien. Los accidentes suceden ", dijo la mujer. Reconocí esa voz. Miré hacia arriba y era Mónica. Su cabello negro y liso estaba envuelto en trenzas, y llevaba un delantal rojo que decía: "Granja de la Familia Hollando" con una imagen cosida de un campo y un sol en ella.

"Hola, Mónica", le dije. "No tenía idea de que tenías una granja".

Ella me dio una sonrisa torcida. "Es de mis padres. A veces ayudo con el mercado de agricultores cuando están demasiado cansados para venir a la ciudad. Mis hermanos ayudan con la cosecha hoy en día".

Asentí con la cabeza en señal de comprensión. "Es difícil verlos envejecer, ¿no?". Ella hizo una mueca. "El hijo se convierte en el padre y el ciclo continúa".

Observé la mesa y cada canasta estaba llena de diferentes tamaños de rábanos. "Entonces... ¿una granja de rábanos?".

Ella se encogió de hombros. "Algunas veces. También vendemos espárragos durante el invierno".

Resoplé.

Mónica sonrió tímidamente y frunció el ceño. "¿Qué es tan gracioso?".

"Mi mamá necesita espárragos. Seguía y seguía hablando de eso en alguna fiesta que ocurrió hace más de una década".

Mónica se unió a mí para reír y luego se calmó. La risa levantó un peso inmenso de mi pecho, y me sentí mucho más ligero. Se sintió bien reírse.

"Siento lo de tu mamá", dijo Mónica. "Ben me lo contó. Debe ser difícil".

Suspiré antes de plasmar una sonrisa. "El niño se convierte en padre, ¿verdad?".

Mónica dio una sonrisa sombría. "Verdad".

Jugué nerviosamente con el borde del mantel mientras contemplaba hacer la pregunta que tenía en mente. "¿Puedo preguntar acerca de tu... hermana?". Me aseguré de pisar ligeramente.

La postura de Mónica se enderezó y ella asintió.

"Sé que esto va a sonar extraño, pero ¿cómo se veía?".

El rostro tenso de Mónica adquirió una expresión más feliz cuando sonrió. Sus ojos se relajaron. "Se llamaba Lavinia. La cosa que más recuerdo de ella es lo alta que era. Tenía casi seis pies. Tenía…". Mónica se interrumpió y se echó a reír mientras ponía los ojos en blanco. "Tenía el cabello más desordenado que una persona podía tener, pero se lo cepillaba todos los días. No importa qué productos para el cabello usará, su cabello era permanentemente rizado y esponjoso. Recordaba al nido de una rata".

Mi corazón se detuvo.

"Tenía ojos marrones oscuros, como los míos. Ambas obtuvimos nuestros ojos de nuestra madre".

El mundo se silenció a mi alrededor. Sin pensar, pregunté:"¿siempre usó ese vestido púrpura con extremos desiguales en la falda?".

Mónica se puso visiblemente pálida, y ese momento de alegría en su rostro desapareció de inmediato. "¿Cómo lo supiste?".

Cerré la boca y tragué. "No lo sé".

Se hizo el silencio entre nosotros. Pude ver el ascenso y la caída erráticos del pecho de Mónica.

"Lo siento si sobrepasé mis límites", dije. Me di vuelta para irme, pero Mónica extendió su brazo para detenerme.

"Hay una razón por la que estás viendo a mi hermana". Mónica me soltó. "Tal vez... Ella necesita tu ayuda".

Antes de que se me ocurriera algo qué decir, escuché la voz de Christina. "¿Ted?¿Eres tú?".

Rápidamente me di vuelta, y mi corazón aceleró cuando mis ojos se posaron en Christina. En este momento, no era un buen momento para estar cerca de ella, y se me hizo un nudo en el estómago. ¿Qué pensaría ella de la conversación entre Mónica y yo?

"¿Qué estás haciendo aquí?", pregunté, alejándola más de la mesa de Mónica.

Levantó su canasta llena de verduras. "Vengo aquí todos los fines de semana. Prefiero comprar localmente". Miré por encima del hombro de Christina hacia Mónica, que todavía me miraba con cautela. Mi teléfono ardía en mi bolsillo mientras pensaba en mi madre. "¿Estás bien, Ted?", preguntó Christina.

Parpadeé antes de volver mi atención hacia ella. "Lo siento. Solo estoy distraído".

Christina adquirió un tono preocupado. "¿Es tu madre?¿Necesitas ir con ella?".

"Creo que sí. Sin embargo, viven muy lejos". Seguí moviendo mi cuerpo de un lado a otro nerviosamente. Me incomodaba mentirle a Christina sobre por qué me estaba saltando mi cita con ella esta noche, pero no era una mentira total. Esa conversación con mi madre antes me había inquietado, pero no pensé que sería una buena idea salir en una cita mientras estaba alucinando con una mujer muerta. Primero necesitaba ponerme en orden y hablar con Mónica me puso completamente nervioso.

"Está bien". Christina puso su mano sobre mi brazo, e inmediatamente hizo que mi cuerpo se relajara. "Ve a estar con tu madre". Se puso de puntillas y sus labios tocaron suavemente mi mejilla. "Entiendo completamente. Podemos reprogramarlo". Cuando me miró a los ojos, pude ver su inmensa preocupación. Odiaba eso, y odiaba cómo no estaba siendo honesto con ella. Había demasiado en mi mente para disfrutar de una cita. "¿Quieres que vaya contigo?", se ofreció.

Sacudí mi cabeza. "No esta vez. Quizás la próxima vez". Me aseguré de sonreírle para hacerle saber que todo estaba bien. "Pero gracias por ofrecerte".

Christina sonrió a cambio, y pude sentir alivio en sus ojos. "Me alegra ver que todavía estás conmigo", dijo. "Finalmente estás haciendo contacto visual conmigo".

Hice una mueca.

"Estoy preocupada por tu bienestar. Has sido tan disperso últimamente".

Me froté la parte de atrás de mi cabeza. "Lo sé y lo siento. Yo solo...". Miré detrás de mí hacia la salida. "Solo tengo que irme".

Christina apretó los labios. Su sonrisa se había ido. No me gustó la forma en que no dijo nada en respuesta, pero no tuve tiempo. Necesitaba a ver a mi madre primero y luego averiguar qué estaba alucinando sobre una mujer que no conozco. Mientras caminaba de regreso a mi camioneta, la idea de mi cordura resbaladiza me hizo agarrarme fuertemente el cabello.

Capítulo cinco

Pérdida de control

Aceleré por la montaña hacia la casa de mis padres en mi camioneta. Se habían mudado allí unos años atrás, cuando mi padre se retiró. Siempre quisieron una cabaña propia y vivían a pocos kilómetros del lago. Fue alrededor de una hora conduciendo por la montaña, y ni siquiera podía disfrutar de la música en mi radio mientras me movía en mi asiento. No estaba seguro de dónde enfocarme: en mi locura o en mi mamá.

Finalmente llegué a su casa. El olor del aire fresco, los pinos y el musgo húmedo me golpearon con una sensación de nostalgia. El aire fresco sopló, causando que mi cabello se moviera con la brisa. Por mucho que disfrutara estar en la ciudad con otros, había una parte de mí que todavía amaba el bosque. Fue donde aprendí a cazar, rastrear y cuidarme. Fue donde me convertí en hombre.

Entré a la casa de mis padres. Era un lugar de tamaño decente y mucho más bonito que el hogar de mi infancia en las montañas de California, que estaba hecho completamente de cemento. Mi padre no era muy carpintero, y decidió hacer una casa cementada con pisos de madera. Hizo todo frío y húmedo. La cabaña en la que vivían mis padres ya estaba allí cuando compraron la propiedad, y era una bonita casa de dos dormitorios. Mi hermana y yo ya nos habíamos mudado cuando se mudaron aquí después de vivir en Saratoga Springs por un tiempo. Me gustó que vivieran aquí porque si alguna vez necesitaba escapar, tenía un lugar donde quedarme. Mi familia no era del tipo al que tenía que llamar antes de visitar. Podrías pasar en cualquier momento inesperado. Mi hermana y yo incluso teníamos nuestro propio juego de llaves de su casa.

Mi padre estaba en la cocina cuando entré en la casa, y el olor a roble golpeó mis fosas nasales. La cocina estaba a la izquierda y la sala de estar a la derecha. En el medio estaba la chimenea, que hacía que toda la casa oliera a fogata cuando estaba en uso. Disfruté el olor. En la parte trasera de la casa, junto a la cocina, estaba el pequeño pasillo que conducía a las dos habitaciones.

"Hola, Ted", dijo mi padre. "No estaba esperando…".
Yo interrumpo mi padre. "¿Dónde está mamá?".
Señaló con la cuchara de madera con la que estaba cocinando. "En la sala de estar".
Inmediatamente me dirigí hacia ella. Estaba sentada frente a la televisión con una de nuestras mantas tejidas sobre su regazo. La televisión era la pequeña de principios de la década del 2000. Que no era ni pantalla plana. Mis padres no estaban demasiado interesados en la tecnología. El televisor estaba en su propio stand, a un lado cerca de la chimenea. Todo en la casa de mis padres estaba anticuado. Las estanterías se heredaron hace dos generaciones. La mesa de la cocina estaba manchada con comida y marcas de tazas

de agua. Había tallado mi nombre debajo de ella cuando tenía catorce años, por lo que me metí en problemas, y todavía estaba allí. Incluso el sofá era el mismo que tuvieron durante décadas. No quiero ni saber qué edad tendrá su colchón. El que yo tenía cuando vivía con ellos era tan rígido como un ladrillo. Perteneció a mis bisabuelos, y cuando murieron, mis padres lo tomaron. ¿Quién toma un colchón viejo? Uno de estos días, iba a tener que ir de compras para darles muebles nuevos.

Me arrodillé junto a mi madre y le di unas palmaditas en el brazo. "Hola, mamá".

Mi madre estaba distraída por la televisión.

La miré y estaban dando las noticias. Hablaban de otro enfermo mental que se escapó. Traté de llamar su atención nuevamente, y finalmente me miró y sonrió. Sus ojos estaban vidriosos y tenían esa mirada lejana. "Hola. ¿Estás aquí para entregarnos nuestros comestibles?", preguntó.

Apreté los labios con fuerza y sacudí la cabeza. "Soy tu hijo Ted".

La boca de mi madre se abrió un poco y su frente se arrugó en confusión. Miró a mi padre en busca de ayuda y luego volvió a mirarme. "Lo siento, pero no tengo un hijo. No que pueda recordar".

Fue como si alguien golpeara su puño contra mi intestino, y mi corazón se cayó. "Soy tu hijo, ¿recuerdas?".

"¿Desde cuándo?".

"¿Recuerdas cuando tu madre solía mostrarnos cómo tejer mantas?". Levanté su manta y ella me la arrebató con el ceño fruncido.

"No toques mis cosas. No te conozco", dijo ella.

95

Me tragué el nudo en la garganta, lo que me dificultaba hablar. "¿Recuerdas cuando me lastimaba?Solías, siempre, sentarme en la mesa y hacer bailar a la medicina antes de poner la pomada en mi rasguño". Sonreí, pero las lágrimas aún se abrieron paso por mis ojos. "Era un baile mágico, decías. Haría que la medicina no me lastimara la pierna".

Los ojos de mi madre me escanearon sin reconocerme. Finalmente, sus ojos se iluminaron como si una bombilla se encendiera en su cabeza. "Oh, sí, tengo un hijo. Estuvo aquí hace un momento". Ella miró alrededor de la habitación. "No estoy segura de a dónde fue".

"*Yo. Soy* tu hijo. Estoy aquí". Luché contra las lágrimas, pero de todos modos cayeron por mis mejillas.

Mi padre vino a mi lado con los brazos extendidos. "Hijo, así es como funciona esta enfermedad. Creo que es mejor que nosotros...".

Apreté los dientes mientras mis puños temblaban. Empujé a mi padre apartando su brazo hacia atrás. Entré en su habitación y abrí de golpe la puerta de su armario. Lo revolví, tirando la ropa de mi madre sobre la cama.

"¿Qué estás haciendo, Ted?". Podía escuchar la voz severa de mi padre detrás de mí. Estaba claro por el tono que perdió toda la paciencia conmigo.

"Mamá viene a casa conmigo", le dije.

"No, ella no va a ningún lado". Su voz era firme.

Me volví hacia él. "Es obvio que no puedes hacerte cargo de ella !¡Está empeorando!".

"¡Por supuesto que está empeorando!". La voz de mi padre coincidía con la mía. "¡No hay una cura! Lo estamos superando. Necesitas parar…".

Lo interrumpí sacudiendo mi cabeza mientras tomaba más ropa de mi madre de su tocador.

"¡Estás en negación, Ted!". Mi padre entró en la habitación. "Tú y yo sabemos que mamá no va a mejorar. Tienes que vivir con eso".

Le grité. Grité como si fuera suficiente para convencerme de que las palabras de mi papá eran mentiras. Por supuesto, sabía en el fondo que mi madre no mejoraría, pero ¿y si ella pudiera de alguna manera mejorar?¿Y si hubiera algo de esperanza? Hay avances medicos todos los días. ¿Por qué no para el Alzheimer?

"¡Tal vez tú puedas vivir con eso, pero no tengo que hacerlo! Me rehúso a hacerlo", grité. Agarré un manojo de ropa de mi madre mientras me dirigía hacia la puerta. Mi padre la bloqueó parado con los brazos extendidos contra la puerta. "¡Muévete!", exigí.

Mi padre se irguió en su puesto. Su pecho se hinchó. "No hasta que te calmes y vuelvas a poner la ropa de tu madre en su puesto. Estás actuando por impulso. Tú no eres así".

"¡Muévete ahora! ¡O te haré mover!".

Mi padre adoptó una postura preparada. "¿Cómo vas a hacer que me mueva, eh?".

La rabia cegaba mi pensamiento racional. Todo lo que podía pensar era en sacarlo del camino, para poder terminar lo que necesitaba. Tiré la ropa. Las perchas aterrizaron al azar en el suelo debajo de nosotros. El filo de uno me apuñaló la carne, cuando agité el puño e hice contacto con el cartílago en la nariz de mi padre. Sentí que su nariz cedía ante la presión de mis nudillos, y él tropezó hacia atrás con la cabeza ladeada. Se agarró la nariz y la sangre se filtró entre sus dedos. Sus ojos estaban muy abiertos por la sorpresa, e instantáneamente bajé el puño y me congelé.

Por un minuto, nos miramos el uno al otro. Ninguno de los dos estaba seguro de qué hacer a continuación, ambos sorprendidos por el giro de los acontecimientos. Me quedé mirando mi puño como si fuera un extraño para mí: una entidad separada que actuó por propia cuenta. Abrí la boca para decir algo, pero no salieron palabras. Mi padre ya había tomado su decisión. Señaló hacia la puerta principal. "Vete", dijo con voz firme.

Tragué fuerte. Bajé la cabeza, esperando que mi padre no viera el claro dolor en mis ojos. Corrí hacia la puerta, la abrí y salí de la casa. Las llantas de mi camioneta giraron cuando salí de la propiedad. Mi cuerpo se sacudió y se balanceó mientras conducía por el empinado camino de tierra.

Mis nudillos se volvieron blancos y mis dedos estaban rojos cuando me agarré al volante. Cuando llegué a casa, abrí de golpe la puerta principal haciendo que las ventanas vibraran. Caminé de un lado a otro en mi sala de estar, y mi pecho subía y bajaba erráticamente con cada pensamiento.

"Así es como funciona esta enfermedad".

"No puedes arreglar a mamá".

"El medicamento es solo para ayudar con los síntomas".

Me agarré del pelo y tiré hasta que un dolor punzante se apoderó de mi cuero cabelludo. Lo solté y sacudí los brazos saltando un par de veces, con la esperanza de librarme del agrio calor que se formó en la boca de mi estómago.

Necesitaba hacer algo, cualquier cosa. Quizás caminar un poco más mejoraría mi ira y pánico, pero mis oídos solo se calentaron y mi respiración se acortó. La acumulación emocional fue demasiada, y me encontré a mí mismo cegado por la ira y el pánico total. Caminé hacia la estantería y la tiré. Luego tiré mi mesa auxiliar. Escuché un crujido en la parte inferior de mi zapato y miré hacia abajo para encontrar que estaba pisando el vidrio de un portarretrato.

Me agaché para recogerlo. La cara de mi madre ahora estaba destrozada por la mitad, y un corte había atravesado mi cara. Pasé los dedos sobre el cristal roto. Me dejé caer sobre el brazo del sofá y me incliné, mirando la foto. Una gota de agua cayó sobre el vidrio, y limpié la próxima lágrima de mi ojo. Para mi asombro, estaba llorando. No podía luchar más.

Estaba solo. Nadie me vería o escucharía, así que las dejé caer. Una por una, las lágrimas llovieron sobre el marco roto y el desastre de mi vida. Dejé caer los brazos a los costados y dejé escapar un aullido. La idea del deterioro de la salud de mi madre me golpeó en el estómago una vez más.

Pasaron unos minutos y el zumbido del refrigerador fue lo que llenó el silencio. Me senté allí, entumecido. Todos los sentimientos habían sido vencidos lentamente a través de cada lágrima. De repente, mis oídos se animaron cuando escuché lentos golpes arriba. Me senté y miré hacia el techo.

Golpe. Golpe. Golpe.

Lentamente me levanté para no hacer crujir las tablas del piso debajo de mí.

Golpe. Golpe.

El sonido de pies arrastrándose me hizo creer que alguien estaba arriba. "¿Hola?", llamé. Los pasos se aceleraron al oír mi voz. Mi corazón se congeló y mi estómago se revolvió. Podía escucharlo correr por el pasillo hacia el dormitorio principal, donde la puerta se cerró de golpe.

En lugar de encogerme de miedo, corrí a la cocina para agarrar mi cuchillo. Un mar de ira caliente se instaló en mi pecho. "¡Sal ahora!", grité. Subí los escalones pisando fuerte. "¡Sal!¡Vete!". Pensé en lo que dijo Mónica. Las imágenes de la cara de mi madre de cuando era más joven aparecieron ante mis ojos, seguidas por la lenta regresión de su felicidad a medida que se enfermaba. "¡No puedo hacer nada por ti!", le grité a este intruso invisible mientras avanzaba hacia el dormitorio principal. "¡No puedo hacer nada para ayudarte!".

Atravesé la puerta del dormitorio para no encontrar a nadie allí. Bajé el cuchillo y me froté la nuca. El pozo negro de furia me dejó inmediatamente, y en cambio, fue sustituida por la vergüenza. Oí crujir la puerta y giré un poco la cabeza para ver que la puerta se movía sola.

En el rabillo del ojo, pude ver un abismo negro que lo abarcaba todo en forma de silueta. Congelado por el susto, no tuve tiempo de reaccionar antes de que se lanzara hacia mí. Sus brazos se balanceaban de lado a lado y sus piernas se alzaban más como un animal rabioso. Escuché el golpeteo de sus pies golpeando el suelo con cada paso. No podía distinguir si era un animal o una persona, pero fuera lo que fuese, se abalanzó sobre mí. El hielo recorrió mi cuerpo dejándome en un estado inmóvil.

Un destello de luz cubrió mis ojos, transportándome. Estaba en la misma casa, pero la iluminación era más brillante. Todo era diferente. El sol se asomó a través de las cortinas rosadas, y una cama de matrimonio estaba en el lado opuesto de la habitación desde donde había colocado la mía. Había un escritorio al lado de la ventana y, frente a él, había una mujer de cabello rizado revolviendo papeles y tirando cosas del escritorio, buscando algo. Cogió un cuaderno de cuero negro y lo escondió en su suéter de color gris. Llevaba un vestido morado de aspecto familiar, y me quedé sin aliento cuando la mujer se dio la vuelta y vi que era Lavinia. Mis ojos se abrieron y me congelé en el lugar esperando que ella me gritara por entrometerse en su casa, pero ella no pareció notarme. Grandes bolsas colgaban debajo de sus ojos, su clavícula sobresalía más de lo que yo consideraba normal, y sus brazos eran como ramitas.

Ella pasó corriendo sin mirar en mi dirección y bajó de puntillas escaleras abajo. Estaba encorvada por ocultar el cuaderno en su suéter, y miró a ambos lados antes de continuar bajando las escaleras. La seguí mientras corría hacia la puerta del sótano. Su vestido bailaba en el aire mientras bajaba corriendo las escaleras hacia el armario del sótano. Sacó un manojo de llaves en un anillo redondo de plata.

En la puerta había cinco tipos diferentes de cerraduras que la cerraron con llave. Los ojos devastados de Lavinia se asomaron detrás de ella mientras se apresuraba a desbloquear todo. Empujó la puerta y el almacén estaba lleno de muchos más artículos que los míos. Se dedicó una caja completa a martillos metálicos delgados, orbitoclastos, jeringas antiguas, taladros de metal y clavos afilados. Otra caja tenía bandejas y batas de hospital. Noté algo nuevo en el sótano de Lavinia que yo no tenía: una mesa de metal que podría amarrar a una persona como un animal. Separaba cada pierna y parecía tener correas para sujetar las muñecas, junto con una barra de metal con tornillos para mantener la cabeza en el mismo lugar.

Me estremecí al pensar en lo que sucedió en esa mesa. Me concentré en Lavinia, y ella estaba muy lejos en la esquina de la habitación cerca de los armarios de metal. Se había quitado el suéter, que todavía tenía el cuaderno dentro, y lo metió dentro de uno de los cajones. Cerró el armario con otra llave. Oyó la voz de un hombre gritar tarareando. "Lavinia, ¿dónde estás?". El sonido de la voz hizo que un escalofrío corriera por mi columna vertebral. Lavinia se congeló por una fracción de segundo antes de salir corriendo de la habitación y volver a cerrar cada cerrojo. Luego deslizó las llaves en la parte superior de su vestido antes de subir los escalones.

Una fuerza invisible me empujó, y la imagen de Lavinia se desvaneció. Volví a la realidad y caí de rodillas en medio de mi habitación. No pude evitar toser y agitarme ante la conmoción total de lo que acababa de experimentar. Todo mi cuerpo se sacudió incontrolablemente mientras me arrastraba hacia mi cama. Me aferré al poste de la cama como si fuera mi balsa salvavidas. Paseé mis ojos por la habitación buscando esa silueta sombría, y rogué en silencio para que no volviera.

Después de lo que parecieron horas, finalmente me controlé lo suficiente como para bajar las escaleras. Golpeé las paredes y el pasamanos mientras descendía para asegurarme de que todo seguía siendo sólido y real. Cuando llegué a la cocina, abrí el gabinete superior para tomar un vaso de agua. Lo sostuve en mis manos temblorosas y casi lo dejo caer antes de colocarlo debajo del grifo. Tomé dos vasos llenos de agua y me salpiqué más en la cara.

Eventualmente me metí en la cama, pero durante toda la noche, mis ojos se abrieron de golpe ante los más pequeños sonidos. Nunca había tenido alucinaciones tan vívidas. Eso es lo que era, ¿verdad? Tenía que ser porque no había forma de que nada de eso fuera real. ¿Cómo llamarías a tener visiones mientras estás despierto así?¿Sueños despiertos? No estaba seguro de cuál era más aterrador: la silueta sombría o que perdiera la cabeza.

En la mañana, balanceé mis pies sobre la cama y me senté allí encorvado. Parpadeé varias veces y miré el polvo que flotaba en el aire. La luz del sol de la tarde cubrió mis pies. Había dormido casi todo el día, pero aún estaba exhausto. Cogí mi teléfono que estaba en la mesa de noche para llamar al trabajo.

"Centro de Enfermería Especializada de Saratoga Springs. ¿Cómo puedo dirigir su llamada?". Era Christina.

"H-hola...". Me aclaré la garganta. "Es Ted".

"¡Oh!". La voz de Christina se animó. "¿Cómo te sientes hoy?".

"Creo que me está dando algo", mentí. Mi voz áspera y exhausta lo hizo creíble.

"Oh. ¿Quieres que pase después del trabajo para darte un poco de sopa o algo?".

Fingí tos para venderlo más. "No. No quiero darte lo que tengo". *Locura total: se puede propagar como un incendio forestal.* "Solo necesito llamar para programar un día de descanso del trabajo. No creo que pueda manejarlo".

"Por supuesto. Les haré saber". Christina adquirió un tono suave. "Siéntete mejor, Ted".

"Gracias". Colgué y tiré mi teléfono a mi lado en la cama. El día libre me ayudaría a tener un mejor control mental sobre mí mismo. El tiempo afuera me haría bien.

Me levanté y bajé al sótano para agarrar mi viejo bate de metal. Rebusqué en mi vieja caja de recuerdos y encontré mi casco de bateo. La pintura azul se estaba desprendiendo lentamente, pero todavía me quedaba bien. Tiré el bate y el casco a la parte trasera de mi camioneta, y conduje hasta las jaulas locales de bateo.

La brisa fresca golpeó mi cara mientras me dirigía hacia el cajero para pagar un par de rondas. El aire húmedo golpeó mis fosas nasales y me tranquilizó con los olores de la fresca primavera. El sol proporcionaba un amplio calor mientras permanecía descubierto en el cielo.

"Dos rondas, por favor", le dije.

"Está automatizado, así que pagas mientras lo usas", dijo el cajero.

Hice una mueca. "Lo siento, ha pasado un tiempo".

El hombre forzó la típica sonrisa cortés que se esperaba de un trabajador de servicio al cliente. "Está bien. Solo necesita un par de cuartos de dólar. Es un dólar por cada diez bolas.

"Suena bien. ¿Puedes convertir este billete de cinco dólares en cuartos para mí?". Le entregué la cuenta.

"Aquí tienes", dijo el hombre.

Estiré mis brazos e hice algunas estocadas una vez dentro de la jaula de bateo. Puse cuartos por valor de un dólar en el cajero automático dentro de mi jaula de bateo. El zumbido de la máquina encendiéndose me hizo tomar mi postura habitual. Golpeé los primeros, pero luego me perdí el último. Con las jaulas de bateo, si la persona no podía seguir el ritmo de la máquina, se estropeaba todo. Coloqué otro dólar, y esta vez, solo perdí un par. Mientras practicaba, mejoré y mis golpes se hicieron más fuertes. La pelota volaba más lejos y más alto con cada golpe. El sudor me golpeó la cara y rápidamente me la limpié con la manga antes de que pudiera comenzar la última ronda de bolas.

El ejercicio me pareció alentador. Me sirvió mucho pasar tiempo al aire libre, conectándome a la Tierra, a la realidad. Después, crucé la calle hasta un bar local para tomar una copa y almorzar. Me senté en una de las mesas altas y esperé a una camarera. Había estado en este bar antes, así que ya conocía su menú. Una pequeña mujer joven se me acercó. "¿Cómo puedo ayudarte?".

"Tomaré una de tus mejores cervezas y tu hamburguesa doble de guacamole".

Ella me dio una gran sonrisa y con un movimiento de su cola de caballo, dijo: "¡en camino!".

Me relajé viendo el partido de béisbol que se jugaba en uno de los televisores. La camarera volvió con mi cerveza, y tomé un trago mientras seguía mirando el partido. Un canal de noticias que apareció en otro televisor me llamó la atención. Leí los subtítulos mientras un hombre estaba parado afuera de una casa sosteniendo un micrófono y hablando hacia la cámara. "Estoy afuera de la casa de la Comarca donde desapareció una mujer mayor. Ella vive en esta casa, y su hija la ha estado cuidando desde que a su madre le diagnosticaron demencia hace solo unos años".

Mi corazón se desinfló ante las noticias. El hecho de que la mujer mayor tuviera una enfermedad como la de mi madre fue aún más desgarrador.

"Estoy aquí con la hija, Sara. Sara, cuéntanos de la noche en que desapareció".

Sara tenía los brazos cruzados y tenía que hablar por encima del viento que se estaba levantando. "Ella siempre tendía a alejarse. Siempre tuve que vigilarla. La había acostado para pasar la noche y, por lo general, cuando está dormida, limpio la casa y me preparo para el día siguiente. Mientras me duchaba, ella debió haberse despertado y escabullido por la puerta de atrás. Estaba abierto de par en par y miré a todas partes, pero...". Sara se sorbió la nariz. "Ella no estaba por ningún lado".

El hombre extendió su brazo hacia ella. "Gracias por contar tu historia, y espero que tu madre sea encontrada a salvo pronto".

Sara asintió con la cabeza y la cámara se enfocó solo en el reportero. "Esta es solo una de las muchas personas que han desaparecido recientemente. Todos ellos tienen un factor contribuyente, y es la enfermedad mental. La policía está trabajando duro buscando en los bosques y las casas, esperando que cualquiera pueda señalarles una pista. Cualquier persona que tenga información, llame al número que se muestra a continuación ".

Pensé en mi madre y decidí llamarla. "Hola, mamá", le dije cuando ella contestó.

La voz de mi madre sonaba alegre. "Hola cariño. ¿Cómo estás?".

"Estoy bien". Me recosté cuando la camarera colocó mi hamburguesa sobre la mesa. "Estoy a punto de comer, pero solo quería saber cómo te fue hoy".

"Estoy bien. ¿Estás seguro de que estás bien? Papá me contó lo que pasó". Su tono era corto, sin ningún toque de alegría. Estaba en problemas.

Solté un profundo suspiro. "Mira, sé que me pasé de la línea".

"Tienes toda la maldita razón".

Bueno, al menos está teniendo uno de sus buenos días. "Solo estoy...". Me detuve mientras buscaba una excusa, pero no tenía ninguna. Sabía que estaba equivocado. "Me disculparé con él pronto. Solo necesito tiempo. Probablemente todavía está enojado".

"Oh, sí, y con razón. Es mejor que te disculpes pronto, o yo voy a conducir todo el camino a tu casa para golpearte sin sentido". A pesar de la clara ira en su tono, también pude escuchar el humor detrás de su comentario, y me hizo sonreír.

"Lo haré. Lo prometo".

Su tono se volvió solemne. "¿Qué te pasa, Ted? No es como si fueras violento".

Yo no sabía si quería hablarle de las visiones que había estado teniendo, por lo que me calmé. "Estoy bajo mucha tensión, y me preocupo por ti".

"Estar enfermo no es una excusa para golpear a tu padre. Tienes problemas de control, ¿sabes? Te amo, pero alguien tiene que decírtelo".

Puse los ojos en blanco. "Scarlett lo hace mucho".

"Estoy segura de que ella lo hace, y parece que necesitas escucharlo con más frecuencia. *Estoy muy bien.* Tu padre me cuida muy bien y debes dejar de irrumpir y ensuciar mi ropa".

Una vez más, ese tono frustrado con un toque de humor me hizo sonreír. "De acuerdo, mamá. Lo siento". "Te perdono, pero si lo haces de nuevo, te patearé el trasero". Ella se rio ligeramente. "No puedes verlo, pero te guiñé un ojo".

Me reí. "Te quiero, mamá".

"Yo también te quiero. Cuídate".

"Lo haré. Tengo que irme. Mi comida está aquí".

Colgué y rápidamente busqué mi hamburguesa. Hice todo lo posible para concentrarme en el juego, pero mi mente seguía vagando hacia las personas desaparecidas. Bebí un vaso de agua y esperé una hora después antes de conducir a casa.

Cuando llegué a mi casa, el sol comenzaba a ponerse, lo que me hizo sentir aprensión. Mis palmas comenzaron a sudar y respiré hondo para calmar mi corazón latente. Encendí todas las luces de mi casa y prendí la televisión. Estaba demasiado distraído por la extraña visión que vi la noche anterior para siquiera prestar atención a lo que estaba en la televisión. Pensé que tenía que haber sido un sueño, pero era demasiado real. Yo estaba claramente despierto. Mis manos temblaron y las sostuve juntas para detenerlo. No fueron las visiones las que me asustaron, sino mi control sobre la realidad.

Miré hacia el techo mientras me recostaba en el sofá. La idea de Lavinia cruzó por mi mente. Me preguntaba cuán verdaderas eran mis visiones. ¿Qué pasaría si fuera solo una coincidencia que Lavinia se ajustara a la descripción de Mónica? No quería creer que los fantasmas eran reales porque eso me asustaba mucho más. Decidí sacar mi teléfono para buscar información sobre Lavinia. Quizás podría desacreditar lo que he estado experimentando para tener algo de tranquilidad.

Escribí su nombre junto con "asesinato" y "Saratoga Springs". Apareció un artículo de hace ocho años y presentaba una foto de Lavinia. Era la misma mujer con la que había estado alucinando. Mi corazón se detuvo. Apreté los dientes mientras decidía si debía leer o no. El artículo se tituló: Mujer local asesinada por su novio fuera de casa. Había una foto del cuerpo de Lavinia tirado en la hierba embarrada. Lo reconocí como el patio delantero. La parte superior de su cuerpo fue bloqueada por un par de oficiales que estaban junto a ella en la foto, así que todo lo que pude ver fueron sus piernas. Sin embargo, vi los mismos bordes irregulares de su vestido morado, lo que tensó mis músculos.

El artículo detallaba cuántas veces le dispararon a Lavinia: dos veces. Un disparo en la mitad del abdomen y otro en la cabeza. Lo mismo que en mis sueños. Empecé a sudar frío. Al final del artículo, decía que el novio todavía estaba en libertad. Me desplacé hacia abajo y vi la foto del asesino. Solté el teléfono de mis manos ahora temblorosas. Mi respiración se aceleró y cerré los ojos mientras trataba de calmarme.

El novio era el mismo hombre que había visto en mis sueños. Reconocería esos penetrantes ojos azules en cualquier lugar. Me deslicé del sofá para agarrar mi teléfono, pero mis manos temblaban demasiado para agarrarlo bien. ¿Cómo podría soñar con alguien que nunca había visto?

Sacudí mi cabeza mientras trataba de darle sentido a todo. Era ridículo. Debo haber escuchado sobre eso antes en las noticias hace años, y debe haberse guardado en mi subconsciente. Eso fue todo. Finalmente tomé a mi teléfono y leí el nombre del novio: Howard Jefferson.

Una voz femenina siseó en el aire. "Ted", dijo.

Me levanté y miré alrededor de la sala de estar. "Ted".

Apagué la televisión. El silencio envolvió la habitación, y todo lo que podía escuchar era mi corazón latir contra mi pecho.

De nuevo. "Ted".

Provenía del sótano.

Me agaché mientras me acercaba lentamente a la puerta del sótano. Debatí si ir allí, pero me dije que tenía que hacerlo para asegurarme de que no fuera un ladrón. Mis músculos se tensaron mientras avanzaba lentamente a cada paso. Mi mente luchó contra la idea de que una persona desconocida dijera mi nombre, pero claramente lo escuché.

Cuando llegué al piso inferior, me congelé en el lugar ante la vista delante de mí. La visión de la figura fantasmal de Lavinia en el medio del sótano casi me dejó sin aliento. Estaba oscuro en el sótano, pero de alguna manera, el cuerpo de Lavinia brillaba.

No había expresión en su rostro. Su cabeza serpenteó hacia la puerta del almacén antes de desaparecer. Me quedé completamente quieto mientras mis ojos recorrían la habitación buscándola. Tenía la impresión de que había algo en ese armario que ella quería que viera. Tal vez me dejaría en paz si me rendía.

Me dirigí hacia la puerta de almacenamiento del sótano. Agarré el pomo de la puerta, y una ola de visiones se precipitó por mi mente. Las voces siguieron, y vinieron hacia mí en masa como una ola gigante chocando contra mí una tras otra. Me invadieron la mente. Cerré los ojos y apreté los dientes mientras trataba de controlarme. No se iban, y caí de rodillas y sacudí la cabeza, como último esfuerzo por sacar las voces de mi mente.

Fue entonces cuando comenzó la visión. Vi a mujeres y hombres con batas de hospital y un médico les inyectaba un líquido desconocido. El médico parecía estar en sus cuarenta y tantos años, y la forma en que estaba vestido junto con las batas de sus pacientes me dijo que este era un hospital a principios de 1900.

Llegó una segunda visión. Esta vez, los mismos pacientes yacían inmovilizados en una cama de metal mientras el médico sujetaba sus cabezas firmemente a la cama. La vista me hizo retorcerme. Los pacientes luchaban por salir mientras otros estaban tan drogados que babeaban. El doctor comenzó a moler sus cráneos, y todos se acostaron allí, flácidos.

Una tras otra, las imágenes se estrellaron y se apoderaron de mi vista: imágenes de cuerpos cortados y enterrados. Entonces visiones de cadáveres carbonizados llenaron mi mente. Puse mis manos en el suelo y comencé a exhalar.

La voz de una mujer femenina se abrió paso entre el caos. Era áspera, y sonaba familiar a la que me llamó por mi nombre. "Necesito tu ayuda".

Me arrastré con cautela hacia los escalones. "La gente desaparecida...", dijo la voz. Una vez más, me golpearon más imágenes, pero esta vez se trataba de las personas desaparecidas que se dirigían hacia el bosque. "Ha vuelto", dijo la voz. Vomité violentamente en el suelo y levanté la vista para ver la cara de Lavinia. Sentí una presión en mi cabeza mientras la miraba. Un golpe amortiguado llamó mi atención, pero todavía no podía apartar la vista de la aparición frente a mí. La boca de Lavinia se movió para hablar, pero su voz también estaba apagada. Todo lo que pude ver fueron sus labios moviéndose. Entrecerré los ojos mientras la miraba. Los golpes sofocados vinieron nuevamente seguidos por timbres rápidos y agudos. Parpadeé y, de repente, Lavinia se fue. La presión cesó, y pude escuchar a alguien tocando la puerta, seguido de numerosos timbres.

Rápidamente me puse de pie y me limpié las manos en mis jeans. Sacudí la cabeza, con la esperanza de librarme del recuerdo de lo que sucedió mientras subía las escaleras. Antes de abrir la puerta, limpié el último vómito de alrededor de mi boca.

"¡Hola, amigo!", dijo Scarlett. "¿Te importa si entro?". Ella no esperó a que respondiera y pasó junto a mí. Sin perder el ritmo, Scarlett arrojó su chaqueta y cartera sobre mi sofá y se volvió hacia mí con los brazos extendidos. "Entonces, ¿qué demonios, amigo?¿Golpeaste a papá en la cara?". Ella dejó caer los brazos a su lado. "¿Por qué papá me llama, enloquecido, diciendo algo como...". Profundizó su voz para imitar a nuestro padre. "Necesitas darte cuenta de Ted. Ha estado actuando de manera extraña, y está sobrepasado y bla, bla, bla". Abrió mucho los ojos hacia mí.

Su voz volvió a la normalidad. "Entonces, ¿qué está pasando, eh?¿Qué mierda?".

Me froté la frente. "No estoy de humor en este momento".

Ella puso los ojos en blanco. "Bueno, como sea. Estoy aquí para controlarte porque papá lo dijo".

Mi cabeza se movió y me agarré a la pared para estabilizarme. Scarlett frunció el ceño preocupada y extendió los brazos hacia mí. "Oye, amigo. ¿Estás bien?", preguntó.

"¿Cómo llegaste aquí tan rápido?", pregunté. "Fui a casa de mamá y papá no hace mucho".

"Amigo, es domingo. Fuiste a casa de mamá y papá el sábado, ¿recuerdas?

Me pellizqué la frente. "¿De verdad?". Casi me caigo.

"Amigo, ve al sofá. No puedo levantar tu gran trasero por allí". Scarlett me abrazó mientras me guiaba. Cuando mi cuerpo se acurrucó en los cojines, miré mi reloj de pulsera. Scarlett tenía razón. Era domingo por la tarde. Tenía un lapso gigante de tiempo del que yo no podía dar razón. Recuerdo haber venido de casa de mis padres. Recuerdo el rango de bateo, pero todos parecían sueños. Eran eventos lejanos que parecían haber sucedido hace años, pero sabía que eran recientes. Se me revolvió el estómago y me estremecí ante el mareo.

"¿Tienes hambre?", preguntó. "Nos haré algo". Se dirigió hacia la cocina y llamó. "¿Qué hay en tu refrigerador?".

Mi boca se torció mientras miraba mi reloj. No había forma de que pasara un día entero. El sol todavía estaba arriba cuando llegué a casa, ¿no?¿Cómo está tan oscuro ya?

113

Eran más de las diez de la noche. La idea de perder el control del tiempo me dejó en pánico. Escuché sonidos de Scarlett golpeando el refrigerador y luego ollas sonando. "Papá está exagerando", le dije, necesitando cambiar de tema.

"¿Perdón?", llamó Scarlett.

Alcé la voz. "Papá está exagerando. Estoy bien". Ella asomó la cabeza fuera de la cocina. "¿Pero de verdad está exagerando?". Ella levantó la ceja y la miré antes de poner los ojos en blanco. Scarlett volvió su atención a preparar la cena. "Digo ..". Escuché un fuerte golpe de una olla golpeando la estufa. "Pusimos a mamá en una casa", dijo. Escuché chisporroteo seguido del aroma de mantequilla derretida con ajo. Me hizo la boca agua. "Casi se fue otra vez".

Apreté los dientes y apreté los puños. "Si a mamá la van a poner en cualquier hogar, será el mío".

Scarlett guardó silencio. Su duda era palpable incluso desde el otro lado de la casa. Después de un momento, ella resopló y dijo: "Ni siquiera puedes manejarte. Mírate, amigo. Estás perdiendo la cabeza y golpeando a papá. ¿Cómo vas a cuidar a mamá así?".

Ella tenía razón. No podría ocuparme de las cosas. Estaba perdiendo la cabeza por esto. Los sueños. Lavinia. El asesino. Las visiones. Estaba en mi propio infierno.

"¿Qué está pasando realmente contigo, amigo?", preguntó. "Nunca fuiste violento. Siempre tenías las cosas bajo control. Te he odiado por ser tan perfecto".

"No puedo hablar de eso ", dije. "Están sucediendo muchas cosas en mi vida. Estoy tratando de entenderlo yo mismo".

"¿No te va bien?¿Estás enfermo?", hizo una pausa. "¿O estás enamorado?", preguntó en broma. "¿Quién es?". Yo no iba a entrar en detalles sobre mis sentimientos por Christina en este momento. Quería contarle sobre la casa y Lavinia, pero sabía que ella diría que todo estaba en mi cabeza. Desearía que fuera el caso. "Estoy bajo mucho estrés. Está relacionado con el trabajo ". Mentí. Con suerte, ella lo aceptó.

"Bueno, la preocupación de mamá solo va a empeorar las cosas," dijo.

Un pozo sin fondo se formó dentro de mí, y mis hombros se curvaron hacia adentro mientras me inclinaba. "Sé que ella no mejorará", le dije.

Compartimos un silencio lleno de dolor.

"Lo siento", dijo después de un rato.

Un nudo se formó en mi garganta, y tragué para forzarlo. "Yo también".

Scarlett y yo nos sentamos uno frente al otro en mi pequeña mesa redonda de cocina. Mis brazos estaban flácidos a mis costados mientras miraba mi plato. El pollo cocido con col rizada me hizo la boca agua, pero el hoyo oscuro y retorcido en mi estómago me dificultó reunir fuerzas para comer.

Podía oír el tintineo del tenedor de Scarlett golpeando contra el vidrio mientras comía. Ella no dijo una palabra, y estaba agradecido por eso. Scarlett era buena al no hacer demasiadas preguntas sobre miss emociones, y eso me gustaba mucho de ella. Limpió el tenedor con el pollo cortado antes de morderlo.

Finalmente moví mi pesado brazo para levantar el tenedor. Se sintió denso en mi agarre cuando mordí las verduras. Scarlett había encendido la televisión para escuchar las noticias y hablaban de los pacientes mentales desaparecidos. Me revolvió el estómago hacia dentro y pensé en lo que Lavinia me había dicho en el sótano. "Es una locura", dijo Scarlett. "Alguien debe estar haciéndole algo a esas pobres personas".

Me empezaron a doler las mejillas cuando el vómito subió por mi garganta. Puse el tenedor y me limpié la boca con una servilleta. "No tengo mucha hambre", le dije. Me disculpé hasta mi habitación.

Mi cama vacía parecía atractiva, y me metí debajo de las sábanas sin molestarme en ponerme el pijama. En algún momento, me desperté con un ligero golpe. "Hola, Ted. Amigo", dijo una voz suave.

Me moví y levanté la vista para ver a mi hermana. "Limpié tu cocina y esa mierda. Me tengo que ir porque me llamaron al trabajo por la mañana. ¿Vas a estar bien aquí?".

Gemí y asentí.

"Llámame si me necesitas, ¿sí?".

Solté otro gemido antes de que mi cabeza cayera sobre mi almohada.

"Siéntete mejor, amigo", dijo Scarlett, y cerró la puerta de mi habitación en silencio.

Horas después, el sonido de susurros me despertó. Me puse de espaldas y miré al techo mientras escuchaba un poco más. Los susurros se hicieron más fuertes. Sonaba como varias voces hablando a la vez de prisa. Mis ojos se abrieron de golpe, y cuando me senté, al otro lado de mi habitación, vi sombras oscuras. Al principio, pensé que era la luz de la luna proyectando sombras de mis muebles, pero mientras miraba, mi sangre rápidamente se congeló. Claras y distintivas masas de negrura tomaron posiciones en toda mi habitación.

"¿Q-quién está ahí?¿Quién eres tú?", lo llamé. Mi voz vaciló e hice mi mejor esfuerzo para controlar mi cuerpo tembloroso.

No hubo respuesta. Pensé que podría ser Lavinia, así que grité su nombre. Los susurros comenzaron de nuevo, y se hicieron más fuertes y llenaron toda la habitación. Solo pude vislumbrar lo que se dijo.

Experimentos
Él todavía está aquí.
Cenizas escondidas en las paredes.

"¡Vete!", grité. Apreté mis ojos cerrados. Cuando los abrí, las sombras se habían desvanecido. Di un suspiro de alivio, pero luego una masa oscura comenzó a formarse cerca del suelo junto a la puerta del dormitorio. Me quedé sin aliento y apreté las sábanas con los puños. La silueta oscura se hizo cada vez más grande a medida que se acercaba al pie de la cama. Estaba en silencio en la habitación, pero el latido de mi corazón ensordeció mis oídos.

Me estremecí cuando la temperatura de la habitación bajó repentinamente. La mano de la sombra se presionó sobre las sábanas, y sus dedos se estiraron sobre mi cuerpo como telarañas. El agarre era fuerte y me golpeó en la espalda. Sentí un gran peso en mi pecho, y para mi inmenso horror, me di cuenta de que mi cuerpo estaba paralizado. No podía parpadear. Apenas podía respirar.

La sombra solo creció más y más hasta abarcar toda la habitación. Estaba completamente oscuro y tan silencioso que había un zumbido en mis oídos. Era como si el mundo se detuviera en ese momento. Los latidos de mi corazón eran erráticos y mi cabeza sintió una presión repentina. Los costados de mis sienes latían violentamente, y mi mente se desvaneció. El abismo negro fue reemplazado rápidamente con una imagen del mismo médico de mi visión anterior. Estaba en el sótano, leyendo un libro negro con una escritura plateada grabada en la portada. En el libro había símbolos extraños que no reconocía, a excepción de un pentagrama. El libro estaba lleno de estos símbolos y un lenguaje que no podía reconocer. Sin embargo, las imágenes en el libro revelaron la verdad de lo que estaba escrito: imágenes de criaturas mitad humanas y mitad bestias torturando a personas desnudas rodeadas de llamas.

Vi el libro del médico a través de las páginas de forma errática, ya que se empezó a morder las uñas. Se detuvo cuando llegó a la página final. En ella había una foto de un demonio con forma de serpiente con su lengua sobresaliendo. A la serpiente le sobresalían escamas que formaban alas, y de las grandes ventanas de la nariz le salía fuego. Su cara se contorsionó en una sonrisa amenazadora. El doctor colocó el libro en el piso del sótano y comenzó a murmurar incoherentemente. Parecía que estaba cantando. Agarró una vieja espada, que brillaba de rojo cuando se colocó en lo que parecía un altar ritual. La espada parecía medieval o tal vez más vieja.

Todo lo que pude hacer fue observar cómo el hombre dibujaba un círculo gigante alrededor de la habitación junto con los símbolos de culto del libro. Para mí, lo que estaba escribiendo era un galimatías, y pensé que este hombre estaba loco por participar en prácticas tan ridículas. Él se paró en el medio del círculo y dijo: "llamo a la Bestia de la Vida Eterna para que venga y me dé el poder de la vida para continuar mi trabajo. A cambio, le entregaré, almas, para que se alimente". Sacó una daga y atravesó la piel de su palma. Hizo una mueca mientras goteaba la sangre en medio del círculo. "Si no completo mi parte del trato, él puede poseer mi alma". Estrechó la mano por última vez cuando unas gotas de sangre cayeron al suelo. "Como es el precio que hay que pagar".

Sentí una fuerza invisible que me alejaba de la visión. Se hizo cada vez más pequeña hasta que finalmente jadeé y volví a mi habitación. El sol brillaba en la habitación, e inmediatamente me senté. ¿Había sido todo un sueño? Me levanté de la cama y me estiré. Tenía que haber sido un sueño. Una oleada de alivio se apoderó de mí, pero al mismo tiempo, un pánico amortiguado se instaló porque no recordaba haberme dormido nunca.

Capítulo seis

Buscando la verdad

Miré mi reloj y tenía una hora antes de que comenzara el trabajo. Primero, me di una ducha y el calor del agua envolvió la habitación. Respiré profundamente mientras me apoyaba contra la pared de la ducha. Pensé en las imágenes de anoche. Nunca antes había experimentado sueños tan vívidos, ¿y quién era ese hombre?¿Qué creía este hombre que esta bestia haría por él y por qué?

Me froté la nuca mientras estiraba los músculos. Después de un tiempo, el agua que me golpeó la espalda me había adormecido la piel. Cerré el agua y salí. Usando una toalla, limpié la niebla del espejo y vi mi reflejo mirándome. Apenas me reconocí. Mis ojos estaban inyectados en sangre y debajo de ellos, había bolsas de color rojo violáceo. Para mí, parecía que había envejecido una década. Suspiré, luego comencé a cepillarme los dientes.

Miré mi teléfono, que estaba sobre el mostrador y tiré el cepillo de dientes. Había pasado una hora y llegaba tarde al trabajo. Me apresuré a mi habitación para ponerme el uniforme y los zapatos sin molestarme en atarlos. Salí corriendo por la puerta principal y salí en mi camioneta al trabajo.

Golpeé mi puño contra el volante. ¿Cómo pude haber pasado una hora en la ducha? Yo solía estar allí durante cinco minutos. Respiré profundamente mientras me pasaba los dedos por el pelo. "Estará bien", le dije. "Los lapsos de tiempo son normales cuando estás estresado. Todo irá bien". Sin embargo, mis propias palabras hicieron poco para consolarme.

Cuando llegué al CEE, un oficial de seguridad me detuvo en la puerta. "¿Tú trabajas aquí?", preguntó el hombre alto. Estaba vestido con un uniforme totalmente negro con una pistola en una funda en la cadera derecha.

"S-sí", le dije mientras señalaba las puertas de entrada. "Trabajo aquí. Se me hace tarde".

"¿Puedo ver tu placa?".

Fruncí el ceño. "¿Mi... mi placa...? ¡Oh, sí!". Me palmeé los bolsillos, pero no había nada allí. Por lo general, traía mi mochila al trabajo, ahí tengo mi placa. Levanté una mano. "Espera", le dije. Regresé corriendo a mi camioneta y busqué en el asiento delantero. Mi mochila no estaba allí, así que acerqué el asiento del pasajero y miré hacia atrás. Sin embargo, mi mochila tampoco estaba allí. Debo haberla dejado en casa. Golpeé mi puño contra el respaldo del asiento.

Se me ocurrió una idea: nunca antes necesité una insignia para entrar al edificio, así que me dirigí hacia el oficial y dije: "Trabajo aquí. Dejé mi placa en casa. Necesito entrar ".

El oficial de seguridad me detuvo al entrar en mi camino hacia las puertas principales. "Me temo que no puedo dejarte entrar".

Había perdido toda mi paciencia. Por lo general, estaba mucho más tranquilo que esto, pero con todo lo que había estado sucediendo en mi vida últimamente, perdí los nervios con mucha más facilidad. El pánico se elevó hasta mi pecho. "¡Y por qué no!"

El oficial dio un paso atrás y puso una mano sobre el arma. "Voy a tener que pedirte que regreses a tu auto".

Me pasé las manos por el pelo. "¿Por qué?¡Trabajo aquí!¡Llego tarde!¡Tengo que entrar!".

Noté que otros oficiales de seguridad se acercaban lentamente. "Voy a darle una última advertencia", dijo el hombre.

En ese momento, Christina salió corriendo por las puertas delanteras. "Ted está conmigo", exclamó. Ella se paró a mi lado. "Él trabaja aquí. Dejó su placa adentro. Yo respondo por él".

El oficial de seguridad miró a Christina y luego me miró con cautela. Levantó la mano de la pistola. "Está bien, señorita". Se giró hacia mí. "Pero necesitas tu placa la próxima vez que quieras entrar".

Asentí con la cabeza y Christina me tomó del brazo para llevarme adentro. Cuando pasamos las puertas principales, pregunté: "¿Por qué hay tantos oficiales de seguridad?".

"Debido a todos esos pacientes desaparecidos últimamente. El propietario del CEE decidió tomar precauciones adicionales". Christina miró por las puertas de cristal. "Es realmente molesto. ¿Estás bien?".

"Sí, estoy bien", dije, fingiendo un tono casual.
"¿Por qué?".

"Porque estás...". Ella me miró de arriba abajo.

Bajé la vista a mi uniforme médico y me di cuenta de que llevaba un top de color diferente al de mis pantalones, y que tenía zapatos a juego. Me agaché para atar finalmente mis cordones. "Lo siento", dije.

"No hay necesidad de disculparse", dijo Christina. "¿Estás seguro de que estás bien?".

Me encogí de hombros. "Supongo... llego tarde. Tengo que irme. Gracias por tu ayuda". Me deslicé más allá de ella y hacia la sala de descanso para registrarme.

Mientras revisaba a mis pacientes, me encontré con Mónica. Toda la vida se drenó de su rostro cuando hizo contacto visual conmigo. Ella bajó la cabeza cuando aceleró el paso para alejarse de mí. Eso fue extraño. Tal vez fue por lo que dije sobre ver a su hermana. Yo no la culpo porque yo hubiera hecho lo mismo.

Ese día hice lo mínimo de mi trabajo. Les di a mis pacientes sus medicamentos recetados y su comida. Me aseguré de ayudarlos a sus citas programadas y luego de regreso a sus habitaciones. Mi último paciente fue Hank, y cuando entré, Hank soltó: "Pareces una mierda, muchacho. ¿Dónde has estado?".

"Necesitaba algo de tiempo libre", dije. Mi voz era baja. Me acerqué a Hank para levantarlo hacia arriba en su silla de ruedas.

"¿Problemas de chicas?".

"Ya quisiera". Dejé caer a Hank en la silla de ruedas y lo empujé hacia la bañera. Abrí el grifo y esperé a que se llenara el agua, sin molestarme en dejar que probara la temperatura del agua como de costumbre.

"Chico, necesito ayuda con la camisa, ¿recuerdas?".

Volví a la realidad y murmuré una disculpa mientras ayudaba a Hank a levantar su camisa y finalmente sus pantalones. Lo llevé al agua y me senté fuera del baño como siempre.

"Sabes, cuando tenía tu edad, tuve muchos problemas con mi TEPT después de las guerras. Me encontré siendo disperso, y no podía hacer mucho de nada", dijo Hank. Podía escuchar el suave chapoteo del agua mientras se limpiaba. "Luché duro contra él, pero finalmente ganó. Tuve que registrarme en un centro mental por un tiempo, y me hizo mucho bien. Solo desearía que alguien me hubiera dicho que estaba bien recibir ayuda".

Me senté con mi codo apoyado en mi rodilla y mi cabeza en mi mano.

"Lo que estoy tratando de decir es que últimamente te has visto como una mierda, y estás empeorando. No sé si es pena por tu mamá o qué, pero debes cuidarte. No puedes morir antes que yo". Se rio entre dientes. Eso me hizo sonreír por primera vez en días. Se sintió bien.

De camino a casa, pensé en lo que dijo Hank. Tal vez necesitaba un chequeo de salud mental. Por mucho que no quisiera admitirlo, había estado alucinando. Yo era un hombre práctico. Hice listas, seguí un planificador y lo último que puedo manejar es la desorganización de cualquier tipo. Mis pensamientos y mi salud mental eran simplemente eso: desorganizado. Golpeé mi dedo contra el volante y pensé en mi madre. Tal vez mi madre sentía lo mismo por perder su control sobre la realidad. ¿Cómo lidió ella con eso?¿Era ella incluso coherente?

Aparqué fuera de mi casa y subí penosamente los escalones del porche. Lo último que quería era estar en mi casa. Suspiré profundamente mientras empujaba mis llaves en la cerradura. Me di lo pero se dio cuenta de que había dejado la puerta desbloqueada durante todo el día. Ligeramente golpeé mi frente contra la puerta de la pantalla, silenciosamente castigándome a mí misma por ser tan olvidadiza. Abrí la puerta y me aseguré de revisar todas las habitaciones en busca de signos de entrada o alguien en la casa.

Después de revisar arriba, me paré en la parte superior de los escalones que conducían al sótano. Contemplé el oscuro descenso hacia la fría habitación de abajo. Mi vacilación estaba allí, y me agarré con fuerza a la barandilla de madera, sin saber si realmente necesitaba comprobar allí o no.

"Esto es ridículo", dije en voz alta, y pisoteé los escalones. El sonido de mis pasos demasiado fuertes alivian mis temores de alguna manera, y me apresuré a tirar del cable de metal que encendía la bombilla solitaria.

Nada.

Cerré los ojos y mis músculos se relajaron. Miré la puerta del almacén antes de subir corriendo las escaleras.

Arrojé un poco de arroz sobrante en una sartén para calentar para la cena. Preferí cocinarlo de esa manera porque hacía que el arroz estuviera menos seco que cuando usaba un microondas. Mientras cocinaba, pensé en lo que dijo Hank. Decidí que si las cosas empeoraban, vería a un médico. No había forma de que nada de esto con Lavinia fuera real. No tenía que haber una explicación, y lo mejor que pude llegar a era que yo estaba loco.

El olor a aceite carbonizado llenó mis fosas nasales. La alarma de incendios se activó detrás de mí, lo que me puso en acción. Mi arroz había adquirido un color marrón oscuro, y el humo se elevó sofocando el aire a mi alrededor. Apagué la estufa y tomé la sartén con la mano desnuda. Grité de dolor y dejé caer la sartén sobre la estufa. Agité mi mano en el aire antes de correr hacia el fregadero para enfriarlo bajo el agua. El frío toque del agua salpicando mi mano herida me alivió. Tomé un guante para horno y coloqué la sartén bajo el agua. Se quemó furiosamente al hacer contacto con la sartén. Abrí las ventanas y usé el guante de mi horno para alejar el humo de la alarma.

Después de que la alarma se apagó, decidí ordenar la entrega. Me pateé por no estar prestando atención a la comida que estaba cocinando. ¿Cuánto tiempo había pasado desde que empecé a cocinar? Nunca había pasado eso antes, y me asustó que pudiera volver a ocurrir.

Llenaba mi velada con televisión nocturna y comida china. Cuando terminé, seguí haciendo espectáculos de observación hasta que mis párpados se volvieron tan pesados que no pude mantenerlos abiertos. Lo último que quería era estar solo con mis pensamientos, y la televisión era lo perfecto para mantener mi mente distraída. Finalmente me desmayé en la sala de estar con la televisión todavía encendida.

Me tiré en el sofá mientras otro sueño inquietante me cubría. Era el mismo sueño que antes. El mismo médico de antes ahora estaba cortando los cuerpos de sus pacientes en una enorme bañera. Estaba empapado en sangre mientras incineraba los cuerpos cortados en un hoyo gigante afuera, quemando solo unas pocas extremidades a la vez. Luego, el médico tomó las cenizas de los muertos y las esparció por el círculo e hizo más conversaciones incoherentes.

Después, trituró el relleno de la pared de ladrillo de el sótano- mi sótano-para ocultar las cenizas detrás de ella, y luego enterró los huesos calcinados por todo el terreno que rodeaba la casa. Reconocí algunos de los árboles de mi propio patio trasero.

Al ver esto, me sentí mal del estómago, pero no pude hacer que se detuviera. "¡Despierta!", me grité a mí mismo. "¡Despierta!". Me lancé hacia adelante en el sofá con los ojos bien abiertos, pero, de inmediato, una fuerza invisible me empujó de nuevo hacia atrás. Una presión apareció en mi pecho. Abrí la boca para respirar, pero una fuerza imprevista apretó mis pulmones.

Mis ojos se abrieron cuando una sombra oscura se cernió sobre mí. No había rostro ni rasgos distintivos. Era solo una silueta de algo puramente malvado. La adrenalina atravesó mi cuerpo, pero no podía moverme ni una pulgada. Fuera lo que fuese, era poderoso y me asustó muchísimo.

La sombra se disipó y finalmente pude recobrar el aliento. Me levanté del sofá y tiré de mis manos y rodillas. Tosí y me toqué a mi garganta, comprobando si me dolía. Corrí al baño más cercano y no tenía moretones en el cuello. Revisé mi pecho, y no había marcas rojas de la presión o cualquier signo de trauma.

Seguí respirando profunda y lentamente. Necesitaba salir de esta casa, pero ¿a dónde iría? Era la mitad de la noche. Salí corriendo a mi camioneta, todavía inseguro de a dónde iba. La lluvia caía del cielo y estaba casi empapado cuando llegué a mi vehículo. No tenía un destino en mente, por lo que solo conducía. Conduje por la ciudad subiendo y bajando por las mismas calles. La mayoría de ellas estaban vacíos a excepción de algún coche ocasional. Era algo hipnótico para mí: conducir de noche sin un final a la vista. Pasó casi una hora antes de darme cuenta de que todavía estaba conduciendo. Había estado atrapado en un trance todo el tiempo, y me sorprendió no haber golpeado nada.

Miré el medidor de gas y mi camioneta estaba casi vacía. Encontré la estación de servicio más cercana y entré. Era misterioso allá afuera en la oscuridad sin nadie más alrededor. No podía ver más allá de las bombas de gas iluminadas. Todo lo que me hizo compañía fueron los golpes de las gotas de lluvia.

Regresé al interior de mi vehículo y me senté allí absorto en mis pensamientos. Tal vez debía registrarme en un hospital psiquiátrico, pero no me sentía suicida. Todavía no estaba tan lejos, pero necesitaba un descanso antes de ir al límite.

Puse mi camioneta en marcha y decidí subir la montaña a la casa de mis padres. Tenía una llave de su casa, así que no necesitaba llamar y despertarlos. Era más de la una de la mañana cuando me detuve en su camino de tierra. Apagué el auto y me dirigí hacia la cabaña. Mis botas se hundieron profundamente en el barro mientras me dirigía hacia la puerta principal.

Adentro, me desplomé en el sofá y rápidamente me quedé dormido.

Por la mañana, el sonido del chisporroteo y el aroma del tocino me saludaron. Me senté en el sofá y miré hacia la cocina para encontrar a mi padre preparando el desayuno. Mi padre estaba de espaldas a mí mientras cocinaba. Me senté en el sofá y él volvió la cabeza ligeramente. "¿Vienes a secuestrar a tu mamá otra vez?", preguntó con un tono amargo, pero algo juguetón.

Gemí mientras hundía mi cuerpo en los cojines. "Sí, sobre eso...", suspiré. "Siento lo que hice". Mi padre se había vuelto completamente para enfrentarme. Era difícil hablar en serio cuando mi papá usaba su delantal blanco que decía: "Buena cocina del Señor Guapo". Reprimí mi sonrisa mientras sacudía mi cabeza.

Mi padre miró su delantal y sonrió. "Oh, sí, esto. Tu madre me lo compró hace unos años antes de...". Se calló. Me encontré con sus ojos y él hizo una mueca. Quiso decir antes de que ella fuera diagnosticada. Antes de que ella comenzara a mostrar síntomas y su memoria comenzara a desvanecerse. Apretó los labios y suspiró. "Hijo...". Se detuvo y luego sirvió una taza de café. "¿Café?".

Asentí.

Se acercó a mí mientras me entregaba la taza. Se sentó a mi lado. "No estoy enojado. Lo entiendo. Yo actué igual cuando diagnosticaron a tu mamá por primera vez, y se lo conté a su médico, suponiendo que se podía hacer más. Para resumir la historia, tuvimos que cambiar de médico cuando lo golpeé en la cara después de que dijo que no había cura". Compartimos una risa. Me enfrentó con una sonrisa taciturna. "La manzana no cae lejos del árbol".

"Tiene que haber algo", dije. "Tiene que haberlo".

Mi padre estrechó su mano sobre mi hombro. "Lo sé, hijo". El silencio llenó la habitación. "Eventualmente, tu madre y yo necesitaremos mudarnos. Me resulta difícil transportarla desde aquí abajo hacia la ciudad para sus citas. Parece que tiene más y más citas cada semana. Y pronto no podré mantener esta propiedad. Eventualmente, tendremos que mudarnos a la ciudad, y tal vez entonces hagamos uso de la casa que nos conseguiste". Lo miré con ojos esperanzados. "Los hijos de la mayoría de las personas no pasarían por tantos problemas para sus padres. La mayoría de los padres son empujados a hogares de ancianos".

Fruncí el ceño mientras miraba los moretones alrededor de la nariz de mi padre. "Sí, pero los hijos de la mayoría de las personas tampoco golpean a sus padres en la cara".

Mi papá soltó una risita mientras se tocaba la nariz con cautela. Ladeó la cabeza. "Es verdad". Mi relación con mi padre siempre fue así. Luchamos y luego encontramos algo de qué reírnos y hacer las paces. Mi padre cambió su tono a uno más alegre. "¿Quieres un poco de desayuno?".

Me pasé los dedos por el pelo y solté un fuerte suspiro. "Sí, por favor".

"¿Noche difícil?, preguntó mi padre.

"No tienes idea".

"¿Quieres hablar de eso?".

Sacudí mi cabeza. "No, no quiero. Necesito un descanso es todo. Esa casa...". Me detuve y miré por la pequeña ventana que estaba al lado de la puerta principal. El sol estaba alto en el cielo y sus rayos brillaban intensamente en la sala de estar.

"¿La casa?¿Refacción?¿Necesitas ayuda con eso?".

Me separé de él mientras miraba la pantalla de televisión en blanco frente a mí.

"¿Ted?".

Parpadeé "Lo siento. Estoy cansado, eso es todo".

Mi padre me miró con cautela. "¿Seguro que es solo agotamiento?¿O está pasando algo más? Scarlett me dijo que fue a verte después de que le conté, ya sabes... Solo quería que ella te vigilara porque sabía que no eras tú allí". Mi padre señaló de nuevo a la habitación donde lo había atacado. "Ella dijo que estabas enfermo, que apenas comiste".

Puse los ojos en blanco. Por supuesto, Scarlett me delataría. "Necesito un descanso, es todo. ¿Te importa si me quedo aquí por un día o dos? El aire limpio puede ayudar".

Mi padre sonrió y me palmeó el hombro. "No hay problema, hijo. Puedes ayudarme a cortar madera y hacer las tareas de la casa". Se fue hacia la cocina.

Mi madre entró arrastrando los pies en la habitación con su bata y zapatillas de casa. Su cabello estaba en desorden, con la mitad de él sobresaliendo y el otro lado mucho más domado. Me hizo sonreír. Sus ojos se entrecerraron a la luz del sol. Me puse nervioso por quién me saludaría esa mañana: mi madre o alguien que pensaba en mí como un extraño. Ella sonrió y dijo: "Mi Ted".

Exhalé y le devolví la sonrisa. "Mamá". Me levanté y la abracé. Mi cuerpo voluminoso consumió su delgada figura en mi abrazo. "¿Cómo te sientes?".

Ella se balanceó la cabeza de lado a lado mientras pensaba en ello. "Mejor, después de tomar un café". Se dio la vuelta y vio el tocino recién cocinado. "¡Oh! Desayuno".

Tomó un trozo de carne. "¿Qué estás haciendo aquí? No es que no te quiera acá".

Me encogí de hombros y metí las manos en los bolsillos de mis jeans. "Necesitaba alejarme un poco. He estado estresado últimamente".

Mi madre se acercó lentamente hacia mí y extendió su brazo para colocar su mano en mi mejilla. La preocupación se apoderó de su rostro. "Me alegra que estés aquí entonces. Puedo prepararte unas galletas más tarde".

Mi sonrisa creció. "Me gustaría eso".

Después del desayuno, volví a llamar al trabajo mientras fingía gripe. Supuse que eso me dejaría al menos una semana libre. No era una persona que se tomara días libres, pero el enfermero principal todavía me gritaba por mi falta de presencia en el CEE. "Estoy poniendo una anotación en su archivo", dijo el enfermero Brooks.

"¿Por qué? Todavía tengo días de incapacidad".

"¿Quién cuidará a tus pacientes, eh? No podemos seguir cubriendo tus resacas".

¿Resacas?¿Qué tipo de persona creía que era?

"No es una resaca. No estoy bien ¿Quieres que propague la gripe a nuestros pacientes de edad avanzada?".

Se quedó en silencio en el otro extremo, lo que significaba que tenía razón, y que estaba encontrando otra cosa por la que gritarme. "Bueno, cuando finalmente decidas venir a trabajar, asegúrate de no hacer el mínimo. Mis pacientes merecen lo mejor". Con eso, colgó. Apreté mi teléfono en mi mano, y los músculos de mi mandíbula se tensaron.

Después de eso apagué mi teléfono y lo tiré al auto. No quería que nadie interrumpiera mis mini vacaciones.

Después del desayuno, mi padre me llevó a la parte trasera de la cabaña. "Muy bien, hijo, esta es la madera que estaría cortando para el fuego de esta noche. Tendrás que intentarlo en mi lugar, así puedo concentrarme en limpiar el cobertizo". Mi padre me entregó un hacha. Había cortado madera muchas veces antes, cuando mi familia y yo vivíamos en California, en las montañas de la Sierra. Nos mudamos a Saratoga Springs cuando mi padre fue transferido para su trabajo cuando tenía trece años, y hemos estado allí desde entonces. Mis padres preferían el bosque a la vida en la ciudad y, en cierto modo, yo también.

Coloqué el tronco en posición vertical sobre el tocón. Calculé dónde golpear antes de levantar el hacha y cortar con fuerza el tronco. No fue hasta el final, pero lo hizo lo suficiente como para romper la astilla gigante. Sabía hacer unas finas rebanadas de madera junto con algunas piezas más gruesas para el fuego.

Pasó una media hora antes de que mis brazos se agotaran demasiado para continuar. Acuné un manojo de madera en mis brazos y lo cargué adentro para ponerlo junto a la chimenea. Dentro, mi madre estaba tejiendo en el sofá.

"¿Qué estás haciendo allí, mamá?".

Volteó la delgada tela rectangular. "No tengo ni idea".

Me reí entre dientes mientras apilaba cuidadosamente la madera.

"Empezó como una manta ... Bueno, esa era mi intención, por supuesto, pero no parece que vaya a ser eso".

Observé los nudos perdidos y distorsionados. "¿Es la primera vez que tejes?"

Mi madre se rio. "Parece que sí, ¿eh? Este es, en realidad, mi quinto intento, y...". Levantó el desastre. "Uno pensaría que ya lo dominaría".

Me reí.

"Creo que no soy del tipo de tejer", dijo.

"No, no lo eres, mamá. Eres más del tipo de talar árboles y combatir incendios forestales".

Mi madre me dio una pequeña sonrisa. "Eso fue hace mucho tiempo".

"Todavía eres esa mujer".

"Gracias, Ted". Ella miró por la ventana. "A veces desearía poder hacer todo eso nuevamente. Lo extraño".

Ver el anhelo en los ojos de mi madre me dio una sensación de tristeza en el estómago. "Puedo llevarte a caminar, para que podamos recoger algunas ramitas más para el fuego".

Mi madre tiró la manta que estaba sobre su regazo. "Vamos a hacerlo, entonces".

Tomé el brazo de mi madre mientras la ayudaba a salir de la casa. Mientras caminábamos por el cobertizo que estaba al borde de la propiedad, grité en la puerta. "Voy a llevar a mamá a caminar. Volveremos en unos minutos".

"¡Bien!", gritó mi papá.

Nos dirigimos a la carretera, y mi mamá giró a la izquierda.

"¿Estás segura de que quieres ir por ese camino? Es cuesta arriba", dije.

"Puedo manejar una pequeña pendiente", dijo mi madre con firmeza.

Caminamos un rato cuesta arriba, y tuve que parar un par de veces para esperar a que mi madre me alcanzara. Me

135

aseguré de escuchar si su respiración se hacía más trabajosa, pero ella no parecía cansada en absoluto.

"Tenía la intención de preguntarte por qué estás realmente aquí", dijo mi madre. Adoptó la mirada "anti-tonterías" que yo conocía muy bien. Eso significaba que tenía que responder rápida y honestamente.

"Es difícil hablar de eso".

"Estoy seguro de que puedo manejarlo".

Miré la hilera de árboles. Mirar hacia otro lado facilitó la respuesta. "Es la casa. He… ", me detuve, inseguro de cómo continuar.

Mi madre hizo un gesto con la mano para que continuara. "¿Sí?¿Has?".

Yo sonreí. Ahora sabía de dónde Scarlett había obtenido su forma descarada de hablar. "He estado teniendo sueños. Sueños realmente extraños sobre una mujer asesinada y la veo en la casa".

"¿Fue asesinada en esa casa o algo así?".

"Aparentemente, sí".

"He estado viendo los cazafantasmas últimamente. Creo que todo es real".

No pude evitar reír, y miré a mi madre inquisitivamente. "¿Estás bromeando, verdad?".

"No, no. He tenido esas experiencias antes. Cuando era joven, y esto fue mucho antes de que tú nacieras, tu padre y yo vivíamos en un pequeño y lúgubre apartamento en Los Ángeles. Era un edificio antiguo que se había construido a principios de 1900. Por la noche, las luces se apagaban y se encendían en los pasillos".

"Cableado defectuoso en un edificio antiguo. Eso tiene sentido".

Mi madre sacudió la cabeza. "No. Los reparadores revisaban constantemente el cableado y siempre realizaban chequeos de rutina. Solía pensar era un cableado defectuoso. Nunca en mi vida habría creído que era paranormal hasta que vi un fantasma". Mi madre señaló un sendero que estaba fuera del camino, y nos dirigimos hacia abajo. La luz se desvaneció instantáneamente entre los altos robles. "Estaba yendo a trabajar un día, y había un ascensor que siempre iba a la planta baja. Vivíamos en el piso superior, y cuando entré, había un hombre parado dentro. No lo pensé mucho. Asumí que él también iba a trabajar. Llevaba un traje negro a rayas con un sombrero de fieltro. También tenía una de esas viejas maletas forradas en cuero. Él no me habló, y me di cuenta de que no había presionado ningún botón. Entonces me di cuenta de que ya estaba en el ascensor cuando llegó al piso superior, lo que no tenía sentido a menos que planeara salir a ese piso. Aun así, ignoré eso y presioné el botón yo misma. Le pregunté a qué piso iba a ir, pero no dijo nada. Me imaginé que era solo un idiota. Hay muchos en Los Ángeles ".

Me reí.

"Cuando llegamos al piso inferior, él salió, comenzó a caminar y luego desapareció". Mi madre chasqueó los dedos. "En el aire. Estaba tan conmocionado que no podía moverme. No había duda de lo que vi. Estaba caminando en el vestíbulo un minuto y luego al siguiente desapareció".

Me puse a reír más.

"Me crees, ¿verdad?".

"Creo que crees que viste algo".

"Oh, por favor". Mi madre me golpeó el brazo. "No me digas esa basura. Eso es lo mismo que dijo tu padre".

Dejamos de caminar cuando llegamos a un área con una densa cantidad de ramitas y agujas de pino secas. Ella me señaló. "También estás viendo cosas, y estás aquí porque crees que te estás volviendo loco. No es así, y lo sabría porque yo soy la que está aquí, perdiendo la memoria". Ese comentario le dio un golpe a mi corazón. Mi madre comenzó a recoger puñados de ramitas mientras usaba sus gruesos guantes para protegerse. Ella me miró y dijo: "Asegúrate de recoger ramitas largas. No queremos pequeñas. Podemos romperlos nosotros mismos en casa. Es más fácil llevarlos de regreso cuando son más largos".

"Está bien, mamá", le dije. De repente, olí el carbón mezclado con un horrible olor a azufre en el aire. Me tapé la nariz. "¿Qué es eso?".

Mi madre olisqueó el aire. "Oh, ese debe ser el vecino otra vez. Vive a varias millas en la montaña, pero siempre se puede oler lo que sea que está quemando. Supongo que hace quemas controladas todas las semanas en su propiedad".

"¿Quemas controladas de qué?".

Mi madre colocó el manojo de ramitas en sus brazos. "Él puede tener cosechas allá arriba, y cuando mueren, las quemas".

"Debe apestar en agricultura, si quema todas las semanas".

Mi madre echó la cabeza hacia atrás en la risa. "Muy bien, Ted. Volvamos a casa".

Cuando llegamos en el camino con una vista clara del cielo nuevamente, miré detrás de mí y vi que el humo se elevaba desde más arriba en la montaña.

Más tarde ese día, ayudé a mi padre a preparar la cena cortando la grasa extra del hombro del cerdo. Mi madre estaba en la sala viendo la televisión mientras intentaba tejer de nuevo. "¿Cuánto tiempo planeas quedarte con nosotros?", preguntó mi padre.

"Solo pocos días. Si mañana me siento mejor, probablemente me iré a la mañana siguiente".

Mi padre asintió mientras vertía las verduras picadas en la olla humeante. "Suena bien... ¿Listo para hablar de eso?".

Sacudí mi cabeza. "No".

El fuego que ardía en la chimenea se reflejaba en el rostro de mi madre haciendo que su piel tomara un resplandor naranja, y noté que sus ojos estaban vidriosos como se ponen cuando ella ya no estaba presente.

"Tuvo un buen día hoy", dijo mi padre. "Ella estaba aquí más tiempo del que no".

Me puse de pie y me limpié la mano con la toalla que estaba en el respaldo de la silla de la cocina. "Sí, me habló de ver fantasmas cuando ustedes dos se casaron". Agarré la marinada para la carne.

Mi padre se rio entre dientes. "No esa historia otra vez. Está convencida de haber visto un fantasma. Yo digo que estaba cansada ".

Me encogí de hombros. "Ella vio lo que vio, ya sea real o no. Fue lo suficientemente real para ella".

"Si ese es el caso, Pie Grande y el Monstruo del Lago Ness se considerarían reales".

Froté la marinada sobre el cerdo. "No es práctico decir que algo es real o no real sin hechos que respalden a ambos lados".

"Entonces, ¿es real y no real hasta entonces?", mi padre cuestionó.

Le di la vuelta al hombro para llegar al otro lado. "Es ilógico decir que algo no es real cuando no tienes pruebas para respaldarlo, al igual que es ilógico decir que algo es real sin evidencia".

"La falta de evidencia es prueba suficiente", dijo.

"No estoy de acuerdo porque hay suficientes testigos para probar que algo sucedió. Tomemos la situación de mamá, por ejemplo. Ella vio algo. Ahora, si eso era un fantasma real o algo completamente diferente, es tema de debate, pero algo sucedió para provocar una respuesta emocional de su parte. Eso fue real". Comencé a cortar el cerdo en trozos más pequeños para cocinarlos en la sopa.

"Veo a dónde vas con eso. Pudo no haber sido un fantasma, así como pudo no haber sido Pie Grande o Nessie, pero es un hecho que la gente experimentó algo. Si es o no es lo que dicen que es, no está basado en el hecho".

Asentí. "Exactamente. La experiencia fue real, pero lo que podría haber sido es una pregunta abierta que no se puede probar de ninguna manera. Nadie puede decirlo con certeza".

Se hizo el silencio. "¿Es por eso que estás aquí?¿Por qué viste algo?". Me di cuenta de que mi padre eligió sus palabras con cuidado, y no estaba seguro de si eso me irritaba o no.

"No lo sé". Le di el hueso de cerdo desnudo a mi padre. "Es solo estrés, así que decidí que necesitaba unas vacaciones".

Mi padre asintió "Lo suficientemente justo. Me alegra saber que puedes separar la realidad de los delirios, hijo". Miró por encima del hombro a su esposa. "No puedo decir lo mismo de tu mamá".

A la mañana siguiente, fui al frente de la propiedad donde el contenedor de basura ya tenía dos bolsas llenas. El olor del rocío fresco de la mañana ayudó a aclarar mi mente. El cielo estaba nublado y pensé que me quedaría otro día y me iría a casa por la mañana. Mis botas se hundieron en el barro mientras me dirigía hacia los contenedores de basura. Ya me sentía más ligero en el pecho y me había quitado un peso de encima.

Cuando tiré las bolsas de basura al contenedor, vi pasar un camión destrozado. Su motor zumbó ruidosamente colina abajo. Su coloración azul se desvaneció cuando el óxido rojo se hizo cargo de su lugar. Vi un hombre barbudo de treinta y tantos años al volante. Su rostro estaba oculto detrás de un cabello largo y desaliñado que mantenía algo domesticado en un gorro.

El hombre me atrapó mirándolo y giró la cabeza en mi dirección. Esos penetrantes ojos azules me parecían vagamente familiares, pero no pude saber de dónde. Tuve una sensación de inquietud mientras el hombre seguía mirándome mientras pasaba. Me pareció extraño que tubiera lo que parecía ser un divisor de jaula en el camión que separaba el asiento delantero de la parte trasera. Solo lo vi en autos de policía. Hice caso omiso del encuentro y pensé que era un cazador de algún tipo.

141

En mi camino de regreso a la casa, mi padre se estaba poniendo el sombrero de camionero. Era el que solía usar siempre en el camino para su trabajo. "Me dirijo a la ciudad para comprar algunos comestibles", dijo mi padre. "Vigila a mamá, ¿quieres?".

Le dije adiós a mi padre y fui a la parte de atrás de la casa para cortar más leña para pasar la noche. Después de media hora, entré con un paquete nuevo. "¿Mamá?", la llamé. Ella no respondió. Puse la madera y salí por el pasillo hacia la habitación de mis padres. La cama estaba vacía. Llamé a la puerta del baño. "¿Mamá?".

Silencio.

Llamé de nuevo y esperé unos segundos más antes de abrir la puerta. No había nadie adentro. Revisé el segundo baño en el pasillo, pero eso también estaba vacío. Entré en todas las habitaciones, y el pánico se apoderó rápidamente cuando me di cuenta de que no estaba en ninguna parte de la casa. Salí corriendo por la puerta principal y llamé a mi madre.

Me apresuré hacia el cobertizo y lo abrí, pero mi madre no estaba adentro. Fui a la parte trasera de la casa donde había estado cortando leña y encontré huellas frescas en el barro. Mi padre me había enseñado a rastrear durante nuestros viajes de caza. El susurro más pequeño de las hojas podría decirme quién estaba allí y qué había sucedido. Estaba un poco oxidado, pero las huellas claras y desnudas en el barro lo hicieron más fácil. Nadie más en la propiedad tenía los pies pequeños de mi mamá. Los seguí unos metros hacia el bosque. No me llevó mucho tiempo encontrar a mi madre parada allí mirando hacia un árbol. Solté un suspiro de alivio y corrí hacia ella. "Mamá, me asustaste. No salgas corriendo".

Tenía esa misma mirada vidriosa y se apartó de mí.

"¿Quién eres tú?".

"Soy tu hijo", le dije.

Ella sacudió su cabeza. "No tengo un hijo". Miró a su alrededor. "¿Dónde estoy?".

Suspiré. "Entra".

Ella sacudió la cabeza, profusamente. "No, no quiero hacerlo. Quiero a mi esposo".

"Está de compras. Volverá con la comida. Mientras tanto te estoy cuidando".

Esto pareció calmarla. "Oh, está bien", murmuró, y la seguí de regreso a la casa mientras la vigilaba de cerca.

La senté en el sofá y puse una manta sobre su regazo. "¿Puedo tomar mi budín?", preguntó.

"Por supuesto", le dije. Fui a la cocina y regresé con una cuchara y su taza de budín. Moví su almohada y la puse detrás de ella para apoyarla. "¿Hay algo más que pueda conseguirte?". Me tomé un tiempo libre del trabajo solo para hacer mi trabajo como enfermero para mi madre.

"¿El control remoto, por favor?". Extendió el brazo hacia su dirección, y se lo entregué. Una fuerte ráfaga de viento sopló, haciendo que las ventanas vibraran.

"Voy a encender un fuego", dije. "Antes de que haga demasiado frío".

"Solía talar árboles para incendios controlados durante la temporada baja. Solía ser trabajadora forestal y luchar contra los incendios forestales", dijo mi madre.

Empujé un manojo de ramitas secas junto con unas agujas de pino secas. "Lo sé. Me has contado".

143

"Oh…".

Usé un encendedor para prender el fuego y soplé sobre él. Las llamas crecieron y tiré algunas ramitas más. Cuando el fuego fue constante, puse un tronco.

Desde que comenzó a llover, pasé el resto del día en la casa en silencio. No había mucho que hacer afuera. Sentí que estaba de vuelta en mis días de infancia con solo un televisor para mantenerme ocupado, pero ni siquiera me permitieron ver un programa que disfrutara. Me senté en el sofá junto a mi madre mientras ella continuaba intentando tejer una manta. "Tengo un hijo que se parece a ti", dijo mi madre.

"Soy tu hijo, mamá", le dije.

"Oh…". Ella sonrió y me dio unas palmaditas en el brazo. Al final del día, estaba acostumbrado a mi madre, sin reconocerme. Nunca pensé que me volvería insensible, pero allí estaba sentado en el sofá corrigiendo casualmente su memoria como si le estuviera hablando sobre el clima.

Miré hacia la pared sobre la chimenea, y allí colgaban las astas de ciervo adulto al que mi padre y yo disparamos hace quince años. Las astas eran las más grandes que había visto en mi vida, y había sido uno de los viajes de caza más largos que habíamos hecho juntos.

Tenía alrededor de diecisiete años y mi padre me llevó a otro de nuestros viajes de caza. Se necesitaban cazadores para mantener baja la población de ciervos en el área porque se estaba descontrolando y afectando el ecosistema, por lo que todos los años salíamos. Conservábamos un poco de carne para la familia y el resto lo regalábamos a los vecinos. Ese año fue mi primer disparo. Antes, era mi padre quien siempre hacía la muerte final.

Habíamos rastreado a ese ciervo durante días. Cazar no era fácil, y la mayoría de las veces volvíamos a casa sin nada. Por eso la carne que buscábamos era mucho más dulce que las cosas empaquetadas en el supermercado. El hecho de tener que salir físicamente para buscar, cazar y trabajar por la comida hacía que la carne supiera mucho mejor.

Durante esos momentos en que mi padre y yo íbamos a cazar, él y yo realmente nos llevábamos bien. Mientras que en casa, él estaba constantemente sobre mí por cualquier cosa, ya sea que fuera la escuela, los quehaceres, etc. No era como si fuera abusivo o algo conmigo, pero fue mucho más duro conmigo que con Scarlett. Supongo que esperaba más de mí. Él no le importaba lo que decidiera hacer con mi vida si llegaba hasta sus estándares de lo que era un hombre.

En mi edad adulta, se suavizó conmigo. Tal vez se debió a su vejez, o tal vez sintió que finalmente logró lo que tenía que hacer como mi padre.

Sonreí mientras miraba las astas. Esa fue una buena temporada de caza. Miré hacia mi madre y ella me dio una sonrisa sutil. La que le daba a los extraños en la tienda de comestibles. Ese gesto distante me dio un puñetazo en el estómago, pero no dejé que se notara en mi cara.

A la mañana siguiente, decidí regresar a casa. Necesitaba volver a la realidad en algún momento, y también necesitaba ponerme ropa nueva. Usar los viejos jeans y camisetas de mi padre no me quedaba muy bien.

"Cuídate, hijo", dijo mi padre. "Eres bienvenido en casa en cualquier momento". Abracé a mi padre, y era la primera vez en mucho tiempo que nos abrazábamos. Ambos nos detuvimos algo desconcertados por el contacto. No estaba seguro de qué nos hizo abrazarnos. Los dos lo hicimos sin pensar.

Cuando subí a mi camioneta, mi madre salió corriendo por la puerta principal sosteniendo algo en sus manos. "¡Ted!".

Bajé mi ventana. "¿Sí, mamá?".

Ella me entregó un crucifijo de plata. Estaba en una cuerda de cuero, pero me pareció un poco demasiado grande para ser un collar. "Mantente a salvo. Me acordé de nuestra conversación". Me guiñó un ojo.

Estudié el crucifijo antes de colocarlo cuidadosamente en el asiento del pasajero. "Gracias, mamá". No pensaba usarlo, pero sabía que la consolaría.

Ella besó mi frente. "Y úsalo cuando lo necesites. No somos cristianos ni nada, pero creo que puede ayudar a calmar cualquier temor".

"Bueno". Asentí con la cabeza a mis padres antes de salir del camino de entrada y entrar en el camino de tierra que conducía al pavimentado.

Cuando llegué a mi casa, me senté en mi camioneta y golpeé con el dedo el volante. Ahora, incluso durante el día, la casa adquirió un ambiente parasitario que eclipsó la casa, una vez acogedora. Me revolvió el estómago. Miré el crucifijo y puse los ojos en blanco mientras lo levantaba. ¿Me estaba molestando la idea de usar esas cosas para darme una falsa sensación de seguridad? Pensé que ya estaba loco por pensar que mi casa estaba embrujada, así que bien podría comenzar a usar crucifijos. Lo agarré con la mano cuando salí.

Subí por el porche y respiré hondo antes de entrar. La luz de la mañana brillaba de un amarillo blanquecino a través de los viejos pisos de roble. Pude ver el polvo en el aire, y hubo silencio. Nada crujió ni gimió. No había sentimientos desagradables de que alguien me estuviera mirando. Entré en la sala de estar y puse el crucifijo en la mesa junto al sofá. El resto de mi día en casa fue tranquilo, y lo agradecí. Por primera vez desde que me mudé, no hubo sonidos ni visiones no invitadas. Me había preparado la cena, que era mi arroz habitual con verduras mixtas, y me senté en el sofá a mirar televisión. Cuando volví a caer sobre el cojín, una pequeña sonrisa apareció en mi rostro. Quizás un simple descanso era todo lo que necesitaba.

Al día siguiente, volví a trabajar. Me ocupé de mis pacientes que estaban muy contentos de verme. Hank, como siempre, era su amargo yo. "¿Dónde has estado? Ben me tuvo que bañar, y sabes cuánto lo odio. No parece entender que todavía soy un hombre y merezco algo de dignidad".

Le di una sonrisa comprensiva. "Lo siento. Me estaba cuidando como dijiste".

"¿Terminaste de estar loco?".

Suspiré mientras le daba su medicina. "Yo espero que sí".

"Bien porque ni siquiera me dejó probar el agua del baño y me arrojó a un poco de agua fría".

"Bueno, él y las otras enfermeras estaban cubriendo a mis otros pacientes, por lo que probablemente estaba ocupado y se olvidó".

Él resopló, luego tomó su medicina.

Cuando salí de su habitación, vi a Mónica de nuevo. Se dirigía en mi dirección, pero cuando me vio, rápidamente se volvió y se dirigió hacia el lado opuesto. Decidí en ese momento que tenía que hablar con ella. No quería que se sintiera incómoda conmigo.

Estaba tan concentrado en Mónica que no vi a Christina en el pasillo. Cuando me di vuelta para dirigirme a otro de mis pacientes, me encontré con ella. Casi deja caer el archivo en sus manos. "Oh, lo siento", se rió. Noté cómo su uniforme de color púrpura claro complementaban sus ojos, y su cabello rubio estaba suelto hoy, que caía en cascada maravillosamente alrededor de su rostro. "¿Cómo te sientes?", preguntó.

"Estoy bien. Mucho mejor. Lamento haber cancelado nuestra cita y no volver a contactarte".

Forzó una sonrisa agradable, pero salió como una línea apretada. "Está bien".

Seguro que no sonaba bien.

"Me imaginé que simplemente no estás interesado", dijo.

"No, estoy *muy* interesado". Pasó un compañero de trabajo y bajé el tono. "Lo he estado pasando muy mal últimamente. Es un mal momento".

Ella sonrió pasivamente, lo que significaba que lo que dije la insultó. "Toma todo el tiempo que necesites". Pasó junto a mí por el pasillo.

Cerré los ojos y rápidamente me di la vuelta para detenerla. "Quiero compensarte".

Ella me miró de arriba abajo.

"Por favor", imploré. "Permíteme sacarte y mostrarte que tengo un interés genuino en ti porque lo tengo. Es solo que... No soy bueno en esto".

"No, no lo eres". Ella continuó caminando y decidí no detenerla nuevamente. Todo había terminado, así que no tenía sentido. Fue entonces cuando se detuvo y se volvió hacia mí. "Mañana por la noche. No hay excusas. Nos vemos en ese restaurante italiano en la calle quinta a las ocho. Si no estás allí, considera perdido mi interés en ti".

Tomé un respiro de alivio. Todavía tenía una oportunidad. Escuché a Hank silbar y volví la cabeza hacia él. Su puerta estuvo abierta todo el tiempo, y me dio una sonrisa juguetona, completamente satisfecho consigo mismo de haber captado esa conversación.

Decidí no permitir que Mónica me esquivara más. Necesitaba contarle sobre las visiones porque tal vez ella podría ayudarme. No estaba seguro de cómo, pero estaba desesperado por hacer que se detuvieran. No tuve ninguna visión cuando volví de la casa de mis padres, pero no estaba seguro de cuánto tiempo duraría ese período tranquilo. Y no quería volver a perder el sueño por eso.

Durante nuestro descanso para almorzar, la encontré afuera sentada en una de las mesas de pícnic comiendo una ensalada. "¿Te importa si tomo asiento?", pregunté. Ella me miró, y había una clara expresión de aprensión en su rostro. Suspiré mientras me sentaba. "Mira, lamento lo que te dije si te hizo sentir incómoda. Yo solo...". Me detuve mientras pensaba en qué decir. "Estaba desesperado por respuestas, y todavía lo estoy".

Ella tragó saliva. Su frente se arrugó con preocupación. "Lamento cómo te he estado evitando. No es justo para ti, y con toda honestidad, te creo. Simplemente no estaba lista para escuchar sobre mi hermana otra vez".

Podría entender eso. Si mi madre muriera repentinamente, no creo que pueda soportar siquiera pensar en ella y mucho menos hablar de ella. "Siento haber sacado viejas heridas", dije.

Ella me dio una pequeña sonrisa. "Está bien. Fue necesario porque nunca supe qué pasó. Necesitaba ese impulso para volver a trabajar con mis sentimientos, así que gracias".

Asentí. "De nada".

"Y si hay algo que pueda hacer para que veas a mi hermana, te lo haré saber. Tal vez ella quiere tu ayuda con algo". Mónica hizo una pausa mientras jugueteaba nerviosamente con los dedos en su regazo. "Quiero decirte en qué estaba trabajando antes de morir". Se encogió de hombros. "Siento que debería decírtelo. Mi hermana era periodista. Le gustaba recoger historias extrañas y resolver misterios, y luego escribir sobre eso. Era buena en eso. Algunas historias fueron más serias que otras, como trabajar con investigadores en casos sin resolver. Siempre amó un buen misterio". Esto hizo que Mónica sonriera. "Creo que la última historia en la que trabajó fue lo que la mató".

Fruncí el ceño. "¿Por qué?".

Mónica negó con la cabeza. "No tengo idea de cuál fue la historia exactamente porque ella no me contó, pero tiene algo que ver con la casa en la que vives. Estaba muy preocupada antes de morir y miraba constantemente por encima del hombro. Creo que alguien la perseguía por lo que sabía".

Mi interés se despertó en este punto. "¿Se mudó a la casa antes o después de comenzar a investigar la historia?".

"Después. Se había mudado con su novio, por lo que mis padres no estaban contentos. Somos viajeros. Algunos nos llaman gitanos". Ella puso los ojos en blanco. "Somos de la fe católica en mi hogar, y mis padres no estaban contentos con su convivencia con él. Son gente a la antigua. Ella no estaba aún casada cuando se fue a vivir con él, y tenía unos treinta años. Nos casamos a una edad muy temprana. Al menos en mi familia todavía lo hacemos. Lavinia nunca fue una persona que siguiera las costumbres, por lo que era una oveja negra".

Quería que Mónica volviera al tema del asesinato. "Lo que no entiendo es, ¿por qué su novio la mataría por lo que sabía? A menos que tuviera una conexión con la historia".

Mónica se inclinó sobre la mesa y susurró: "Creo que había fuerzas oscuras en el trabajo".

Me recosté. No sabía cómo responder a eso. No pude evitar pensar que Mónica era un poco ridícula por insinuar eso que me parecía tan absurdo. Sin embargo, no tuve tiempo de discutirlo más con ella, ya que nuestro descanso para almorzar había terminado.

"Hablaremos de eso más tarde", dijo. "¿Quizás podría ir a tu casa, o podríamos encontrarnos en algún lado?".

"Me gustaría", dije. Escribí mi dirección y número de teléfono para ella y me fui para continuar mi turno. Fue un gran alivio para mí que estuviera dispuesta a discutir más de esto. Empecé a pensar que tal vez los espíritus sí existían. Quizás el alma de Lavinia quería que me pusiera en contacto con Mónica para ayudarla a sanar su dolor. Fue una exageración, pero estaba dispuesto a creer cualquier otra cosa que no fueran las fuerzas oscuras en mi casa.

Esa noche, me hice una ensalada de espinacas y col rizada con un poco de pollo. No me llenó mucho, así que decidí pedir una pizza además de eso. Pensé que comía algo saludable, para que una pizza no doliera. Cuando terminé mi última pieza, llamaron a mi puerta. Yo no estaba esperando a nadie, pero luego pensé que era Scarlett que venía a espiarme otra vez.

Cuando abrí la puerta, levanté las cejas cuando vi a Mónica parada allí con las manos en los bolsillos. Seguía usando su uniforme del trabajo, y su cabello negro recogido en una coleta apretada. "Hola", murmuró ella. Olisqueó mientras miraba sus zapatillas de deporte. Me di cuenta de lo pálida que estaba Mónica mientras estaba parada en mi oscuro porche. Me preguntaba si ella alguna vez salía. Tenía la misma cara estrecha que Lavinia con las mismas mejillas regordetas y nariz redonda.

"Hola", respondí. "¿Qué estás haciendo aquí?".

Miró a su derecha antes de finalmente mirarme. "Vine a conversar contigo sobre Lavinia". Ella miró más allá de mí hacia el interior de mi casa.

Era un poco tarde para los invitados. Cuando le di mi número y mi dirección, pensé que llamaría antes de pasar por allí, pero allí estaba parada en mi puerta. Se movía de un lado a otro en cada pie. Tenía que haber otra razón por la que ella estaba aquí, y hubiera sido grosero de mi parte cerrarle la puerta, así que la invité a entrar. Mónica examinó mi sala de estar y miró hacia la cocina mientras se mordía el labio inferior.

Cuando cerré la puerta, le pregunté: "¿Quieres algo de beber? Puedes decirme cómo fue el resto de tu turno, y si Ben finalmente tuvo las agallas para invitarte a salir o huir". Ese era mi juego de humor, pero no salió bien, ya que Mónica no sonrió.

"No, estoy bien", respondió ella. "Solo estoy aquí para hablar de Lavinia". Miró hacia la puerta del sótano, y noté cómo sus hombros se curvaban hacia atrás cuando se abrieron. Parpadeó y se obligó a mirarme.

"¿Qué pasa con Lavinia?", pregunté.

"La has estado viendo", dijo.

Mastiqué el interior de mi mejilla. "Sí", dije lentamente. Ya hemos discutido esto.

Ella dio un paso hacia mí. "Solo quiero ayudar con eso, y no he podido pensar en otra cosa desde que hablamos. ¿Con qué frecuencia la has estado viendo?¿A qué se parece?¿Cuál es el contexto?".

Aparté la vista de ella, sin saber si decirle la verdad. Mi boca se abrió para hablar, pero no salieron palabras. ¿Cómo alguien le dice a otro que está viendo el fantasma de su hermana y sueña con su muerte?

Sin embargo, no necesitaba decir nada. Era como si ella ya supiera lo que estaba pensando. "Eso es lo que pensé", dijo.

Me confundí. "¿Qué quieres decir?".

Ella ignoró mi pregunta. "Me sumergí, recientemente, en el asesinato de mi hermana nuevamente, y hubo algo muy mal con todo el asunto".

¿Te refieres a algo que no sea ser asesinada por su propio novio?

Se alejó de la puerta del sótano y sacó la mano del bolsillo de su suéter para señalar mi pequeña mesa de cocina. "¿Te importa si me siento?".

Le saqué una silla y me senté frente a ella.

"Antes, confiaba en la policía para obtener respuestas cuando ella falleció. Era más joven entonces y no pensé mucho en eso hasta hace poco. Encontrarte y descubrir que vives aquí me hizo querer sumergirme en su historia nuevamente porque recuerdo a Howard. Era un hombre muy amable. Era fuerte y varonil, pero era gentil. Nunca lastimaría a Lavinia".

"A menudo, las personas que menos esperamos pueden cometer los actos más atroces".

Ella sacudió su cabeza. "No, había algo en lo que estaba trabajando. Tal vez Howard fue incriminado por eso o algo así, y quien estuvo involucrado lo mató y escondió el cuerpo para asegurarse de que no hablara. No había signos de ningún problema entre ellos. He hablado con sus amigos y colegas, y no había indicios de ningún problema en su relación que condujera al asesinato. Fue cuando comenzó a trabajar en esa historia que comenzó a sentirse paranoica. Creo que está relacionado con eso".

"¿En qué estaba trabajando exactamente? Parece que sabes más de lo que discutimos anteriormente".

"Ella estaba investigando esta casa, como dije. No me dijo mucho, porque no quería que quedara atrapada en la historia y supiera algo que podría meterme en problemas. Tiene algo que ver con el Dr. Ransteen, quien una vez fue dueño de esta casa y realizó su práctica aquí a principios del siglo XX. He estado mirando sus notas, y he encontrado algunos hechos inquietantes que me han llevado a esta conclusión: creo que el Dr. Ransteen todavía está vivo en algún lugar y está orquestando todo esto".

Solté un largo suspiro mientras me recostaba en mi asiento, con los ojos muy abiertos. "No hay forma de que él esté detrás de esto si vivió a principios del siglo XX. Eso significa que tiene que tener más de cien años".

"Tal vez tiene un nieto o alguien a quien le pasó la práctica, y esta persona quiere mantener estos secretos ocultos".

Mi curiosidad se despertó. "¿Qué secretos?".

"Te mostraré. Puedo llevarte junto a la caja llena de todas sus notas mañana después del trabajo".

No estaba seguro de por qué estaba tan interesado en esto, pero tal vez descubrir este secreto eliminaría las pesadillas antes de que volvieran. Estaba dispuesto a probar cualquier cosa.

Al día siguiente en el trabajo, en lugar de evitarme como solía hacerlo, Mónica me dio una de sus pequeñas sonrisas. Tenía esta forma de inclinar la cabeza hacia abajo cada vez que te miraba como si tuviera miedo de hacer contacto visual directo. La hacía parecer modesta, reservada y tímida.

Desde que Christina, Carlos, Frank, Ben y yo compartimos el mismo descanso para almorzar que Mónica, decidí que comiéramos todos juntos en la sala de empleados. Tenía que ser difícil ser nuevo en el trabajo sin amigos, y Mónica parecía un poco aislada socialmente de todos los demás. Podría ser porque era tímida, y yo también estaba bastante callado. Las personas como nosotros necesitamos a alguien que nos empuje a las reuniones sociales, y pensé que compartir el almuerzo sería una manera perfecta de hacerlo sin abrumarla.

Christina entró bailando con su bolsa de almuerzo. Sus labios se separaron mientras me sonreía. Se sentó a mi lado y dijo: "No te has olvidado de nuestra cita de esta noche, ¿verdad?".

Yo sonreí. "¿Cómo podría?".

Ella se rio. "Estoy deseando que llegue".

Ben y Carlos entraron con bolsas de comida rápida. Ben se quedó sin aliento mientras se sentaba al otro lado de la mesa. "Corrimos realmente rápido al otro lado de la calle al lugar de hamburguesas. Me aseguré de llamar con anticipación". Se tocó el costado de la cabeza. "¿Ven? Inteligente".

Me incliné sobre la mesa y bajé la voz. "Mónica se une a nosotros. Esta es tu segunda oportunidad con ella. Tal vez invitarla a salir en una cita".

"Sí, y no huir", agregó Carlos.

Carlos y yo nos reímos, y Ben puso los ojos en blanco. "Sí, lo que sea, hombre", dijo Ben. "Siempre y cuando no la persigas hablando de tu casa". Mi sonrisa se desvaneció al instante. Cualquier mención de mi casa solo me recordó que estaba totalmente jodido y que las pesadillas me estaban esperando. En ese momento, Mónica y Frank entraron. Ben bajó la voz apenas por encima de un susurro. "Hablar de la casa está fuera de los límites", dijo. Dirigió su atención a Mónica y sacó una silla a su lado para que ella se sentara.

Ella dio su habitual sonrisa tranquila y se sentó. "Gracias".

"No hay problema", dijo Ben. "Queríamos hacerte sentir bienvenida, así que decidimos preparar este almuerzo para ti". Aunque Ben lo hizo sonar como si fuera su idea, lo dejé, ya que parecía que le gustaba mucho Mónica.

"Gracias", dijo hacia Ben. Él sonrió y ella dirigió su atención a todos. "Gracias. Realmente es difícil hacer amigos siendo adultos".

"Y quedártelos", agregó Christina.

Todos nos reímos mucho. Mónica se quitó el suéter gris y noté por primera vez una cicatriz que le subía por la parte inferior del brazo hasta el codo. Lo señalé y pregunté: "¿Qué es eso?".

Se miró el brazo y se encogió de hombros. "Oh, ¿esto?". Trató de ocultar partes de la cicatriz con la mano. "Esto fue de un accidente de equitación hace años. Todavía estaba en la universidad". La cicatriz era más blanca que su piel ya pálida, y la piel se levantó donde las líneas irregulares se arrastraban por su brazo.

"¿Qué pasó?", pregunté.

"Me caí mientras el caballo saltaba un obstáculo. Mi hermana y yo...". Su voz se calmó y bajó el brazo. "Solíamos criar y entrenar caballos juntas". Eso me tomó por sorpresa porque Mónica no parecía del tipo que pasaba mucho tiempo al aire libre. No parece salir de la casa en absoluto.

"Eso es impresionante", dijo Ben. "¿Cuántos caballos tienes ahora?".

Mónica bajó la cabeza y la sacudió. "Ya no los tengo". Ella comenzó a hurgar con los dedos. "Después de que mi hermana falleció, los vendí todos".

Christina extendió su brazo. La preocupación mezclada con la simpatía se filtró en su voz. "¿Por qué, cariño?".

Mónica hizo una mueca. "Simplemente no era lo mismo sin ella. Ella ayudaba mucho con el cuidado de ellos, y solo...". Se quedó en silencio. "Fue difícil continuar porque su memoria estaba por todo ese granero. Simplemente no pude". Sacudió la cabeza mientras se limpiaba una lágrima. "Lo siento mucho. Esto es embarazoso".

Todos saltaron para consolarla y decir que estaba bien.

"Tengo que usar el baño", dijo mientras se levantaba y salía corriendo de la habitación.

"Ahora no podemos hablar de caballos. Muchas gracias, Ted", dijo Ben. "Siempre la haces llorar". La sonrisa juguetona en su rostro me dijo que no estaba angustiado, pero tenía razón. Esta era la segunda vez que la molestaba así. Se estaba convirtiendo en un mal hábito mío.

Cuando regresó, tenía el más leve color rosa en sus mejillas. "Lamento eso. Nunca hablo de mi hermana. Lo he estado evitando por mucho tiempo. Apenas los conozco, así que esto es muy vergonzoso".

Todos aprovecharon la oportunidad para tranquilizarla.

"Cariño, hoy en día no hay nadie de nuestra edad sin algunos esqueletos en su armario", dijo Christina. "Hablamos sobre nuestros problemas. Tú también deberías porque eso es lo que hacen los amigos".

"Es verdad", agregó Carlos. "No hacemos una pequeña charla aquí. Lo entendemos. Es difícil cuando un miembro de la familia muere. Estos tipos estaban allí para mí cuando falleció mi padre".

"Y estaban aquí para mí cuando murió el sr. Jacobson", intervino Ben.

"Y así, estaremos aquí para ti, cariño", dijo Christina. "Hará la amistad mucho más fácil". Acercó su mano a la de Mónica y la apretó con una sonrisa.

"Gracias", dijo Mónica. "¿Qué hacen, aparte de almorzar juntos de vez en cuando?".

"Principalmente vamos al bar", le dije.

158

"A veces citas", agregó Christina. Balanceó su cadera hacia mí para empujarme juguetonamente.

Los muchachos arrullaron y les puse los ojos en blanco. "Sí, sí".

Ben golpeó su mano sobre la mesa. "¡Finalmente! Se tomó como ¿qué?¿Dos años?".

"Está bien, sr. Huye de Mónica", bromeé.

La cara de Ben ardía de un rojo brillante, e incluso Mónica se echó a reír. Su rostro ceniciento finalmente coincidió con el color carmesí de Ben, lo que la hizo reír aún más fuerte. Era la primera vez que la oía reír así, y me tomó por sorpresa.

Mónica contuvo una pequeña sonrisa. "Ben, no necesitas tener tanto miedo de mí. Saldré a una cita contigo", dijo. "Si es verdad que estás interesado en mí".

Carlos y Frank levantaron las cejas el uno al otro y se inclinaron sobre la mesa para captar lo que Ben diría.

"Oh. E-está bien", dijo Ben. "Te daré mi número, entonces".

"Pero no me dejes plantada huyendo cuando llegue allí", dijo Mónica.

Todos nos burlamos de Ben, y él procedió a arrojarnos una papa frita en broma a cada uno de nosotros.

El almuerzo fue una buena idea. Llegamos a conocer a Mónica de una manera completamente nueva. No teníamos idea de que ella solía ser jinete a caballo, o que competía en espectáculos. Mi círculo de amigos era pequeño, así que estaba eufórico por haberlo ampliado un poco.

"De todos los caballos que entrenaste, ¿tenías un favorito?", preguntó Ben.

Mónica le dio un mordisco a su ensalada y cuidadosamente colocó su tenedor. Se frotó las manos, pero no de manera nerviosa como de costumbre. Fue por la emoción, y eso me hizo sonreír. "¡Oh, sí!", dijo. "Se llamaba Penny. Pasó un año después de mi hermana cuando decidí vender el resto de los caballos. Antes de estar cerca de dejar de fumar, fue una decisión fácil después de que Penny se fue".

"¿Qué pasó con Penny?", preguntó Ben.

Mónica se cubrió la boca con la mano mientras masticaba. "La vejez. Hoy en día cuido de mis padres y de su granja con mis hermanos. Vivo aquí en la ciudad, pero los fines de semana voy a ayudarlos. No estuve en la universidad ni hice mucho durante años después de que Lavinia falleciera". Mónica se encogió de hombros mientras se rascaba la mano. "Mi vida quedó en suspenso un poco allí. Este es mi primer trabajo desde... Ya sabes".

"El asesinato", terminó Carlos.

Ben golpeó a Carlos en el estómago.

Mónica asintió con la cabeza. "Sí, eso. Todavía es difícil hablar de eso porque me desconecté. No había estado fuera de la propiedad de mis padres hasta que comencé este trabajo".

Todos abrieron los ojos sorprendidos.

"Entonces, ¿has estado en su granja todo este tiempo?", preguntó Christina consternada.

"Como dije, fue un momento difícil para todos nosotros", dijo Mónica. "Tenía miedo de estar sola. Usé la excusa de cuidar a mis padres como la razón por la que me mantuve protegida durante tanto tiempo, pero honestamente, era a mí a quien le daba miedo irme y no volver nunca como mi hermana". Lo entendí más que nada. "Todos lloramos de manera diferente. No deberías avergonzarte de eso", dije. "Fue un momento difícil".

"Y todavía lo es, pero se está volviendo más fácil". Ella me dio una sonrisa mansa. "Finalmente puedo hablar de ella".

"Eso es bueno", dijo Christina.

"Y si alguna vez quieres hablar más de ella, estamos aquí", agregó Ben. Mónica parecía genuinamente conmovida por eso, y por primera vez, la vi sonreír más que esa pequeña curva de sonrisa.

"Cambiando de tema: tú también cuidas de tus padres, ¿verdad, Ted?¿Cómo están?", preguntó Carlos

"Mi mamá", corregí. "Bueno, al menos lo estoy intentando, pero mi papá quiere quedarse en las montañas. Eventualmente, él vendrá".

Christina me frotó la espalda y me sonrió con comodidad. No me había dado cuenta de lo fuerte que apretaba el tenedor en mi mano ante la mención de mi madre hasta que Christina puso su mano sobre la mía.

Después del almuerzo, todos nos fuimos por caminos separados. "Definitivamente deberíamos hacer esto de nuevo", dijo Ben mientras tiraba su bolsa vacía de comida rápida. "Quizás a finales de esta semana todos podríamos llegar a la barra". Por una vez, desde que me mudé a esa casa, finalmente me sentí normal. Iba a ir a una cita, hice un nuevo amigo y tenía planes de reunirme con personas perfectamente sanas que hicieran algo normal como ir a un bar. Tal vez las cosas comenzarían a mejorar para mí.

Esa noche, cuando llegué a casa, me di una ducha de inmediato. Solo tenía unas pocas horas antes de la cita, y no quería arriesgarme a perderla. El aroma a lavanda mezclado con especias llenó el baño mientras el vapor salía de la ducha. Cuando salí, limpié el espejo para poder ver mi reflejo. Suavemente me puse crema de afeitar en la cara y agarré mi rasuradora. Lo último que quería era cortarme antes de mi cita, así que me aseguré de ir despacio y constante.

El suave escozor de la loción para después del afeitado se filtró en mis poros cuando lo palmeé en mi piel, y luego me peiné hacia atrás. Cuando entré en mi habitación, encontré una de mis muchas libretas y escribí para programar un corte de pelo. Nunca me gustó que mi cabello pasara por mis orejas porque no me gustaba la forma en que se veía largo. Se volvía demasiado rizado e inmanejable. Si iba directamente hacia abajo en lugar de enrollarse hacia atrás, entonces tal vez volvería a pensar en mi peinado corto.

Mientras me vestía con unos pantalones caqui y una bonita camisa abotonada, un golpeteo rápido llegó a mi puerta seguido de un timbre. Yo no estaba esperando cualquier visitante, así que estaba perplejo cuando fui hacia la puerta de la planta baja. Vi la silueta de una persona de pelo largo más allá del cristal empañado. Abrí la puerta para encontrar a Mónica parada allí con una caja de cartón.

Mantuve la puerta parcialmente abierta. "¿Qué pasa?", pregunté.

Ella levantó la caja un poco. "Vine aquí para mostrarte la información que tengo".

"¿Puede esto esperar? Tengo una cita en...". Miré mi reloj de pulsera. "En menos de dos horas".

"Esto solo tomará un segundo. Quiero dejarlo contigo". Usando la caja, ella me empujó. Por supuesto, solo entra. Dejó caer la caja sobre la mesa de la cocina. Lo palmeó y dijo: "Esto es en lo que estaba trabajando Lavinia antes de morir. Este es todo su papeleo. Creo que falta algo de él, pero en su mayor parte, esto es todo".

Me acerqué a la mesa y abrí la tapa. Dentro había papeles y notas adhesivas apiladas al azar una encima de la otra. No había ninguna forma de organización con nada de eso, y encontré que mi pecho se contraía un poco al ver su desorden. La desorganización siempre me hizo sentir un poco aprensivo. Mónica me miró expectante, y lo entendí porque quería que hurgara en la caja. Saqué una gran pila de papeles, y un par de ellos cayeron al suelo. Fui a recogerlos y uno de ellos me llamó la atención.

Era una foto en blanco y negro de un hombre con una barba larga y puntiaguda y un bigote grueso. Llevaba el pelo peinado hacia atrás y un traje negro y corbata. La foto era solo de su rostro y parte de sus hombros. Tenía una mirada muy solemne en sus ojos como si uno pudiera simpatizar con él, sin embargo, también había algo siniestro en ellos. Lo más inquietante era que este hombre me parecía familiar. Era extrañamente similar al hombre que vi en mis visiones, cortándose la mano mientras realizaba algún ritual.

"Ese es el Dr. Edgar Ransteen", dijo Mónica. "El hombre en cuestión".

Estudié la foto un poco más antes de volver a ponerla sobre la mesa. "¿Qué hizo él ?". *Aparte de estar en cosas ocultas extrañas.*

"Como dije antes, era dueño de esta casa y la convirtió en una institución mental para su mamá". Se me sacudió dolorosamente el pecho. Las similitudes comenzaban a volverse misteriosas. Mónica esparció los papeles por la mesa de la cocina buscando algo. "Aquí está", murmuró. Cogió una foto y me la entregó. "Esa es su madre". Señaló a una frágil mujer parada al lado del Dr. Ransteen. Era una foto grupal de lo que parecía ser su familia. Era el más alto de todos, y estaba allí con su chaqueta blanca en la que lo había visto durante mi visión. Su madre se arrugó con la edad, y se encorvó mientras estaba parada allí. Tenía los ojos vidriosos y su mano descansaba sobre un bastón. Junto al Dr. Ransteen había un joven que parecía estar en su adolescencia. Se vistió como un verdadero caballero con su traje. Había una joven que estaba al lado de la mamá que no podía ser mayor de doce años.

"Estos son sus hermanos", dijo Mónica. "Creo que el hermano...". Señaló al joven del traje. "Fue dueño de la casa después de que el Dr. Ransteen falleció. Todavía podría estar vivo en alguna parte. Sin embargo, parece que no puedo encontrar información de él. Parece que mi hermana solo se centró en él". Ella puso su dedo sobre el doctor.

Puse la foto y recogí lo que parecía ser el certificado de defunción del Dr. Ransteen. Murió a fines de la década de 1940 a sus ochenta años. Todo el certificado decía que era "causas naturales".

"Su madre tenía esquizofrenia, y el Dr. Ransteen pasó toda su vida con ella. Su padre se volvería abusivo con ella cada vez que tuviera sus episodios psicóticos, y según mi hermana, el médico siempre se interpondría entre ellos y sufriría los golpes para protegerla. Quería encontrar una cura para su mamá, así que estudió medicina y psicología.

Compró un terreno aquí y decidió construir una casa. Él mismo diseñó la casa y se mudó con su madre".

"No suena tan mal. ¿Cuál es el gran secreto?". Pensé en lo similares que eran sus objetivos a los míos. De hecho, me sentí orgulloso de haber comprado esta casa con la misma intención que él.

"Su madre murió. Es lo que sucedió, y él se fue en picada", dijo mientras me entregaba una copia de un artículo de periódico. El recorte de noticias de color amarillo con su tinta descolorida fue fotocopiado en una hoja de papel. En la parte inferior había un sello de la biblioteca pública. El artículo hablaba de una mujer que saltó de un edificio de dos pisos en el Instituto Ransteen. La mujer fue hospitalizada, pero murió a causa de sus heridas.

"Saltó del techo de esta casa tarde una noche", dijo Mónica. "A menudo perseguía y hablaba con pájaros invisibles, según el Dr. Ransteen. Aquí están sus notas de su práctica. Sin embargo, parece que faltan algunos de ellos". Ella me entregó fotocopias de las notas viejas. Los bordes alrededor de las notas estaban deshilachados, y la cursiva se mostraba perfectamente en los pequeños trozos de papel.

Yo fruncí el ceño. Comencé a simpatizar con este hombre. Yo también iría en picada si algo le sucediera a mi madre. Sin embargo, mientras leía sus notas, se activó una alarma interna. Con cada día que pasaba, parecía que su escritura se volvía más revuelta hasta el punto de convertirse en un rasguño de pollo. Antes, escribió recetas bien pensadas para los pacientes, pero luego fue reemplazado por "darles tres píldoras" y finalmente "una inyección de morfina". Pronto todos los pacientes recibieron inyecciones de morfina en lugar de medicamentos reales para sus dolencias.

"¿Qué demonios pasó?", pregunté. "Estas eran prácticas poco éticas".

"¡Claro que sí!", dijo Mónica. "En ese momento, la sociedad comenzaba a desarrollar una mejor comprensión moral de los asilos y las enfermedades mentales. Sin embargo, estaban muy mal monitoreados, y muchas instituciones escaparon del abuso hacia los pacientes. Esto fue cuando empezaron a hacer lobotomías y terapia de electrochoque. Y la mayoría de los pacientes mentales fueron abandonados en instituciones por familias que ya no querían tratar con ellos, dejando a estos pacientes sin ningún control. Creo que el Dr. Ransteen les hizo algo a sus pacientes porque todos estaban tomando morfina 24/7, lo que significa que no estaban lúcidos en absoluto. Los tenía en dosis altas".

"Creo que sé lo que hizo", le dije. Mi estómago se revolvió mientras pensaba en los sueños que tenía. "He estado teniendo visiones desde que me mudé aquí y comencé a soñar con tu hermana. La he visto morir muchas veces". Tragué saliva y mi voz tembló. Mónica extendió su mano hacia mí con comodidad. "Mató a sus pacientes de alguna manera. No estoy seguro de por qué, pero creo que les hizo cosas que les causaron la muerte. Creo que tu hermana quería resolverlo, así que tal vez por eso estoy siendo perseguido por todo esto". Dejé caer las notas sobre la mesa y me pasé los dedos por el pelo, riéndome nerviosamente. "Esto suena loco".

"No, no es así", dijo Mónica con toda sinceridad.

"Antes no habría creído en nada de esto, pero ahora...". Miré alrededor de la casa. "Ya no lo sé, y solo quiero que se detengan para poder seguir viviendo. Intentaré cualquier cosa en este momento".

"Entonces quizás podamos ayudarnos el uno al otro. He estado queriendo investigar y descubrir qué le pasó exactamente a mi hermana. He ido tan lejos como aprovechar lo paranormal y tratar de hablar con el espíritu de mi hermana, pero no puedo escuchar nada. Nada de lo que hago es recibido". Miré su tobillo y noté el nombre de Lavinia tatuado en cursiva seguido de una rosa al final. Debajo de eso en letra pequeña estaban los años que había vivido Lavinia: 1979-2011.

Si estuviera tan desesperado por descubrir qué condujo al asesinato de mi propia hermana, tal vez habría recurrido a prácticas tan extravagantes como la caza de fantasmas también. No tenía derecho a juzgarla porque obviamente todavía estaba afligida, y todos lloramos de manera diferente, pero no pude evitar encontrar un poco tonto que pensara que hablar con personas muertas, si eso fuera posible, era la respuesta.

Miré mi reloj. Tenía que irme ahora si iba a llegar a tiempo para mi cita. Siempre fui muy puntual, y esta noche tenía que serlo aún más. No podía arriesgarme a llegar un minuto tarde, y quería irme media hora antes por si acaso. "Tengo que irme", dije. "Tengo un lugar donde necesito estar".

Mónica miró hacia abajo un poco decepcionada. "Oh, está bien", dijo. "Lo siento por molestarte".

Me froté la parte de atrás de mi cabeza. "No hay problema, supongo".

Ella me dio una pequeña y algo avergonzada sonrisa mientras envolvía los papeles. "Te molesté, lo sé, pero gracias por escucharme de todos modos. Lo aprecio. No tenía a nadie con quien hablar sobre esto, y me di cuenta que de todas las personas con las que podía hablar, eras tú. Supongo que es porque pareces accesible. Además, ya estabas viendo a mi hermana, así que pensé por qué no venir aquí para tratar de resolver esto". Ella dejó caer los papeles en la caja. "Dejaré esto aquí para que lo revises. Si encuentra algo que pasé por alto, llámeme. ¿Tienes lápiz y papel?". Señalé hacia el refrigerador detrás de ella. Se acercó a él para escribir su número antes de irse. En ese momento, sentí que estaba haciendo malabares con dos mundos: uno donde posiblemente existían fantasmas y me perseguía, y otro donde me enfocaba en asuntos de la vida real como una cita. Cuando Mónica se fue, me puse los zapatos y salí por la puerta.

Era un montón de nervios mientras conducía hasta el restaurante. Permanecí en mi camioneta por unos momentos más mientras respiraba profundamente. Mis palmas estaban húmedas y respiré en mi mano para comprobar si mi aliento aún estaba fresco. Llegué unos diez minutos antes, que era lo que quería. Quería mostrarle a Christina que podía comprometerme con ella. Me quería tomar para nosotros una mesa y no permitir que ella me esperara ni siquiera por un minuto.

Cuando entré, escaneé el restaurante desde donde estaba parado en la entrada para ver si Christina ya tenía una mesa. Cuando no la vi, respiré aliviado. Mi plan estaba funcionando hasta ahora. Le dije al anfitrión que esperaba a alguien, y él escribió el nombre de Christina antes de llevarme a una mesa en el medio del restaurante.

Era un lugar hermoso. Era uno de los establecimientos de comida más elegantes de nuestro pequeño pueblo. La alfombra roja brillante me recordó el color de su famosa salsa para pasta, que combinaba con las cortinas. Algunas enredaderas pintaban las paredes de color crema y pintaban ventanas falsas que no daban a ninguna parte. Pintaron colinas lejanas y un cielo brillante detrás del cristal falso.

Christina entró caminando momentos después, y tenía un chal de encaje negro alrededor de su vestido rojo. Su cabello estaba sobre un hombro y rizado maravillosamente por su pecho. Ella me miró y me quedé sin aliento. Era la primera vez que la veía maquillada o cualquier otra cosa que no fueran uniformes o jeans. Ella era absolutamente impresionante.

La saludé cuando ella miró en mi dirección y me dio una pequeña sonrisa. Tomé esa sonrisa como: "Me alegro de que estés aquí, pero todavía estás frío". El anfitrión la acompañó a nuestra mesa y yo me puse de pie para sacar su silla. Sus labios se curvaron un poco más cuando la empujé suavemente hacia la mesa. "Gracias", dijo.

Nuestro camarero llegó justo a tiempo, nos pidió nuestras bebidas y nos entregó una canasta de pan de cortesía. "Me encanta este pan", dijo Christina mientras lo alcanzaba de inmediato. Lo abrió y salió vapor. Oliéndolo, ella hizo una sonrisa de satisfacción. "Me encanta el olor". Sonreí por lo mucho que disfrutaba ese simple placer. Ella y yo pedimos vino tinto y tintineamos nuestros vasos juntos después de servirlo.

"¿Cómo estuvo el trabajo para ti ?", preguntó ella mientras tomaba un sorbo.

"Fue duro volver a entrar en el ritmo de las cosas, pero lo logré".

"¿Me vas a decir lo que pasó o vamos a seguir diciendo que estabas enfermo?". A pesar de que todavía estaba molesta y siendo descarada conmigo, su acento sureño me hizo olvidar lo enojada que estaba. Simplemente disfruté mucho escucharla hablar y estar cerca de ella. Nada más importaba. Ignoré la ligera molestia en su tono.

"No estaba enfermo", confesé.

Ella levantó las cejas. Me di cuenta de que estaba más sorprendida de que estuviera diciendo la verdad.

"¿Quieres decirme qué pasó?".

"Por supuesto". Tamborileé con los dedos sobre la mesa. "Esta no es, en realidad, una conversación de primera cita, pero al diablo. He estado teniendo un montón de...".

Pensé en las palabras correctas para decir. "Pesadillas desde que me mudé a esa casa, y me han estado manteniendo despierto. Tuve una horrible y me fui a la casa de mis padres para escapar porque necesitaba un descanso mental".

Ella frunció el ceño mientras me miraba. "Todavía no entiendo. Entonces, ¿las pesadillas te han estado molestando?¿Son más como terrores nocturnos? Porque mi hermano pequeño tiene esos, y despiertan a toda la casa".

Sacudí mi cabeza. "Es difícil para mí hablar de eso, pero creo que es la casa la que lo está causando, o mi estrés...", me detuve.

"O tu estrés por la casa", dijo.

Decidí ir con eso. Era mucho mejor que decir ella la verdad, y yo no quería arruinar mi oportunidad con ella. "Junto con mi estrés por mi madre. Tuve un pequeño colapso, así que necesitaba descansar un poco".

Ella asintió con la cabeza y pude ver que su compasión regresó. Ya no sostenía su línea de labios apretados. En cambio, se recostó en su silla y me dio una sonrisa taciturna. "Puedo entender eso. ¿Cómo fue pasar tiempo con tus padres?".

"Estuvo bien. Mi mamá tuvo sus días buenos y malos". Me encogí de hombros. "Me acostumbré a que ella no se acordara de mí, lo que nunca pensé que haría".

Christina extendió su mano hacia mí y agarró mi brazo. "Lo siento, cariño".

"Está bien, pero suficiente sobre mí. Sé a qué te dedicas... ". Ella y yo nos reímos. "Entonces, dime algo que no sepa. Algo que nunca habría adivinado sobre ti".

Ella se sentó con una amplia sonrisa en su rostro. Admiré la forma en que sus labios se fruncieron un poco. Ella notó mi mirada, y sus mejillas se sonrojaron, lo que hizo que mi corazón latiera. "Colecciono conchas marinas y las deslumbro para venderlas en línea".

Tengo una gran sonrisa "¡No puede ser! Quiero verlas".

Se mordió el labio cuando sus mejillas se pusieron rojas. "Está bien, está bien, pero trata de no reír". Sacó su teléfono y ojeó algunas fotos hasta que encontró una para mostrarme. Era de una concha perfectamente redonda pegada a una joya. En el medio había una amatista con una serie de diferentes joyas de color plateado que fluían hacia el resto del caparazón.

"Es hermoso", le dije.

"¿Tú crees?". Su voz era bajita, y vi que sus hombros estaban agrupados cerca de sus orejas mientras se mordía agresivamente el labio inferior.

"Muéstrame más", dije en un tono suave.

Sus ojos se encontraron con los míos, y brillaron con una vacilante emoción. Se desplazó y me mostró un par más que estaban decoradas con cristales brillantes. "Este es mi favorito. Lo hice como una broma". Se echó a reír incluso antes de girar su pantalla hacia mí. Su risa me hizo sonreír aún más. Cuando finalmente me mostró, yo también comencé a reír. Era una concha marina con ojos saltones pegados y unos hilos amarillos como cabello. "Se llama Danielle. La hice cuando estaba en la escuela secundaria".

"Entonces, ¿esto es algo que has estado haciendo durante mucho tiempo?". Me sorprendió gratamente saber este pequeño secreto sobre ella. No creo que nadie en el trabajolo supiera.

Ella asintió mientras guardaba su teléfono. "Sí. Seguro que lo es. La primera vez que fui a la playa fue cuando tenía catorce años, y mi familia podía darse el lujo de ir desde Alabama. Recolecté tantas como pude, y quería hacer algo con ellas. Tenía un montón de cuentas sobrantes y diamantes falsos que obtuve de jugueterías durante mi infancia, así que usé esos". Ella se rio. "Es algo que se ha quedado conmigo. Aunque, trato de ser más profesional al respecto y no hacer más Danielles".

Yo sonreí. "¿Qué te hizo mudarte a Saratoga Springs desde Alabama?".

Ella se encogió de hombros. "Originalmente quería mudarme a la ciudad de Nueva York".

Asentí con una sonrisa de complicidad. "Por supuesto".

Ella se rio. "¡No te rías! No soy una típica chica amante del campo que quisiera probar suerte en la gran ciudad".

172

"Se parece mucho", bromeé.

Su cara se puso carmesí mientras se reía, y me complació mucho que pudiera lograr que hiciera eso. "Bueno, pasé una semana allí buscando escuelas y dije: '¡No! La gran ciudad no es para mí. Me decidí por algo cerca de la playa y entré en la universidad de Bridgeport. Ahí es donde realmente entró mi pequeño pasatiempo. Cada vez que estaba estresada por los finales, salía a la playa y buscaba conchas de mar temprano por la mañana para que bajara la marea".

"¿Cómo llegaste aquí, a Saratoga Springs?".

"Estaba buscando trabajo, pero vivir en Bridgeport era caro. Después de graduarme, necesitaba encontrar un trabajo y un lugar más barato para vivir. Estuve buscando ciudades locales y terminé en un pequeño pueblo a las afueras de Bridgeport durante un par de años. Luego escuché que mi hermano pequeño se mudaba a Saratoga Springs para la universidad, y mis padres querían que me mudara con él, ya que era su primera vez fuera de casa". Se encogió de hombros. "Es el bebé precioso, así que, por supuesto, lo mimaron. Y, por supuesto, tenía que ser yo quien ayudara a cuidarlo como mis padres querían que lo hiciera".

Asentí en comprensión. Me relacioné demasiado con eso. "Puede ser duro ser el mayor. ¿Cuántos hermanos tienes?"

Christina tomó otro sorbo de su bebida. "Tres. Dos hermanos y una hermana. Mi hermana todavía está en la escuela secundaria y el hermano menor es aún más joven, está en la escuela primaria".

"¿Todavía vives con tu hermano?".

Ella sacudió su cabeza. "Se mudó cuando tuvo novia. Sigue viviendo con ella".

Levanté un poco la copa. "Bien por él, entonces, y por ti, en conseguir tu propio lugar de nuevo".

"¿Qué pasa contigo?", preguntó. "¿Tu familia ha vivido aquí desde siempre?".

"No, nací en California".

Ella obtuvo una gran sonrisa e inclinó la cabeza hacia atrás. "Oh, ahora todo tiene sentido".

Tengo una sonrisa juguetona. "¿Y qué significa eso?".

Ella levantó las manos en defensa. "Simplemente significa que eres un chico típico de California con tus brazos musculosos, batidos de proteínas y demás".

Me reí. "¿Eso es un chico de California para ti?".

Ella se rió, y su mano descansó sobre la mía, lo que me hizo respirar bruscamente. Yo no quería arruinar el momento, así que volteé la palma y sostuve sus delicados dedos en mis manos. Se sonrojó visiblemente y miró hacia la mesa. En ese momento, el camarero vino a tomar nuestro pedido. Me dieron los espaguetis y las albóndigas habituales. Había estado en muchas citas antes y, por lo general, las mujeres tomaban una ensalada para mantenerla ligera. Christina se decidió por el pollo Marsala con fettuccine. Me sorprendí un poco.

"Me encanta cualquier tipo de plato con pollo. Especialmente si el romero está involucrado", dijo ella. Se volvió hacia el camarero y dijo: "Y un tiramisú para llevar, por favor".

Le levanté una ceja.

Ella tomó una mirada defensiva. "¿Qué? Una chica tiene que comer, y no voy a compartir mi postre contigo. Podemos pedir uno para los dos, pero ese tiramisú viene a casa conmigo".

Solté una risita. "Bien, bien. Respeto eso. No me importa pagar tu postre".

"Quería repartir la cuenta", dijo.

Me detuve momentáneamente. No tenía idea de cómo responder a eso. ¿No era esta una cita? Por lo general, los hombres pagaban las citas, pero tampoco quería que se sintiera irrespetada por mi insistencia. "Espero que esto no parezca grosero, pero ¿por qué quieres repartir la cuenta?".

Ella se encogió de hombros. "Porque tengo mi propio dinero, y siento que ya pasamos el tiempo en que los hombres pagan por todo. Tengo un trabajo y tú también tienes uno, así que ¿por qué no puedo pagar? Además, me sentiré menos culpable por agregar un postre para llevar".

Era una píldora difícil de tragar, y no estaba seguro de si era una prueba o no. Mi madre siempre me enseñó a creer que una mujer sabía lo que quería porque ella siempre lo hizo. Mi mamá nunca jugó esos juegos mentales. Sin embargo, tal vez Christina lo hizo.

Tal vez ella quería que luchara para pagar el cheque. No estaba seguro de cómo hacer esto. Ella notó la expresión retorcida en mi rostro mientras luchaba con este dilema de la edad moderna, y contuvo la risa. "Cariño, no estoy jugando contigo ni nada. Estoy siendo completamente honesta sobre todo. Sé lo que quiero y es por eso que no juego".

Di un suspiro de alivio.

Ella jugaba con el lóbulo de su oreja mientras hablaba. "Tener citas siempre me cansaba. Nunca entendí los juegos que la gente jugaba como no volver a llamar hasta después de dos días, y también me cansé de la lentitud. Quiero decir, ¿quién sale sin querer casarse? Eso solo termina en desamor. Si no están para ganarlo todo, no entren en el ring".

"Entonces, ¿quieres casarte?". Sabía que este tema surgiría eventualmente, pero no lo esperaba tan pronto.

Ella levantó las cejas como para decir "sí, obviamente ". "Oh, sí. Planeo casarme y tener hijos. Y si tú no, entonces continuemos teniendo una buena cena como amigos y luego tomemos caminos separados". Dejó escapar un profundo suspiro. "Odio el tiempo que tardan las personas en las citas para darse cuenta. Pon todas tus cartas sobre la mesa, Ted". Golpeó con su mano al lado de su plato. "Dime lo que quieres de la vida y dime bien porque no pierdo el tiempo. No tengo tiempo en mis manos". Ella guiñó un ojo. "No hay presión ni nada".

Eso es lo que me atrajo de ella en primer lugar. Cuando nos conocimos en mi primer turno en el trabajo, ella me dijo lo que quería que hiciera y cómo hacerlo. Ella siempre fue brutalmente honesta sobre sí misma, y eso es lo que me gustaba en las mujeres. "Quiero hijos, seguro. El matrimonio todavía da un poco de miedo".

"Estamos en la treintena, Ted. Es mejor superar ese miedo".

Me reí ligeramente. "Es verdad. Nunca encontré a la mujer adecuada, pero tengo una familia en mente. Yo definitivamente quiero algunos hijos un día".

Ella se recostó en su asiento. "Parece que aún no te has encontrado a ti mismo".

Tomé un tono defensivo. "Claro que sí".

Ella levantó una ceja. "¿De verdad? O quieres casarte o no. O quieres una familia o no. ¿Te ves haciendo algo más con tu vida algún día?".

Pensé mucho sobre eso. Me convertí en enfermero porque era una pasión mía ayudar a otros. Todo comenzó cuando mi madre se enfermó. Antes de eso, no tenía idea de qué hacer con mi vida en términos de carrera. Sabía que ser enfermero en un hogar no era el punto más alto de carrera para algunos, pero nunca pensé más allá de eso. En realidad, nunca planeé mi futuro, y eso hizo que mi estómago se alterara porque eso era lo que Christina quería: un futuro. Ella quería a alguien que supiera lo que querían.

Solté un fuerte suspiro. "Supongo que estás en lo correcto. Siempre fui día a día y nunca tomé la vida en mis propias manos. Iba acorde a lo que me pasara y no haciendo que las cosas sucedieran para mí. ¿Tiene sentido?".

Ella asintió. "Oh sí, lo tiene. Yo era de la misma manera, y por eso fui a ayudar a mi hermanito en lugar de seguir mi propio camino. Dejaba que mi familia me diga a dónde ir. No tenía mi propia brújula. Necesitaba a alguien más que me guiara. Llega al punto en tu vida en la que deseas tomar tus propias decisiones para ti y no para otra persona. Avísame cuando llegues allí". Ella sonrió.

Se me cayó el estómago y me se llevó a mi corazón con él. "¿Es esa tu forma de decir que no hay una segunda cita hasta que me haga cargo de mí mismo?".

"Significa que tenemos una fecha de vencimiento si no es así, y una muy corta".

Asentí. Miré mi regazo mientras me mordía nerviosamente el interior de la mejilla.

El tono de Christina se suavizó. "Lo siento, estoy siendo muy dura. Tengo treinta y tantos años, y las mujeres que todavía son solteras a esa edad tienen un poco de impaciencia". Ella sonrió. "No paso muchas primeras citas. Resulto demasiado fuerte".

Me reí, lo que se sintió bien. "Me pregunto por qué". Ella se rio de sí misma. "Hay toneladas de chicos por ahí. Creo que el adecuado no se molestaría en saber lo que quiero de la vida".

No pude evitar mirarla a los brillantes ojos azules, y una suave sonrisa apareció en mi rostro. Se volvió tímida de nuevo y miró hacia abajo mientras se sonrojaba.

"Algo me dice que no te importa mi comportamiento", dijo.

Sacudí mi cabeza. "Ni un poco. Estoy acostumbrado a las mujeres fuertes".

Sus ojos comenzaron a llorar, y yo fruncí el ceño con preocupación. "Gracias por eso", dijo. "Es difícil encontrar un hombre que no se deja intimidar... Estás hablando de tu madre, ¿o no?".

Asentí. "Seguro que sí. Ella es la más dura de la familia. Solía combatir los incendios forestales en California hasta que transfirieron a mi padre por su trabajo de camionero a Nueva York. Nos mudamos a Saratoga Springs porque mi mamá pensó que era un buen lugar para criarnos. Ella todavía trabajaba, pero necesitaba un trabajo que no la llevara lejos de casa seis meses al año. Decidió trabajar como soldadora y ganaba un dinero decente".

Christina me miró con admiración en los ojos. "Tu mamá suena como una mujer increíble".

"Lo es". Luego agregué con indiferencia. "Mi papá también está bien". Eso la hizo reír.

Nuestra comida finalmente llegó, y pasamos la mayor parte de la comida comiendo en silencio. Christina tenía buenos modales en la mesa, pero comía rápidamente como si no pudiera introducir suficiente comida. Me sorprendió mirándola y casi escupe la comida de la risa. Tomó unos tragos de vino. "Lo siento, me estoy muriendo de hambre", dijo. "Por lo general, soy mucho más elegante que esto, lo prometo".

Me reí mucho de su vergüenza. "Está bien. Lo prefiero". Le di una de mis albóndigas. "Pruébalo con su salsa. Es lo mejor".

Terminamos nuestras comidas, y ella consiguió su tiramisú para llevar como quería. Ante su insistencia, dividimos la cuenta por la mitad, y ambos dejamos una propina antes de irnos. "¿Quieres que te acompañe a tu auto?", ofrecí.

"Sí, por favor", dijo en un tono alegre.

Estaba en silencio mientras salíamos. El fresco aire primaveral se sentía bien mientras me subía la cremallera de mi chaqueta, y podía oler la promesa de lluvia en el cielo nocturno.

"Gracias por todo", dijo. "Tuve un buen rato".

"De nada. Espero hacerlo de nuevo".

Ella se rio. "Yo también. Realmente lo disfruté".

"Y prometo hacerme cargo de mí mismo". Llegamos a su auto y la enfrenté. Agarré mi mano que estaba escondida en el bolsillo de mi chaqueta en un puño por puro nerviosismo. "Porque deseo seguir viéndote por el tiempo que dispongas".

Una pequeña sonrisa apareció en su rostro. "Nos seguiremos viendo".

Traté de no dejar que el alivio apareciera en mi rostro, pero la sonrisa cómplice de Christina me dijo que había fallado. "Oh, Dios. Esperaba que no encontraras lo que dije demasiado cursi".

Ella echó la cabeza hacia atrás mientras se reía. "Lo fue, pero funcionó". Nos quedamos en silencio, y la forma en que se mordió el labio mientras me miraba me volvió loco. Agarré su mano y me incliné lentamente para colocar mis labios sobre los de ella. Cuando nos separamos, ella soltó una pequeña risita. "Nunca me habían besado en una primera cita antes". Su rostro volvió a ponerse rojo.

Pasé mis labios por su mejilla. "Buenas noches, Christina. Gracias por esta noche".

La observé mientras se iba en su auto, y nos saludamos el uno al otro antes de que ella girara en la calle concurrida. Esa noche conduje a casa con la sonrisa más grande en mi rostro.

Di en el clavo.

En el trabajo a la mañana siguiente, fui a darle el desayuno a Hank. Él no se molestó en saludar. Fue directo a: "¿Entonces te la follaste?". Escuchar a un hombre mayor con voz ronca hablar sobre sexo fue un poco irritante, pero aun así me hizo reír.

"No presumo esas cosas, señor". Coloqué la bandeja sobre su regazo.

"Normalmente respetaría eso, pero dado que no he tenido ninguna acción en los últimos diez años, anhelo algo".

"Nos besamos", dijo Christina. Giré la cabeza y allí estaba ella parada en la puerta. Entró y me entregó un pedazo de papel. "Esto es para ti. Olvidaste hacer un chequeo médico". Juguetonamente me hizo cosquillas en la barbilla antes de irse.

Volví mi atención a Hank, cuya cabeza estaba ladeada mientras la veía alejarse. "Tiene un buen culo".

"Hank", le dije con severidad.

"Lo siento. Es tu chica".

Le di una sonrisa irónica cuando abrí su budín de Hank para él. "Ella no es mía. Ella es su propia mujer. Tengo la suerte de estar involucrado en su vida, eso es todo".

"Has estado soltero mucho tiempo, ¿eh?".

"Tú también", dije. Podía escuchar el gruñido de Hank mientras salía por el pasillo para atender a mis otros pacientes. Mónica me llamó la atención cuando pasó junto a mí empujando a Camille en su silla de ruedas, y el peso de mi otro mundo en el que vivía me aplastó los hombros. Todavía tenía que atender a esa cuestión de ver personas muertas en mis sueños, y tenía que hacerlo más temprano que tarde si quería tener alguna oportunidad de una relación sólida y normal con Christina.

En mi camino a casa desde el trabajo, mi padre me llamó. Pensando que era una emergencia sobre mi madre, respondí y lo puse en el altavoz. "Hola, papá", le dije. "¿Todo bien?".

"Todo está bien", dijo mi padre en un tono optimista. "Estaba llamando para pedirte algo de ayuda en algo".

"Por supuesto. ¿Qué es?".

"Tu madre tiene el doble de citas médicas ahora. Durante su última visita, necesitaban extraerle sangre, y descubrieron que tenía pocas vitaminas y se deshidrataba fácilmente. Quieren que venga semanalmente para hacerse transfusiones. Eso es mucho movimiento para nosotros. Me preguntaba si estaría bien que acepte tu oferta de que nos mudemos. Nos gustaría seguir manteniendo la cabaña para sus niños, pero tenemos que estar más cerca de sus médicos. No puedo seguir yendo y viniendo, y si hay emergencias, será mejor para ella estar cerca de un hospital".

"Estoy completamente de acuerdo". Estaba eufórico de que mis padres finalmente se mudaran. Mi cuerpo presionó firmemente contra el cinturón de seguridad cuando casi salté de mi asiento. Me senté tranquilamente.

"Está bien, quiero mudarla lentamente en lugar de demasiado rápido", dijo. "Puede ser demasiado para ella. De esta manera, le dará tiempo para acostumbrarse a la situación".

"Por supuesto, por supuesto". Me agarré al volante con fuerza mientras una sonrisa se extendía por mi rostro. Hice todo lo posible para contenerme. La idea de Lavinia y las pesadillas que había estado causando al instante me hizo doler el estómago. No estaba seguro de si existían fantasmas, pero lo que sea que estaba pasando, no quería que mi madre fuera una víctima de ello. Ella sería la más susceptible.

"Lentamente iré trayendo cosas durante las próximas semanas. ¿Eso está bien?".

Parpadeé y volví a la realidad. "Sí, eso está más que bien. Te daré una llave. Puedes tomar el dormitorio principal. Sacaré mis cosas de allí".

"No tienes que hacer todo eso".

"Lo sé, pero quiero hacerlo. Así será mejor para mamá".

"Muy bien, gracias, hijo. Hablaremos pronto". Con eso, colgó.

Durante el resto de la semana, pasé tiempo limpiando mi habitación, lo cual no fue difícil de hacer, considerando que de todos modos no tenía muchas cosas. No podía soportar el desorden, por lo que nunca dejaba de cualquier cosa que no usara. Durante esa semana, también leí los papeles en la caja que Mónica me había dado. Vi en uno de los artículos del periódico que el Dr. Ransteen despidió a todas las enfermeras y trabajadores del personal. La gente se preguntaba cómo se mantenía la instalación sin el personal adecuado. Citó diciendo: "Solo tomaré los casos más graves y los veré yo mismo. Solo tomaré unos pocos a la vez que tengan poca o ninguna familia. Este trabajo que estoy haciendo es de suma importancia y debe ser atendido de una manera que solo yo pueda hacer perfectamente. Incluso el defecto más pequeño puede hacer que todo mi trabajo quede obsoleto. Estamos trabajando en curas aquí".

Una de las notas que escribió el Dr. Ransteen me llamó la atención, que decía: "Cirugía programada para Paulton Edwards el día quince a las tres en punto". Después de eso, no pude encontrar más información sobre este paciente. Era como si desapareciera por completo. De hecho, hubo muchos pacientes que desaparecieron después de una cirugía reportada. Sin embargo, no había información sobre por qué.

El sábado llegó y lo último que tuve que hacer fue mover mi cama a la habitación contigua. Decidí esperar hasta que mi padre pudiera ayudarme con el trabajo pesado. Cuando colgué la última ropa en mi nuevo armario, escuché un golpe en mi puerta, seguido de un timbre. Bajé las escaleras y la abrí para encontrar a Mónica parada allí.

"Tienes la mala costumbre de venir sin llamar primero", bromeé.

"Lo siento, así es como soy. Lo recogí de mi familia. Tendemos a sentirnos como en casa. ¿Puedo pasar?". Mónica pasó junto a mí sin molestarse en esperar a que dijera que estaba bien. Era un poco molesto, teniendo en cuenta que generalmente era costumbre esperar una respuesta, pero tampoco quería ser grosero con ella a pesar de que ella era la que irrumpía en mi casa. Cerré la puerta y noté cómo se frotaba las manos y chasqueaba los dedos mientras estaba allí, inspeccionando el interior de mi casa. Debe haber sido difícil estar en la misma casa donde murió tu hermana y no saber lo que sucedió por completo.

"Tuve un sueño con mi hermana. Por eso estoy aquí", dijo. "Ella no dijo nada, pero me desperté sabiendo que tenía que verte. ¿Ya leíste los papales?".

Me pasé los dedos por el pelo y me reí nerviosamente como si fuera una maestra preguntando si había terminado mi tarea. "Sí, un poco, pero me sorprendí con que mis padres se van a mudar".

Ella giró la cabeza para mirarme. Sus ojos muy abiertos y su boca abierta. "¿Qué?¿Se mudarán aquí?".

"Sí. Te he contado sobre mis planes para que mi madre se mude. ¿Por qué es tan sorprendente?".

"¿De verdad crees que es seguro para ellos?¿Especialmente para tu madre?".

Me encogí de hombros mientras me metía las manos en los bolsillos. "Estás siendo supersticiosa".

"Lo sería aún más si fuera tú después de haber soñado con alguien que no conocía y luego descubrir que en realidad era real".

"Es ilógico creer lo paranormal".

"Estoy en desacuerdo. Yo no digo que sea ilógico, no después de lo que has pasado. No es diferente a una persona religiosa, no ver los hechos de la evolución y obligarse a ver solo el creacionismo".

Por muy descabellado que fuera, ella tenía un punto, y decidí dejarlo. Ella no vino aquí para discutir. Cambiando de tema, dije: "Leí sus notas de las numerosas cirugías que hizo. Después de las cirugías, cualquier información adicional sobre ellos desapareció. Él no los informó desaparecidos o muertos. Dejó de escribir recetas sobre ellos y cualquier otra actualización".

"Sí, noté lo mismo, y Lavinia también cuando encontró estas notas. Eso fue lo que la llevó a investigar. Mónica miró todos los papeles que estaban cuidadosamente apilados alrededor de la mesa de mi cocina, donde los había dejado. Me encargué de organizarlos por fecha y por categoría: recetas, artículos periodísticos, fotos, etc. "Mi teoría", dijo. "Es que los mantuvo aquí y no quería que la gente supiera lo que estaba haciendo".

"O tal vez estaba sobrecargado de trabajo con todos los pacientes, por lo que no tuvo tiempo de tomar las notas".

"Solo tomó 5 a la vez".

"¿A la vez? Entonces, ¿qué pasó con esos cinco pacientes que desaparecieron?".

Ella se encogió de hombros. "Lavinia nunca me dijo". Mónica revolvió mi pila de periódicos y sacó una fotocopia de un artículo más antiguo de principios de 1900. "Aquí hay algo donde que él menciona agregar más pacientes. Se dice aquí que va a tomar en más, ya que contrató nuevo personal de enfermería, pero nunca los nombró. No tenía otras

185

enfermeras o miembros del personal registrados en sus libros en absoluto".

"Tal vez se les pagó debajo de la mesa".

Mónica negó con la cabeza. "Creo que estaba mintiendo".

"¿Pero por qué?".

Ella se mordió la uña del pulgar. "Para no levantar sospechas, supongo. Sería sospechoso agregar más pacientes sin contratar más miembros del personal, ¿no? Creo que algo les sucedió a esos primeros cinco pacientes, y luego tomó otros cinco para reemplazarlos. Notarás que siguió tomando cinco a la vez".

De repente, escuché pasos claros provenientes del piso de arriba. Sonaban pesados y dieron zancadas largas y lentas. Mónica inclinó la cabeza hacia arriba mientras escuchaba también.

"¿Hay alguien aquí?", preguntó. Sacudí la cabeza lentamente. Estaba sucediendo de nuevo, y tragué saliva cuando el miedo comenzó a pulular en mi abdomen. No era necesariamente miedo a los fantasmas o algo paranormal, sino miedo al hecho de que los ruidos comenzaron de nuevo y es posible que esta vez no desaparecieran.

Mónica entró en acción corriendo hacia su auto. Los pasos continuaron, pero parecía que solo se estaban quedando en un área en el pasillo por la parte superior de las escaleras.

Me temblaban los brazos cuando entré en la cocina para mirar al piso superior. El ángulo en el que me encontraba me permitió mirar hacia el pasillo desde el piso inferior, y mi corazón se aceleró. Una parte de mí quería

correr y esconderse y no mirar. Luché contra esos
sentimientos y deseé que mis ojos lo inspeccionaran.
Nada.

No había nadie allí, pero aún podía escuchar los
golpes de los pasos. El cabello en la parte posterior de mi
cuello se levantó, y podría haber jurado que alguien allí
estaba mirándome fijamente.

Justo entonces, Mónica regresó, sosteniendo un
dispositivo de forma rectangular. Era gris y tenía una
bombilla pequeña en un extremo que Mónica había señalado
hacia la habitación. En la parte superior del dispositivo había
una tabla con una aguja que se movía ligeramente. "Esto se
llama sensor de campo electromagnético o sensor
electromagnético", dijo Mónica. "Electromagnético es el tipo
de energía de la que están hechos los fantasmas, en teoría.
Cuanto más electromagnético se detecte, más alta irá la aguja
y se encenderá la luz. El único problema es que también se
puede detectar el cableado eléctrico de la casa, por lo que
está lejos de ser perfecto".

La duda era espesa en mi tono. "¿Cómo puedes saber
la diferencia entre lo que es un espíritu y lo que es solo el
cableado de la casa?".

"Es por eso que probamos la habitación para ver
dónde apunta el dispositivo donde está el alto voltaje. Si es
un espíritu, dará una lectura alta y luego se apagará sin
ningún motivo. Si se trata del cableado eléctrico, el medidor
generalmente permanece en un nivel estable todo el tiempo.
Si lo apuntamos a una pared o cerca de un lugar que podría
tener una fuente eléctrica, el medidor se mantendrá estable
en una lectura alta todo el tiempo hasta que lo alejemos de
esa fuente. Así es como sabremos si es cableado eléctrico o

no. Con espíritu, no hay fuente. Se apagará en medio de una habitación como si un cable eléctrico estuviera colgando justo en frente de él".

Alcé una ceja. "Bueno". No creía en nada de esta basura, pero la seguí de todos modos. Mónica sostuvo el dispositivo con sus dedos largos y delgados mientras subía las escaleras. Lo señaló hacia el pasillo en la dirección en que escuchamos los pasos del pie, y se disparó con la aguja en el punto más alto. La pequeña bombilla se puso roja y, en un instante, la aguja volvió a cero. Bajó por el pasillo y apoyó el dispositivo contra las paredes.

"¿Qué estás haciendo?", pregunté.

"Verificando si fue el cableado eléctrico en las paredes lo que causó esa lectura". Levantó su brazo hacia el techo cerca de una de las luces que estaban apagadas. "Nada. Está completamente muerto, así que no fue ningún voltaje". Revisó las habitaciones que conducían a la habitación principal, y el electromagnético no se activó en absoluto. Finalmente, entró en el dormitorio principal, y en el segundo en que dio un paso, la aguja se lanzó al punto más alto y la bombilla se puso roja. "¿Duermes aquí a menudo?", preguntó.

"Sí, actualmente me mudaré para que mis padres puedan dormir aquí". No estaba seguro de por qué agregué esa última parte. "Aquí es donde obtengo la mayor parte de mis sueños y visiones".

Ella me miró con una mirada de complicidad en sus ojos. Caminó a lo largo de las paredes, y el sensor electromagnético era plano. Levantó la mano hacia el ventilador del techo y nada. Ella caminó hacia el centro de la habitación, y el sensor volvió a sonar cerca de donde yo estaba parado. Ella lo siguió y el medidor se mantuvo estable en la lectura más alta. Un repentino punto frío se apoderó de la mitad izquierda de mi cuerpo, y la piel de gallina corrió por mi brazo izquierdo. El sensor electromagnético continuó sonando justo a mi lado, pero cuando mi punto frío desapareció, el electromagnético se volvió a cero. Tuve un escalofrío por una razón completamente diferente, y mis hombros temblaron cuando el miedo goteó por mi columna vertebral como hielo derretido.

"¿Hay algún otro lugar en la casa en el que hayas tenido mucha actividad?", me preguntó.

Pensé en la extraña visión del Dr. Ransteen, y en el momento en que Lavinia apareció frente a mí. "El sótano", respondí.

Nos fuimos allí, y cuando llegó al piso inferior, el electromagnético volvió a sonar. "Voy a tratar de atrapar una voz espiritual", dijo Mónica mientras ponía el dispositivo en su bolsillo.

Estaba completamente confundido. "¿Un qué?".

"Fenómenos electrónicos de voz. Tengo un dispositivo que puede captar las voces de los espíritus".

No pude evitar reír. No quise ser grosero, pero esto se estaba poniendo ridículo. El labio de Mónica hizo un puchero cuando me fulminó con la mirada. Inmediatamente cerré la boca y me disculpé. Sacó un dispositivo negro de forma rectangular que me recordó a una radio básica, pero tenía muchos más botones.

"Me parece demasiado difícil de creer", dije. Lo señalé. "Podrías estar captando ondas de radio en esa cosa".

"¿Y si no lo estoy?", preguntó.

Me encogí de hombros. "No hay pruebas".

"Tengo muchas", dijo. Presionó el botón de grabación, y luego otro botón en el costado del dispositivo. Entonces ella comenzó a hacer preguntas. "¿Quién está aquí?". Hizo una pausa. "¿Por qué estás aquí?". Hubo silencio.

"¿Por qué estás contactando a Ted?¿Es porque él vive aquí?". Aún sin respuesta.

Sacudí la cabeza y suspiré. Esto fue completamente absurdo.

"Atrapado".

Era un revoltijo de voces que hablaban como si fuera un grupo ruidoso que respondía a la vez. Se me heló la sangre y Mónica se volvió hacia mí, con el rostro ceniciento. "¿C-cómo estás atrapado?", preguntó. Su mano tembló mientras sostenía el dispositivo. Ella siguió preguntando, pero nunca obtuvo una respuesta.

Esperamos otra respuesta. Yo no estaba siquiera seguro de que quería la respuesta. Mi pecho se hundió por la anticipación y el miedo a lo que podía suceder o no. Solté un suspiro de alivio cuando Mónica apagó el dispositivo.

Decidí romper el silencio. "He tenido visiones del Dr. Ransteen". Se sentía como si estuviera confesando algo, y tragué saliva mientras esperaba su respuesta.

"¿Qué quieres decir ?". La voz de Mónica sonaba tan lejos. Parecía derrotada.

"Era de él haciendo algún tipo de ritual en el sótano, y él estaba... ¿Entregando su alma a algo para poder vivir más? No tengo idea. Había estos símbolos extraños que escribió en el suelo en círculo". Señalé el área circundante.

Sus ojos se desataron. "¿Puedes dibujar estos símbolos para mí?¿Qué dijo exactamente?".

"Sí puedo. Él dijo algo acerca de una bestia de la vida eternal".

Su pecho subía y bajaba erráticamente mientras asentía. "Bien, bien. Podemos resolver esto. Esto nos lleva a algún lado".

"Pero fue solo un sueño", dije.

"Nada es solo un sueño", dijo mientras salía por las escaleras.

Uno de los símbolos que más me llamó la atención fue él en forma de U cuyos extremos se curvaron hacia afuera. Tenía dos líneas encima y una debajo. Lo bosquejé para Mónica y le entregué el papel. Ella frunció el ceño mientras lo estudiaba. "Volveré con más información sobre esto más tarde", dijo. "Necesito investigar. Puedes quedarte con el dispositivo de voz espiritual. Quizás puedas atrapar algo. He tenido más suerte aquí que en cualquier otro lugar con él". Con eso, ella salió por la puerta de entrada apurada.

El domingo, me senté a la mesa de la cocina, leyendo los papeles que Lavinia había dejado. Quería leer todo por si acaso pasaba por alto algo que podría vincular a los pacientes desaparecidos con una respuesta. No había nada.

La grabadora de voz espiritual que dejé en la mesa de la cocina me llamó la atención. Yo sabía que era tonto, pero tal vez me podría dar algunas pistas sobre dónde proceda en esta investigación en la que estaba. Estaba en un callejón sin salida, y quería más que nada que estas visiones se detuvieran.

Agarré la grabadora y me dirigí hacia el sótano, ya que ese era el lugar donde Mónica y yo escuchamos las voces. Cuando encendí el dispositivo, parecía que no podía abrir la boca para preguntar nada. Cuando lo hice, inmediatamente comencé a reírme de mí mismo. Nunca me había sentido más tonto en mi vida. Si alguien estuviera mirando, pensaría que estoy loco y que estaba dando tumbos en busca de respuestas en lugar de soluciones perfectamente sensatas. Aun así, una parte de mí quería probar el dispositivo y ver si eran ondas de radio o no. Si pudieran responder a mis preguntas de manera inteligente, entonces eso sería mucha coincidencia para que sean ondas de radio recogiendo palabras al azar que no tenían ninguna relevancia.

Estaba a punto de hacer una pregunta cuando un gruñido amenazante me sobresaltó. Toda la sangre drenó de mi cara. No parecía ningún animal que yo conociera, y crecí en el bosque. Podía distinguir el gruñido de un oso del un león de montaña. Podía saber si un lobo estaba cerca por lo frescas que estaban las huellas de las patas. Esto no era algo que estaba acostumbrado a escuchar. Era profundo y bajo, y adquirió un tono siniestro.

Fuera lo que fuese, volvió a gruñir e hizo subir las barras de volumen en la pantalla de la grabadora. Mis músculos se tensaron y me di vuelta en todas las direcciones para ver si había un animal escondido. Tenía la impresión de que había algo detrás de mí listo para agarrarme en cualquier momento. Lo escuché nuevamente, pero esta vez sonó como si dijera algo. Era una voz masculina profunda, pero sonaba tan inhumana. Hizo correr escalofríos por mi columna vertebral. Fuera lo que fuese, no quería esperar para descubrir si era un animal rabioso, así que rápidamente corrí escaleras arriba y cerré la puerta. Me alejé de él, y sentí palpitaciones en mi pecho mientras temía que algo pudiera abrir esa puerta y saltar sobre mí.

Todo mi cuerpo se sacudió cuando me senté en la mesa de la cocina, asegurándome de mirar hacia la puerta del sótano en caso de que alguien o algo decidiera abrirla. Noté que el dispositivo de voz espiritual tenía un botón de reproducción y decidí jugarlo. Lo primero que jugó fue la voz de Mónica cuando estaba haciendo las preguntas el día anterior. Me incliné hacia adelante rápidamente cuando escuché el gruñido. Podía escuchar mi respiración de pánico a través de la grabación, y fue entonces cuando escuché la voz corpulenta hablar. Lo reproduje una y otra vez para intentar captar lo que decía, pero era como si estuviera hablando en otro idioma. La voz se amortiguó un poco como una mala conexión de radio. Lo rebobiné y lo repetí varias veces escribiendo cada letra que escuché. Me tomó varios minutos, pero finalmente se me ocurrieron las palabras Bestia de Vita Aeterna.

Guardé la grabadora. Eso tenía que ser español o italiano. Se estaba haciendo tarde, y decidí acostarme más temprano esa noche, ya que tenía trabajo en la mañana. Entré en la sala de estar, asegurándome de mantener mi cuerpo frente a la puerta del sótano por si acaso. Encontré el crucifijo que me dio mi madre, y aunque me sentí ridículo sosteniéndolo, me dio algo de consuelo, que era el punto de tenerlo.

Salí cautelosamente de la sala de estar, asegurándome de dar un amplio espacio entre mí y la puerta del sótano. Pisoteé los escalones que picaban, poniendo tanta distancia entre mí y la misteriosa habitación de abajo. Cuando cerré la puerta de mi habitación, finalmente respiré aliviado.

Esa noche, tuve una pesadilla atroz de un ser invisible gruñendo a mi alrededor. Sin embargo, no pude encontrarlo. Me senté en la cama y apreté las mantas con los puños. Escaneé la habitación, pero no pude encontrar nada. Mordí con fuerza, haciendo que me dolieran los músculos de la mandíbula. Mi corazón latía frenéticamente, anticipando otro sonido.

El sonido de los clavos agudos que rasguñan contra las tablas del suelo huecos debajo de mi cama me hizo saltar en un pánico. Tiré las mantas y salté sobre mi colchón. Sea lo que sea, quería estar listo para luchar contra eso.

Mi cuerpo se tambaleó de un lado a otro cuando encontré equilibrio en la cama. Miré por encima del borde mientras el rascado continuaba. Sonaba como varias dagas cavando en el suelo.

Di un paso más cerca del borde, y los rasguños cesaron de repente. Contuve el aliento esperando otro sonido. Me tomó un segundo paso, y una masa negra había salido de debajo de la cama. Antes de que pudiera reaccionar, me clavaron en la espalda. No pude moverme. Yo no podía ni respirar. Era la misma masa negra que antes de ahogarme, aplastándome los pulmones y haciéndome toser. No había forma de que pudiera luchar, y mis ojos se abrieron mientras miraba el abismo negro. Mi corazón latía tan fuerte contra mi pecho que sentí que podría estallar. Luché por moverme para liberarme para poder correr, pero fue en vano.

Sentí la carne de mi espalda abrirse y un fuego ardió en su lugar. Me las arreglé para gritar, y fue entonces cuando la masa oscura desapareció de repente. Me desperté en la cama con un sudor frío. Respiré profundamente agradecido por cada exhalación. Moví mis brazos, pero se sentían entumecidos como si no estuviera completamente apegado a ellos. Luego palmeé mi colchón y el sudor humedeció mis sábanas.

Fue solo un sueño. Suspiré y me recosté en la cama. Ahora más que nunca, me tenía que parar estos sueños.

Por la mañana, me di una ducha antes de irme a trabajar. Cuando me giré, un disparo de fuego penetrante palpitó a un lado de mi espalda. Rápidamente cerré el agua y salí de la ducha. Me enfrenté al espejo y giré mi cuerpo para revisar mi espalda, y allí, de día, había tres marcas que iban desde el centro de mi espalda y alrededor de mi cintura hasta mi cadera. Estaba fresco y lo toqué con cautela. Hice una mueca por el dolor sordo de donde mi dedo lo había rozado.

Mi estómago se revolvió y las náuseas se agitaron en la parte inferior de mi abdomen. Miré hacia mi cama y di largos pasos hacia ella antes de arrancar las sábanas. Un pequeño charco seco de sangre empapaba mis sábanas. Parpadeé esperando que todo fuera una alucinación que de repente se desvanecería. Apreté las mantas en mi mano sin darme cuenta de lo fuerte que las sujetaba hasta que me dolieron las articulaciones de los dedos. Los dejé caer y retrocedí un paso de la cama como si fuera la peste. Jadeé por aire al darme cuenta de que olvidé respirar. No había forma de que esto estuviera pasando.

Capítulo siete

El hombre en el camión golpeado

Tuve cuidado de no torcer demasiado mi cuerpo mientras trabajaba. Envolví mi lesión en una gasa y cinta médica para mantenerla en su lugar después de aplicar alcohol y Neosporin. No podría inclinarme mucho sin que el dolor punzante que recorriera mi cuerpo. Hizo mis movimientos muy restringidos.

Antes del trabajo, había investigado lo que Bestia de Vita Aeterna quería decir por qué claramente, podría conducir a lo que me atacó. Lo que descubrí me entusiasmó a hablar con Mónica en el trabajo porque podría ayudarnos a descubrir más sobre el misterio de lo que le sucedió a su hermana. Y luego, con suerte, poner fin a las pesadillas.

Fui a la habitación de la señora Sal para darle su almuerzo. La vi acostada en la cama con una toalla húmeda sobre su frente y un paquete de píldoras en su mesita de noche. Tenía la boca abierta mientras intentaba respirar. Su respiración sonaba fuerte y áspera como si algo estuviera bloqueando la apertura de sus pulmones. Giró la cabeza hacia mí cuando entré, y su brazo arrugado apenas se alzó hacia mí. Su viejo cuerpo encogió su piel y, como resultado, sus venas se asomaron.

Apartando las botellas de píldoras, coloqué su bandeja de comida en su mesita de noche. Revisé su frente y ella estaba ardiendo. "¿Cuándo fue la última vez que tomaste tu medicamento?", pregunté.

"Hace...". Ella respiró hondo, y sonaba trabajoso. "Hace una hora".

Apreté mis labios y fruncí el ceño. "Bueno". Tomé su toalla y la puse debajo del agua fría para colocarla sobre su frente. Le di unas palmaditas en el brazo y pude sentir lo frágil que era. Su piel era suave, pero podía sentir sus huesos. "Ya vuelvo", le dije.

Salí de la habitación y fui a ver a Christina, que estaba en la recepción, "Tenemos una emergencia con la sra. Sal. Necesitamos llamar a una ambulancia".

Christina frunció el ceño y su tono era suave de preocupación. "¿Qué pasa?".

Mi voz era grave. "Está muy enferma. Necesita ir al hospital".

Christina se sentó en su asiento y asintió. Inmediatamente marcó el número de emergencia. Regresé a la habitación de la señora Sal, que parecía peor a los pocos minutos de mi partida. Me senté junto a ella. "Vas a ir al hospital", le dije.

Si ella tuviera la fuerza, me hubiera molestado, pero en cambio, su tono salió aburrido y careció de vida. "¿Por qué, chico?¿Qué está pasando?".

"No estás bien. La medicina no está funcionando". No quería que se asustara, así que decidí probar una broma.

"Entonces, debes ir a donde están las cosas buenas. Pueden engancharte".

Ella sonrió, pero vaciló. Ella comenzó a toser, y su cuerpo se convulsionó. Su respiración tembló aún más, y fue como si no tuviera la fuerza para expulsar la flema de su garganta. Puse mi mano sobre su hombro y ella se relajó. "Me quedaré contigo todo el tiempo hasta que vengan", le dije. Sus ojos se humedecieron mientras sonreía. Su mano tembló cuando fue a ponerla encima de la mía. El hospital estaba a solo unos minutos de distancia, por lo que estarían aquí rápidamente. "Cuéntame una historia", dijo.

Pensé por un minuto. "Hay una historia que mi madre solía contarme. Lo aprendió de un nativo americano que vivía cerca de nosotros. Es la historia de una niña y una serpiente. Había una vez un árbol en la cima de una colina en un pueblo donde vive la niña d. Todos los días ella iba a la cima de la colina para sentarse debajo del árbol, y un día se encontró con una serpiente que le pedía ayuda para llevarlo colina abajo, donde sería más cálido para él. Ella le dijo: 'No, eres una serpiente. Me morderás'. La serpiente prometió que no la mordería. Él dijo: 'Necesito tu ayuda. Prometo que no morderé. Llévame a un lugar seguro y lo verás'. Entonces, con calor en su corazón, ella recogió la serpiente y lo trajo colina abajo. Ella lo bajó y él se desenroscó mientras su cuerpo se calentaba bajo el sol. Después de sentirse mejor, mordió a la niña. La niña agarró su mano donde fue mordida y dijo: '¡Ay!¡Me mordiste! Prometiste que no lo harías. ¿Cómo pudiste?' Y la serpiente dijo: "Ah, pero sabías lo que yo era".

"Esa es una historia deprimente ", dijo la sra. Sal.

199

Solté una risita. "Supongo que sí, pero la moraleja de la historia es escuchar tus instintos y no ser crédulo".

"Podría haber aprendido de eso". Sus labios encajan en una línea apretada. "Solía ser cantante; ya sabes. Era vocalista de respaldo en el día, y tenía bastante voz ". Ella levantó las cejas y me miró por el rabillo del ojo. "Fui de gira también con algunas bandas diferentes. Quería ser vocalista principal, pero siendo negra, eso era difícil de lograr en la industria de un hombre blanco. Esto fue en la década de 1950, y estábamos avanzando en la industria, pero tenía que tener suerte. Confié en un hombre para llevarme allí. Sabía en mi interior que no podía confiar en él, pero él me dijo cosas tan dulces como esa serpiente a esa chica. Me prometió un escenario y mi nombre en luces. Supuse que era mi mejor opción. Él era un hombre blanco, por lo que podía meterme por la puerta. Sin embargo, terminó quemándome al final y me dejó allí sin un centavo a mi nombre. Había dejado atrás a mi familia para perseguir este sueño solo para descubrir que el hombre no tenía la reputación que me engañó para que pensara. Entonces, volví a casa y terminé convirtiéndome en tintorera. Demasiado para mi vida.

Yo fruncí el ceño. "¿Alguna vez encontraste felicidad? No pudo haber sido del todo malo".

Ella me miró. Tenía los ojos brillantes. "No lo fue. Me encontré con un buen hombre y tuvimos un par de hijos". Ella sonrió. "Esos fueron los mejores años de mi vida. Le canté a esos niños y les encantó. He encontrado una nueva audiencia ante la cual me encanta actuar. Nadie más merecía escuchar mi voz. Solo la gente que me importaba".

Asentí. "Eso es bueno para ti. Tus talentos son especiales, y deberían guardarse para personas que son lo suficientemente especiales como para compartirlos con ellos".

"Eso es lo que me enseñaron mis experiencias". Ella frunció el ceño. "No sé por qué te dije esto. Supongo que esta es mi última oportunidad para contar mi historia". Me aferré a sus frágiles dedos. Estaban tan delgados en mi mano musculosa. "No, no lo es". Su mente descarada regresó. "Chico, soy vieja. No me mientas para hacerme sentir mejor". Su voz se suavizó y me sonrió. "Pero gracias por hacerme compañía antes de que vengan".

Me quedé con ella hasta que llegaron los técnicos de emergencias médicas para llevarla al hospital. Tomé su mano, ya que la llevaron en la camilla todo el camino hasta la ambulancia. Me quedé allí mientras se alejaban. Se me formó un nudo en la garganta y traté de tragarlo antes de que las lágrimas pudieran caer.

Hacia el final de mi turno, me topé con Mónica. Acababa de comenzar su turno, ya que generalmente trabajaba de noche. Verla me recordó mi sueño y las marcas de arañazos, que hicieron que toda la vida se me fuera de la cara. "¿Qué pasa?", preguntó.

Abrí la boca para hablar, pero luché por encontrar las palabras.

"¿Paso algo?", preguntó.

Todo lo que pude hacer fue asentir.

"¿Qué es?", imploró.

"Escuché una voz en la grabadora de voz espiritual anoche".

Abrió mucho los ojos y me llevó a un lado del pasillo. "¿Qué decía?".

"Investigué lo que decía antes del trabajo, y descubrí que era, en latín, Bestia de vida eterna". Cerré la boca, debatiendo si decirle acerca de mis marcas de arañazos. Finalmente, decidí no hacerlo. "Además, encontré algo que podría ayudarnos a entender lo que significan los símbolos. Hay un libro que es todo negro, y reconocí los símbolos en la portada a los pocos que el Dr. Ransteen dibujó en el suelo. Creo que ese libro tiene algo que ver con esto. Necesitamos encontrar ese libro".

Mónica mordió su lápiz. "Tendré que investigar eso. Volveré por ti".

Miré por encima del hombro de Mónica y noté que Christina nos estaba mirando directamente desde detrás de su escritorio en el área del vestíbulo. Inmediatamente miró hacia abajo cuando la atrapé y fingió trabajar en la computadora.

Mónica notó que estaba mirando hacia el vestíbulo y se dio la vuelta para ver a Christina. Ella me miró con una mueca en la cara. "Hablo contigo más tarde".

Cuando terminó mi turno, agarré mi mochila de mi casillero y fui a buscar a Christina, que estaba sentada detrás de la recepción. "Te llamaré esta noche, ¿de acuerdo?", dije. "Quizás podamos planear algo para más adelante esta semana. Debo construir una pasarela para mi mamá que conduzca al porche delantero. *Eso* suena como una cita divertida, ¿verdad?".

Christina se rio. "Totalmente emocionante". Con toda sinceridad, ella dijo: "Me encantaría ayudarte con eso. Podemos pedir la cena después".

"Eso suena perfecto". El hecho de que ella estuviera dispuesta a ayudarme con la situación de mis padres hizo que mis sentimientos por ella se profundizaran. Ella quería hacer más que simplemente ir a citas divertidas. Ella realmente quería pasar tiempo conmigo sin importar lo que fuera. Mostró su dedicación. Después de todos mis años de citas, era raro encontrar a alguien así.

"Este, entonces tú y Mónica...". Christina se detuvo.

"¿Qué hay de ella?".

Christina se mordió el labio inferior como si estuviera debatiendo qué decir a continuación. Después de unos segundos, ella negó con la cabeza y dijo: "No importa".

Yo no sé si debería preocuparse por eso o no. Ella sabe sobre la conexión de Mónica con mi casa. "Mónica solo pregunta por la casa. Cómo está funcionando para mí". Sé que si digo algo más, me sumergiré en un agujero del que no puedo salir.

"Está bien", dijo mientras me miraba a los ojos. "Todos somos amigos aquí, nos cuidamos el uno al otro", sonríe. "Sé que harías lo mismo por mí", como si ella pudiera leer mi mente. Me voy mientras le devuelvo la sonrisa.

El resto de la semana laboral pasó sin ninguna actividad paranormal, y estaba agradecido por ello. La lesión en el costado de mi espalda parecía estar mejorando. Me aseguré de ponerle medicamentos todas las noches. No sé qué hacer con él, pero me negaba a dejar que la idea de que había una extraña sombra que causando esto para ser filtrarse en mi mente.

Hice planes con Christina para venir ese sábado, y ella llegó con unas cervezas y algunos deliciosos bocadillos. "Nos traje algo de combustible", dijo cuando entró a mi casa. Ella dejó caer sus cosas sobre la mesa de la cocina. Me maravilló la forma en que estaba vestida: llevaba jeans bien ajustados que complementaban sus muslos y caderas. Llevaba una camisa suelta con la mitad delantera metida en los jeans. Su cabello estaba recogido en una cola de caballo, y me encantó lo rizado que estaba. Se volvió hacia mí y se puso una mano en la cadera. "¿Qué?", preguntó.

Yo sonreí. "Estás guapa".

Una sonrisa adornaba su rostro. "Gracias, Ted". Me miró de arriba abajo con una mirada coqueta en su ojo mientras sacaba un par de cervezas del estuche. "No te ves tan mal".

Fue bueno que Christina estuviera allí porque iba a necesitar a alguien para sujetar las tablas de madera mientras las clavaba juntas. También necesitaba lijar primero las tablas de madera, lo que Christina estaba dispuesta a hacer. Lo que me habría llevado todo el día hacer, solo me llevó unas horas con su ayuda. Además, me estaba divirtiendo mientras lo hacía.

Cuando terminamos de clavar el último clavo, Christina se sentó y se llevó las manos a las caderas. "Diría que hicimos un muy buen trabajo. ¿Pausa para almorzar?".

Limpié la suciedad de mis jeans y la seguí adentro. Christina preparó los sándwiches agregando la mostaza y la mayonesa y me entregó un plato. Era la primera vez que compartía una comida en mi propia casa con una chica que me gustaba. Christina acercó la silla a mí para que pudiéramos comer uno al lado del otro. "Tienes una bonita casa", comentó.

Asentí con la cabeza, mi boca llena de comida. "Gracias".

Ella se rió y usó su servilleta para limpiar la esquina de mi boca. "Tienes un poco de mostaza allí".

Tragué. "Gracias". Sin pensarlo, puse mi mano suavemente sobre la de ella.

Se detuvo a mitad de la mordida y me miró a los ojos. Sus mejillas estaban hinchadas por la comida que había dentro, y me hizo reír. Me incliné para besar su mejilla, lo que la hizo ponerse rosa brillante.

Después de que terminamos de almorzar, nos sentamos en el sofá a mirar televisión. No hicimos mucho durante todo el día, y yo aprecié que, a pesar de que no estábamos haciendo mucho, todavía era muy divertido. Ella puso su cabeza sobre mi hombro mientras el resto de su cuerpo se apoyaba en el mío. No estaba seguro de qué movimiento hacer a continuación, y mis palmas comenzaron a sudar.

Pensé que cuando una persona creciera lo suficiente, superaría sus nervios y se movería, pero todavía era ese tímido adolescente que no sabía si la niña quería besarme o no después del baile escolar. Creo que era porque realmente me preocupaba Christina, y no quería joder nada. Un movimiento en falso, y ella estaría fuera de mi vida.

Me arriesgué un poco y le acaricié el brazo con la mano. Ella respondió acariciando su cabeza contra mi brazo. Después de terminar algunos episodios, comenzó a oscurecer, y Christina se sentó y dijo: "Tengo que irme. Tengo que trabajar un turno el domingo por la mañana". Me dio una sonrisa torcida para mostrar su decepción. La acompañé a la puerta y se detuvo al salir. "Me divertí mucho hoy. Deberíamos hacer más de esto", dijo. Se puso de puntillas para plantar un beso en mis labios. "Te veré pronto, ¿de acuerdo?".

Asentí, mi cabeza desmayada por el contacto. "Te llamaré". La observé mientras se subía a su auto para asegurarme de que iba a salvo antes de cerrar la puerta de mi casa. Otras chicas con las que salí se habrían quedado esa noche y hubiéramos terminado teniendo sexo. Pero tuve la sensación de que Christina era diferente. Quizás porque era una chica de campo, pero tuve la sensación de que estaba chapada a la antigua. Yo sonreí. Me gustó eso de ella.

Al día siguiente, Mónica me llamó mientras estaba en casa almorzando. "¡Ted! Lo resolví. Encontré el libro y estoy en camino", exclamó.

Casi me ahogo con mi sopa. "¿Quieres decir que encontraste ese libro negro?".

"Eso creo. Tenía un hechizo en él similar al que viste de la Bestia de la vida eterna. Estoy llegando ahora mismo. Conduje a la ciudad para encontrarlo en una vieja librería. La gente allí era muy inusual, y yo sobresalía como un pulgar dolorido. Cada vez que le preguntaba a la gente al respecto, me daban una mirada extraña como si fuera un bicho raro. Que es otra historia diferente. De todos modos, estaré allí en unos pocos minutos". Colgó abruptamente. En cierto modo, Mónica me recordaba a Scarlett en la forma en que simplemente se relajaba y no se molestaba en preguntar. Era algo a lo que estaba acostumbrado, así que no me molestó demasiado.

Terminé mi sopa y esperé la llegada de Mónica. Escuché el golpe de la puerta de un auto desde afuera antes de que llamaran a mi puerta. Cuando lo abrí, ella me dio una pequeña sonrisa que parecía bastante tensa.

"¿Estás bien?", pregunté.

Ella asintió lentamente, pero esa expresión sombría en su rostro permaneció. Señaló la rampa de madera detrás de ella. "¿Qué es eso?", preguntó.

"Es para mi mamá", le dije.

"Oh...". Ella miró hacia abajo brevemente. "Así es. Lo olvidé.¿Puedo pasar?". Pasó junto a mí sin molestarse en esperar mi respuesta. Me di cuenta de que tenía un libro bastante grande en la mano. La cubierta era de regaliz negro. Era el color más negro que había visto en mi vida. Parecía casi irreal, y fui a tocarlo, casi esperando que mi mano lo atravesara. La apariencia hizo que pareciera un portal: una puerta de entrada a otra dimensión. Los símbolos plateados grabados en la portada es lo que me dio esa ilusión.

Lo dejó sobre la mesa y se quedó allí, mirando al espacio.

"¿Mónica?", la llamé. "¿Estás allí?".

Parpadeó y luego dijo con una voz lejana que sonaba casi robótica: "Encontré una manera de revertir el hechizo".

Mi ceño se frunció. "¿Qué hechizo?". *¿Nos estamos metiendo en hechizos ahora?*

Ella no respondió a mi pregunta en absoluto. En cambio, continuó mirando a lo lejos.

"¿Estás bien?", pregunté.

Me miró, pero sus ojos no me miraban. Estaban mirando en mi dirección, pero parecían estar en otro lugar. Parpadeó de nuevo y finalmente se hizo completamente presente. "Sí. ¿Por qué?".

"Parece que estás dispersa hoy". Extendí mi brazo para indicarle que tomara asiento, asegurándome de estar cerca de ella en caso de que se cayera.

207

Se frotó la frente mientras tomaba asiento. "Sí, lo siento por eso. Ha sido un día largo. No creerías las pesadillas que he estado teniendo.

"Creo que me lo puedo imaginar".

Ella hizo una mueca. "Apuesto a que puedes". Ella miró hacia el espacio de nuevo. "Siento que algo oscuro me está siguiendo, y no puedo decir por qué me siento así. Suena loco. Tal vez así es como se sintió mi hermana hacia el final".

"¿Ella era así de dispersa?".

"Sí", asintió con la cabeza y siguió diciendo "sí" una y otra vez en un susurro. Sacudió la cabeza. "También seguía mirando por encima del hombro como si algo la estuviera siguiendo. Todos pensamos que estaba estresada".

"Conozco esa sensación muy bien".

Respiró hondo y miró el libro. "Pero lo encontré, y estamos mucho más cerca. El hechizo del que hablaba es de este libro. Lo abrió en una de las últimas páginas, y vi esa misma criatura parecida a un dragón desde mi visión. Se deslizó por la página, y en la página de al lado estaba en latín. "Tuve que traducirlo, pero lo esencial es vender tu alma a este ser para vivir para siempre, sin embargo, hay una trampa. No puedes quedarte en un solo cuerpo para siempre. Eventualmente morirá, pero esta bestia te hará lo suficientemente poderoso como para que puedas poseer cuerpos".

"¿Poseer?".

"Sí, como en esas películas de miedo donde el demonio se hace con el cuerpo de una niña cristiana devota".

Asentí con la cabeza. "Entendido".

"Esta bestia usa almas para hacerlo más fuerte, ¿verdad? Entonces, el trato es que esta persona que hizo este acuerdo con este demonio debe darle almas, esencialmente matando personas y atrapando sus espíritus". Estaba tan completamente estupefacto. No tenía idea de si reírme o creerlo y tener miedo. "¿Cómo alguien atrapa almas?".

"Se puede hacer en cualquier lugar desde mi entendimiento", dijo Mónica mientras pasaba la página. "Aquí es donde explica cómo atrapar almas. Debes hacer el marcado, que son los tres símbolos principales utilizados para crear la barrera que atrapa a las almas en un solo lugar. Debes usar las cenizas de las víctimas para atrapar a las almas mientras mantienen sus huesos en la propiedad cercana. Donde sea que coloques las cenizas, dibujas estos símbolos. Podrías colocarlos en una caja, por ejemplo, pero mientras tengan estos símbolos, el demonio puede acceder a las almas".

"¿Cuáles son los tres símbolos?".

Mónica señaló el papel envejecido con la tinta negra manchada. Uno de los símbolos estaba formado por dos líneas rectas que se cruzaban entre sí con una curva en forma de U en cada extremo de las dos líneas. El segundo símbolo era el mismo que el anterior, pero tenía una línea adicional que corría por el medio con un triángulo isósceles al final. A cada lado del triángulo había dos círculos con líneas entre cada uno. El último símbolo era tres líneas curvas que se superponían entre sí con una flecha en el medio. "Tienes que encontrar las cenizas y destruir los símbolos para liberar las almas", dijo.

Arrugué la cara confundido. "Nada de esto tiene sentido. ¿Estás diciendo que el alma está unida al cuerpo y así es como la preservas?".

Mónica negó con la cabeza. "Primero tienes que dibujar el círculo de captura. Donde sea que quemes los cuerpos, debes dibujar el círculo". Señaló una imagen dibujada debajo de los tres símbolos. Había dos círculos con uno más grande que el otro. Entre los dos círculos había figuras más satánicas. "Esto atrapa a las almas antes dejar sus cuerpos. Debes quemarlos de inmediato o quemarlos vivos es mejor. Matarlos justo antes de ponerlos en el fuego también es bueno. Atrapa el alma dentro de las cenizas, y luego coloca esas cenizas en el lugar que desees. Podrías dejarlos en la hoguera si quieres. Si se quedan allí, la Bestia de la Vida Eterna tendrá sus almas".

Me recosté en mi asiento y dejé escapar un gran suspiro. "Está bien, esto es demasiado para mí. Esto es una locura, Mónica".

"Lo sé, lo sé, pero es difícil de negar. Creo que..." Se detuvo. "Creo que Howard no mató a mi hermana. Creo que el Dr. Ransteen poseía el cuerpo de Howard y la mató porque ella iba a encontrar una manera de romper la maldición y liberar las almas y, por lo tanto, atraparlo".

Me froté la cara. "Esto es irreal". Yo no sé si se debería internar a Mónica o mí mismo por escuchar esta basura.

"Sé que lo es, pero tiene que ser real. Howard simplemente matando al azar a mi hermana no tiene sentido, y que luego solo desaparezca. ¡No pueden encontrarlo en ningún lado!".

"¿Por qué no simplemente poseer a tu hermana entonces, eh?¿Por qué Howard? Si ella era la que conocía todos los secretos, ¿por qué no simplemente tomar su cuerpo?".

"No todos los cuerpos se poseen fácilmente. Creo que Lavinia era demasiado fuerte para un alma. Ella era poderosa por su cuenta, lo que tiene sentido. Tenía una personalidad muy fuerte y era dura. Hacia el final de su vida, estaba actuando un poco extraña. Tendría grandes cambios de personalidad y muchos moretones. Después de eso, estaba súper paranoica. Creo que el Dr. Ransteen trató de poseerla, pero no pudo, y tal vez eso fue lo que la llevó a investigar más porque sabía que algo más grande estaba sucediendo ".

Tenía que haber una explicación lógica, y creo que la encontré. Traté de decir esto cuidadosamente para Mónica, así que hablé lentamente. "¿No crees que los hematomas y el extraño comportamiento podrían deberse a que Howard abusó de ella?".

Ella puso los ojos en blanco y suspiró como si hubiera escuchado todo esto antes. "Pensé en eso, pero no creo que fuera una coincidencia que ella estuviera investigando sobre el Dr. Ransteen, quien resultó estar en este tipo de cosas ocultas, y luego Howard la mata al azar de la nada. Eso es demasiada coincidencia en mi libro".

"Así no me parece". Pensé en mis propias experiencias y los arañazos con los que me desperté. "Pero es probable". Me pateé internamente por casi creer que esto probablemente era real. No lo era y no podría serlo. Mi estrés estaba yendo demasiado lejos. Tal vez era infeliz en mi vida y con la casa que compré, así que esta fue una forma extraña de lidiar con eso. Es por eso que algunas personas se involucran en las teorías de conspiración: porque necesitan creer en algo y estar absortos en eso para escapar de su propia realidad.

En lo profundo de mis pensamientos, no me había dado cuenta de que Mónica estaba mirando algo por la ventana. Perplejo, seguí su mirada para encontrar una camioneta destartalada al ralentí justo afuera de mi casa. Había un hombre adentro, pero no pude verlo bien.

"¿Sabes quien es?", preguntó Mónica, con una aparente tensión en su voz. Comenzó a tirar de sus dedos, nerviosa. "Ha estado allí un rato y nos está mirando directamente a través de la ventana. Estaba allí incluso cuando llegué por primera vez. La preocupación se filtró en su voz. "Creo que puede haberme seguido desde la ciudad de Nueva York".

El color azul desvaído de la camioneta destartalada y el óxido ligero que se formaba a los lados me recordó el mismo vehículo que vi conduciendo por la propiedad de mis padres. Quien estaba dentro del camión miraba al frente. Por lo que pude ver, tenía una larga barba.

Mi principal preocupación era la seguridad de Mónica. No quería que se fuera sola con este hombre afuera de mi casa. "Déjame ir a verlo y ver qué hay con él", le dije. Quizás podría asustarlo.

Salí por la puerta principal y fui en línea recta hacia él, pero luego cambió de marcha y se fue lentamente. Me quedé parado en medio del camino con una sensación de desconcierto.

"Creo que fue el Dr. Ransteen", dijo Mónica justo detrás de mí. Su voz tembló de miedo.

Me di la vuelta y regresé a la casa. "No. Solo fue un poco raro".

"Necesitamos encontrar al Dr. Ransteen en el cuerpo de Howard".

"Estoy de acuerdo". Sin embargo, no le dije lo que realmente pensaba. Yo no sabía si había herido sus sentimientos que dudara de ella. Pensé en encontrar al asesino de Lavinia, quien creía que era Howard. Creía que Howard era un novio abusivo y mató a Lavinia durante una de sus furias. También pensé que había una conexión entre Howard y las personas desaparecidas porque poco después de la muerte de Lavinia fue cuando la gente comenzó a desaparecer. Si mi memoria iba bien, Lavinia murió hace ocho años, y eso fue justo cuando la primera persona con enfermedad mental desapareció.

Mónica se quedó un poco más conmigo hasta que ambos sentimos que era seguro para ella conducir a casa. "Voy a dejar el libro contigo", dijo. "Puedes leerlo si quieres". Cuando salió por la puerta, me fijé que llegara a su coche con seguridad.

El lunes siguiente, noté que Christina no estaba en su puesto. Debe haber tenido el día libre, y tuve que admitir que estaba un poco desanimado porque no estaba en el trabajo. En cambio, la otra secretaria de recepción llenó su espacio. Estaba ansioso por esa sensación que Christina siempre me daba en el corazón, pero esta vez, fue Stacey la que me saludó. Con la que, para ser honesto, no me llevo muy bien. Ella siempre me gruñó, y no tenía idea de qué le hice. Tal vez fue porque un año durante Navidad jugamos al Amigo Secreto y le compré calcetines. Bien, me había olvidado de darle un regalo y terminé agarrando lo primero que pude

213

encontrar. Resultó que le conseguí un paquete de grandes calcetines masculinos, y no sabía que tenía los pies grandes. Ella pensó que estaba haciendo pinchar su inseguridad. Todos lo encontraron histérico. Bueno, todos menos ella.

Mónica llegó al trabajo, y jugueteó con las manos de la misma manera que cuando estaba nerviosa. Miró por encima del hombro cuando entró por la entrada principal del edificio, y luego aceleró al entrar en la sala de descanso. Preocupado, la seguí. "¿Qué está pasando?", pregunté.

Se puso los guantes en el bolso. "Ese hombre me siguió de nuevo. Llegué tarde porque tenía miedo de salir de mi casa. Estuvo allí toda la noche y esta mañana".

Mi corazón se apretó y mi estómago se revolvió, haciéndome arrepentirme de haber desayunado ese burrito. "¿Todavía está aquí?".

Puso su bolso en su casillero. "No, pero tengo miedo de ir a casa".

"Necesitamos llamar a la policía".

Ella cerró su casillero. "El acecho no es un crimen, Ted".

"Debería ser. Déjame ir contigo a casa esta noche. Me sentiría mejor al respecto".

Mónica me dio una pequeña sonrisa. "Eres un buen hombre, Ted. Gracias".

Mi día en el trabajo fue normal. La luz del día habitual no se rompía a través de las ventanas debido al clima. Siempre me ponía extraño cuando teníamos las luces fluorescentes encendidas durante un día nublado. Me engañó al pensar que estaba trabajando en un turno de noche debido a lo oscuro que estaba el cielo. Noté que la sra. Sal aún no había regresado del hospital, y me aseguré de arreglar su ropa de cama y desempolvar sus cosas. Siempre le gustó mantener las cosas ordenadas, y quería que volviera a una habitación limpia.

Después del trabajo, como prometí, acompañé a Mónica a casa en mi camioneta. Mientras conducía, recibí una llamada de Christina. "¿Qué vas a hacer esta noche, Ted?", preguntó.

Lo tenía en el altavoz y respondí: "Acabo de salir y acompañé a Mónica a casa.

"Oh". Christina sonaba sorprendida. "¿Está todo bien?".

"Ella dijo que un hombre la había seguido desde ayer, y se quedó fuera de su casa todo el día. Decidí ir a su casa por si la sigue de nuevo hoy".

Christina jadeó. "¡Oh, Dios mío!¿Ha llamado a la policía?".

"Le dije que lo hiciera, pero no parece pensar que puedan hacer nada".

"Yo insistiría. Tal vez podrían vigilarla por seguridad".

Me encogí de hombros. "Tal vez... tal vez podríamos hacer algo más tarde esta noche si quieres".

Podía escuchar la sonrisa en su voz. "Sí, me gustaría eso".

"Está bien, te sorprenderé. Vístete bien porque te voy a sacar".

La escuché reír e hizo que mi corazón se detuviera. "De acuerdo, Ted. Te veo pronto".

Me senté en mi camioneta mientras veía a Mónica estacionar su auto. Me saludó cuando entró a su edificio. Le devolví el saludo antes de dar la vuelta a mi camioneta y dirigirme a casa. Nadie la siguió a su casa, y me sentí aliviado pensando que tal vez el hombre la dejaría sola. Cuando entré en mi vecindario, pasé junto al mismo camión destartalado. Hicimos un breve contacto visual mientras pasaba. Sus ojos eran oscuros y penetrantes. Hizo que un escalofrío recorriera mi columna vertebral, haciendo que mi cuerpo se convulsionara involuntariamente. Verlo confirmó mis sospechas de que era el mismo hombre de las montañas. Reconocería esos ojos en cualquier lugar. Respiré profundamente cuando me pasó, y se volvió para ir hacia la carretera.

Cuando estacioné y noté que la puerta de mi pantalla estaba abierta de par en par. Abrí la puerta de mi auto y la tiré con fuerza, olvidando cerrarla. Di grandes pasos por el camino hacia mi porche. Giré el pomo de la puerta para ver si estaba cerrada o no. No lo estaba. Los latidos de mi corazón se volvieron erráticos y me castigué por dejar mi casa sin llave. Sin embargo, podría haber jurado que la cerré esa mañana.

Me aferré fuertemente a mis llaves con cada llave sobresaliendo entre mis dedos como un arma improvisada en caso de que hubiera alguien adentro. Me preparé para lo que podría estar detrás de la puerta y la abrí. Se estrelló contra la pared, y el impulso hizo que volviera hacia mí. No había nada en la sala de estar o en la cocina, y entré con cautela antes de cerrar la puerta principal.

Tentativamente, entré en la sala para comprobar si mi televisor estaba allí. Lo estaba. Subí cuidadosamente las escaleras, pero a pesar de mis mejores esfuerzos, cada paso todavía crujía debajo de mis zapatillas. Y maldije la madera envejecida. Retrocedí contra la pared cuando abrí la puerta de cada habitación y asomé la cabeza para ver si había alguien allí. Tenía mi arma levantada en mi puño cerrado, listo para atacar.

Noté que no faltaba nada de valor en mi habitación, y bajé mi arma. Quizás acabo de dejar la puerta de entrada abierta hoy. Mientras bajaba, noté que el libro que Mónica me había dejado faltaba en la mesa de la cocina. Se me ocurrió una idea horrible, y corrí escaleras abajo por el sótano donde había colocado la caja llena de notas de Lavinia. Di un paso en falso y casi caí por las escaleras. Aferrándome a las barandillas, detuve mi caída.

Cuando llegué al sótano, vi que la puerta de la habitación de almacenamiento estaba abierta, y que los elementos fueron arrojados unos sobre otros. Quien estuvo allí abajo estaba buscando algo en pánico. Las viejas camas de hospital fueron derribadas. Las cajas fueron arrojadas con todo su contenido tirado por el suelo. Los gabinetes de metal en el fondo que nunca busqué estaban abiertos. Al abrir los armarios, había grandes abolladuras en las que alguien debía haber usado una palanca para forzar la apertura de los cajones. Lo que alguna vez estuvo dentro de esos gabinetes ahora se había ido. También noté que faltaba la caja de Lavinia con sus notas.

Tal vez había algo de verdad en lo que Mónica estaba diciendo. La idea de un extraño en esta casa, un extraño poseído, me hizo apretar los puños con tanta fuerza que me clavaron las uñas en la carne. Subí las escaleras para encontrar mi teléfono. Aunque el robo fue en circunstancias extrañas, cualquier persona cuerda llamaría a la policía para denunciar un robo. Necesitaba al menos actuar como lo haría una persona cuerda. Sin importar que esto pudiera ser alguna actividad relacionada con el demonio. Me robaron cosas y, por lo tanto, llamar a las autoridades fue la reacción perfecta. Tal vez incluso podrían localizar a esta persona por mí, y finalmente podríamos poner a Howard tras las rejas. Todavía no estaba seguro de si era Howard, de hecho, Howard o el Dr. Ransteen. Sacudí de mi cabeza el loco pensamiento mientras marcaba el 9-1-1.

La policía llegó casi una hora después, y se sentaron en la mesa de mi cocina mientras tomaban nota de la situación. "¿Qué es lo que robaron?", preguntó el oficial.

"Solo papeles," dije. No quería decir cuáles eran los papeles.

El oficial levantó la vista de su libreta con las cejas levantadas. "¿Documentos?¿Qué tipo de papeles?".

Seguí ajustándome en mi asiento nerviosamente. "Eran copias de recortes de periódicos viejos, fotos y notas de principios de mil novecientos".

Ambos oficiales se miraron el uno al otro. "Entonces, ¿se trataba de algún tipo de artefactos históricos?".

Me aclaré la garganta. "Es más como una investigación".

"¿Y esta persona tomó tu investigación?". El tono en la voz de un oficial reveló que estaba completamente confundido y un poco irritado por mi falta de voluntad para compartir la historia completa.

Suspiré instantáneamente lamentando haberlos llamado. "Si. Una amiga mía y yo estábamos investigando esta casa cuando fueron robados".

"¿Planeabas publicar esto en alguna parte?¿Trabajas como periodista? Tal vez podría haber sido un competidor que quería tener en sus manos la historia".

Presentar un informe fue agotador. Había demasiadas preguntas. Bajé la vista a mis manos juntas. "No nada de eso. Fue una curiosidad general sobre la historia de mi casa". No tenía idea de por qué no solo les dije la verdad. Al menos podría haberles dicho que estaba investigando al asesino de alguien y les dije que pensaba que este asesino se los llevó. Sin embargo, temía sonar loco.

El oficial se echó a reír. "Bueno, apuesto a que es una casa interesante si un extraño entra para tomar toda tu información. Tal vez podría haber sido tu amiga. ¿Tiene acceso a tu casa?".

"No, ella no lo tiene. Creo que vi al autor salir de mi vecindario".

Esto hizo que uno de los oficiales se sentara, mientras que el otro me miró con recelo. "¿Por qué crees que fue esta persona?¿Qué aspecto tenía?".

"La razón por la que sospecho de él es porque ha estado estacionado afuera de mi casa antes, y también ha estado siguiendo a mi amiga a casa".

Los oficiales intercambiaron miradas. "Entonces, ¿este hombre te ha estado siguiendo?".

Yo di una inclinación de cabeza. "Eso es correcto".

"¿Puede darnos su descripción y detalles sobre el tipo de vehículo que conduce¿Conoces el número de su placa?".

Les dije cómo era el camión y cómo lo vi cerca de las montañas donde vivían mis padres. Escribieron todo y luego dijeron: "Mantendremos nuestros ojos bien abiertos, pero la mayoría de las veces los artículos robados no se devuelven a los propietarios. No hacemos promesas al respecto, pero trataremos de encontrar a este tipo".

Les agradecí por su tiempo y se fueron.

Era muy tarde y habían pasado muchas cosas. Casi me olvidé de Christina. Rebusqué en mis bolsillos buscando mi teléfono para llamarla. Cuando respondió, no parecía en absoluto complacida. "Hola, Ted". Sonaba monótona y exhausta.

Ted. Solo Ted. No Teddy o algo más. Me castigué por no recordarlo antes. "Lo siento mucho. Cuando llegué a casa del trabajo, alguien había entrado y tuve que llamar a la policía. Acaban de irse".

Su voz se animó un poco, pero pude escuchar los débiles sonidos de incredulidad. "¿Estás bien?".

"Si, estoy bien. Vi al tipo cuando se fue".

"Me alegra que estés bien. Parece que mucho te ha estado sucediendo últimamente". Y ahí estaba. Ese tono coincidía exactamente con lo que estaba pensando. Ella creía que lo estaba inventando, y no la culpo por completo.

"Sé que suena como que sigo inventando una excusa tras otra". Me reí ligeramente mientras pasaba mis dedos por mi cabello. "Creo que elegimos el peor momento para que empecemos esto". Lo dije en broma, pero su silencio me hizo arrepentirme instantáneamente de mi humor. Quería decir que lo sentía, pero forcé esa disculpa en mi garganta. Ella no quería escuchar eso otra vez. Todo lo que quería era estar con ella.

"Me tengo que ir, Ted". Su voz era plana, y su sonido aplastó mis esperanzas.

"Bueno". No iba a obligarla a no darse por vencida conmigo. Tenía que mostrárselo y no decirle, y eso es lo que me propuse hacer al día siguiente en el trabajo.

Me costó dormir esa noche sabiendo que un hombre había entrado con éxito en mi casa, y me enfureció que me mantuviera despierto. No quería que él tuviera ese tipo de control sobre mí, pero allí estaba, levantándome cada hora para inspeccionar la puerta principal y asegurarme de que todavía estaba cerrada. Me pateé por ser tan paranoico, pero tenía todo el derecho de serlo. Aun así, no ayudó a aliviar mi furia.

A la mañana siguiente, estaba exhausto, pero tuve que levantarme para preparar algo especial para Christina como disculpa. Después de haber ingresado, me acerqué a ella en su escritorio. Ella me saludó solo con esa sonrisa agradable que mostraba a los transeúntes. Era la primera vez que recibía el mensaje y odiaba lo rápido que se alejó de mí. Al principio, quería culparla por ser voluble, pero tenía todas las razones para ser así. No había sido exactamente el más presente con ella.

"¿Cuándo es tu almuerzo?", dije. "Me preguntaba si querías salir a almorzar conmigo hoy". Mastiqué el interior de mi mejilla temiendo las siguientes palabras que ella diría.

Se giró un poco en su silla. "No lo sé. No tendremos mucho tiempo".

"Nos traje el almuerzo".

Ella me miró un poco sorprendida.

"Dijiste cuánto te gusta el pollo con romero, y decidí cocinar para disfrutar hoy durante el almuerzo. Podemos comer afuera en los bancos del parque".

Una pequeña sonrisa apareció en su rostro, y sus mejillas comenzaron a tornarse un poco de color rosa. "Eso fue muy dulce de tu parte, Ted".

"¿Te unirías a mí?". No quería parecer tan desesperado, pero supuse que lo estaba. Ella fue la primera chica que realmente me gustó. Todas las otras chicas en el pasado eran solo para pasar el tiempo o curar mi soledad.

"¿Me dirás qué sucede realmente mientras comemos?".

Una batalla se produjo dentro de mí. ¿Me atrevo a decirle y arriesgarme a que me encuentre loco?¿O no se lo digo y me arriesgo a que rompa las cosas conmigo? De cualquier manera, la perdería porque ella no querría seguir saliendo conmigo. "Es difícil para mí hablar de eso. Es... No es lo que piensas".

Ella frunció los labios. "Entonces dime ¿qué es lo que debería estar pensando?".

Abrí la boca para hablar, pero no pude encontrar una excusa. "Yo... solo necesito tiempo".

Cualquier felicidad que tuviera al hablarme ya no estaba. Sus ojos se volvieron fríos, y verlo hizo que mi corazón se desplomara. Se giró en su silla para mirar la pantalla de su computadora. Con una actitud distante, ella dijo: "Tómate todo el tiempo que necesites, Ted".

"Christina", comencé.

Hizo un gesto con los ojos hacia el pasillo donde estaban las habitaciones de los pacientes. "¿No tienes pacientes que cuidar?".

Mordí y tragué. Tamborileé con los dedos sobre el mostrador antes de girar sobre mis talones para irme. Ella había terminado de hablarme. Con un pozo negro de dolor burbujeando en mi pecho, fui a ver si la sra. Sal regresaba del hospital. Cuando entré en su habitación, todas sus pertenencias habían sido retiradas. Fruncí el ceño mientras mis ojos escaneaban la habitación vacía. La cama estaba hecha como si nadie hubiera estado allí en primer lugar, como si la señora Sal no hubiera pasado los últimos cinco años allí. Sus pequeñas figuritas de cristal ya no estaban. Agarré a una de los enfermeros cercanas. "¿Qué le pasó a la señora Sal?", pregunté. Él solo se encogió de hombros. "No lo sé, hombre. Pregúntale a uno de los otros enfermeros".

Salí por el pasillo buscando al enfermero de guardia para el día, pero no pude encontrarlo. Me di la vuelta y me dirigí hacia el frente y vi a un enfermero parado allí con su portapapeles hablando con Christina. Sin embargo, era el enfermero que no podía soportar.

El enfermero Brooks siempre me intimidó un poco solo porque técnicamente era mi jefe, pero no era muy amigable. No hizo mi trabajo más fácil. Los enfermeros trabajaban en diferentes turnos, y cada vez que Brooks estaba allí, hacía que mi día fuera un infierno.

Me acerqué a él y me quedé quieto esperando que terminara su conversación. Aprendí a no estar muy cerca mientras esperaba. Me hicieron una anotación por eso antes. También por esperarlo mucho tiempo. Él me había dicho: "Deberías haber vuelto al trabajo y venir a buscarme cuando estuviera libre". Supuse que esperar un minuto era suficiente. Si después de eso, él todavía no estaba listo, aprendí a alejarme. Hasta ahora en el pasado, funcionó.

Me quedaban diez segundos de espera antes de tener que irme cuando finalmente volvió su atención hacia mí. "¿Qué deseas?", preguntó en un tono aburrido.

"Me preguntaba sobre el estado de la señora Sal".

"¿Quién?". Me miró con los ojos entrecerrados.

"Señora Aaliyah Sal".

223

Todavía parecía completamente confundido, pero estaba mezclado con su ira perpetua. Decidí refrescar su memoria. "Ella se había enfermado, y llamé a una ambulancia...".

Me cortó con el gesto de su mano. "No necesito una lección de historia sobre mis pacientes. ¿Por qué te preocupas por alguien que ya no es aquí cuando tienes un montón de pacientes que *están* aquí en la necesidad de su atención?".

Me contuve la lengua. Lo mordí para no tener la tentación de alzarle la voz. Tenía muchas ganas de llamarlo idiota. Todo lo que pude reunir fue un movimiento de cabeza, y me di vuelta para irme.

Fui a trabajar, revisando a mis otros pacientes y atendiendo a todas sus necesidades. Para mí, Brooks hacía lo mínimo como muchas otras enfermeras aquí, y me eso molestó. Esperaba que los demás en mi misma posición solo hicieran lo mínimo, pero esperaba más de un enfermero como él. Debería cuidar mejor a sus pacientes. Al menos debería demostrar que le importaban, pero siempre les empujaba las píldoras por la garganta ante cada pequeña queja. "Toma esto", les había dicho con indiferencia. Recetó medicamentos como un distribuidor de coca cola que necesita presionar para obtener más ventas. La mitad de estos residentes no necesitaban consumir la cantidad de drogas que él les daba. Me disgustaba.

A la hora del almuerzo, estaba exhausto por correr de un lado a otro por los pasillos y literalmente salir corriendo con uno de los pacientes, el sr. Tuck. Le gustaba tener un compañero para correr, y elegí ir con él en caso de que necesitara ayuda en algún momento. Además, me hizo hacer algo de ejercicio también.

Pasé junto a la recepción donde Christina estaba en mi camino a la sala de descanso a marcar mi salida para el almuerzo. Christina se levantó y rápidamente se dirigió hacia mí. Miró por el pasillo con aprensión, como si estuviera preocupada de que alguien pudiera verla. Probablemente el enfermero Brooks. Odiaba cuando no estabas en tu lugar designado. Me sorprendió que ella quisiera estar cerca de mí. Cuando se acercó a mí, susurró: "Murió".

Al principio, no sabía de qué estaba hablando.

"La señora Sal. Falleció en el hospital", dijo Christina.

Mi mundo se detuvo por una fracción de segundo.

Se fue.

Así nada más. No me había dado cuenta de que mi boca estaba abierta en estado de shock hasta que Christina me puso una mano en la espalda. El contacto físico me devolvió a la vida. Al principio, estaba incrédulo, pero luego un peso cayó sobre mi corazón y tuve que apartar las lágrimas.

"Hablemos de eso durante el almuerzo", ofreció. Ella me guió a la sala de descanso, y si no fuera por la muerte de la sra. Sal, habría estado realmente emocionado de que Christina quisiera comer conmigo.

Calentamos el pollo para nosotros, y salimos a la parte trasera del CEE, donde teníamos algunas pasarelas ventosas, árboles, bancos de parque y mesas de pícnic para los residentes. Era donde el sr. Tuck y yo habíamos corrido antes. Se colocaron algunos árboles esporádicamente sobre la hierba bien podada. Algunos de los residentes disfrutaron

225

plantando flores alrededor del área. Fue una buena manera de hacerlos sentir como si estuvieran más en casa.

"Lamento saber de la señora Sal", dijo Christina. Ella fue la primera en hablar después de varios minutos de silencio.

Suspiré. "Ella era una paciente... Pero me preocupo por mis pacientes".

Ella me dio una suave sonrisa, y sus ojos brillaron con algo con lo que no estaba familiarizado. ¿Admiración? Me hizo sentir incómodo. "Yo sé que sí". Extendió su mano para agarrar la mía.

Hice una mueca. "Gracias". Solté otra respiración profunda. "Estaré bien eventualmente. Yo solo tengo que superar el choque inicial. Eso es todo".

"Comprensible".

La miré mientras comía su almuerzo. La forma en que su cabello estaba recogido, con ese pequeño mechón que siempre caía frente a su cara me hizo sonreír. Lo encontré entrañable. Ella siempre trató de llevarlo detrás de la oreja, pero era demasiado corto para eso, y después de un tiempo se arrastraría de nuevo delante de sus ojos. Extendí mi mano y tomé el mechón para colocarlo detrás de su oreja. Mi corazón se aceleró cuando me miró a los ojos. Decidí que necesitaba decirle la verdad.

"Te diré lo que ha estado sucediendo". Me froté las manos nerviosamente.

Ella dejó el tenedor y apartó el plato.

"¿Sabes que la casa a la que me mudé es el mismo lugar donde murió la hermana de Mónica?".

Christina asintió mientras tomaba un sorbo de agua.

"Bueno, he estado soñando con su hermana desde que me mudé a esa casa".

Christina frunció el ceño e inclinó la cabeza hacia un lado.

"Sé que suena loco, y no sé si creo completamente en algo de eso". Contuve el aliento mientras contemplaba decirle toda la verdad. Decidí solo dejarlo en tener sueños sobre Lavinia. Ella no necesitaba saber acerca de las sombras que me atacaban. "Le conté a Mónica sobre eso ese día que nos encontramos en el mercado de granjeros. Quería saber cómo se veía Lavinia para ver si realmente la estaba viendo en mis sueños".

"¿Y?". Christina parecía completamente perpleja e interesada, cosa que no esperaba.

"Resulta que tenía razón. Eso llevó a Mónica a venir porque pensó que tal vez podríamos averiguar qué pasó con su hermana juntos. Sabes, nunca encontraron a su asesino".

Christina asintió con la cabeza. "Sí, eso escuché".

"Bueno, desde entonces, han estado sucediendo cosas extrañas. Hemos estado...". Pensé cuidadosamente en cómo decir esto. "Recolectando evidencia sobre su asesinato". No toda la verdad, pero fue lo suficientemente bueno por ahora. Quizás algún día le cuente todo. "Y fue entonces cuando un hombre en un viejo camión comenzó a seguir a Mónica".

Los ojos de Christina se abrieron y su boca se abrió un poco.

"Y ese mismo hombre irrumpió en mi casa y robó la evidencia".

Christina parpadeó. Sus ojos aún abiertos. "Oh, mi señor". Estaba hablando más para sí misma que para mí, y la dejé allí sentada mientras pensaba en esto. Finalmente, ella buscó mis ojos y dijo: "¿Cómo lo sabes? Quiero decir, todo me suena muy descabellado".

Sí, imagina si te contara sobre los fantasmas. "Sé que sí, pero querías que te lo dijera, y ahí está".

Christina sostuvo su barbilla en la mano mientras reflexionaba sobre esto. Estaba tan nervioso por su reacción que mi estómago se revolvió y me hizo lamentar comer ese pollo. "Entonces, ¿creen que Howard es el que los ha estado acosando?". Christina finalmente preguntó.

Me encogí de hombros. "No estoy seguro, pero esa es mi mejor suposición. ¿Quién más podría ser?".

"¿Y por qué él sabría acecharte en primer lugar?".

"Ahí es donde también estoy confundido", confesé. "Soy la primera persona que se ha mudado a esa casa desde el crimen".

"Quizás se enteró y decidió asegurarse de que no encontraras nada. Pero eso todavía no tiene mucho sentido". Su frente se frunció.

"Lo sé, pero es solo una suposición", dije.

"¿Solo la evidencia fue robada?".

Mis labios se extendieron en una línea apretada. "Sí, la persona no tomó mi televisor ni nada más".

"Eso es tan extraño y mucho más espeluznante que un robo típico". Ella extendió su mano hacia mí. "¿Quizás debas dejar de investigarlo? No quiero que te pase nada, Ted".

Solté un suspiro de alivio y no pude evitar sonreír; sin embargo, no fue por el gesto de Christina. Fue porque ella me creyó, y eso me trajo una ola de tranquilidad. No pude evitarlo, pero me molestaba una sensación de que mi casa que alguien entrando en mi casa era el menor de mis preocupaciones. Lo peor estaba aún por llegar.

Capítulo ocho

El destino de Mónica

A lo largo de la semana, noté que Mónica no estaba allí. No pensé mucho en eso al principio. Sin embargo, no era propio de ella que se fuera por casi una semana entera. Finalmente, el enfermero Brooks se acercó a mí y me preguntó: "¿Has visto o escuchado a Mónica últimamente? He estado preguntando a todos, y he estado tratando de llamarla porque ha estado ausente del trabajo".

Mis músculos se tensaron y un temblor sacudió la parte inferior de mi abdomen. "¿Está desaparecida?".

Brooks tenía las manos dentro de los bolsillos de su chaqueta blanca. "Supongo, a menos que haya decidido que ya no deseaba trabajar aquí y no se molestó en decírselo a nadie". Se giró para alejarse, y corrí al vestuario para encontrar mi teléfono para llamarla. Con cada timbre, mi cuerpo se movía de un lado a otro con aprensión. Cuando pasaron unos segundos más, comencé a pasear por la sala de descanso. Su correo de voz se escuchó y dejé un mensaje. "Es Ted. Llámame tan pronto como puedas". Decidí volver a llamar, pero obtuve el mismo resultado. Le envié un mensaje de texto preguntándole dónde estaba antes de volver a trabajar.

Al día siguiente, un hombre con un traje que estaba acompañado por un oficial de policía estaba en el vestíbulo principal del CEE hablando con un par de enfermeras. Pasé por el escritorio de Christina de camino a la sala de descanso. "¿Qué está pasando?", pregunté.

Los labios de Christina temblaron. "Mónica fue reportada como desaparecida por su familia, y la policía está aquí para averiguar si alguien sabe algo".

Mis músculos se pusieron rígidos mientras miraba por encima del hombro a los policías. "Deberías hablar con ellos sobre lo que sabes", dijo Christina. "Creo que hay una conexión". El rostro de Christina estaba completamente blanco, y sus labios estaban paralizados en una línea sombría.

Cambié mi mochila sobre mi otro hombro. "Eso haré". Fui a la sala de descanso y marqué mi entrada. Cuando fui a la recepción, el detective y el policía ya habían hecho preguntas a mis otros dos compañeros de trabajo y se dirigieron hacia mí. Ellos comenzaron mostrando una foto de Mónica. Parecía ser una foto de perfil de una de sus cuentas de redes sociales. Tenía flores en el pelo, que parecían vibrar contra su cabello negro de medianoche. Ella siempre mostraba una pequeña sonrisa en sus fotos y nunca mostraba sus dientes.

"Hola. Soy el detective Waterson. ¿Conoces a esta mujer?", preguntó el detective.

Asentí con la cabeza. El policía que estaba parado al lado del detective parecía familiar. Lo reconocí por su bigote. Era el mismo policía que vino a mi casa cuando pensé que escuché un disparo. Me estaba familiarizando demasiado con la policía en estos días. "Sí, esa es Mónica", le dije.

"Fue reportada como desaparecida. Aparentemente, su familia no ha tenido noticias suyas en toda la semana. ¿Has oído algo de ella recientemente?".

Me resultaba difícil responder, y la sangre se me fue de la cara. Mis ojos se movieron alrededor de la habitación. "¿Estás bien?", preguntó.

"Yo... hemos estado pasando tiempo juntos, y la última vez que la vi fue cuando la llevé a casa del trabajo porque me dijo que alguien la estaba siguiendo".

Esto despertó el interés de Waterson, y él, junto con el policía bigotudo, se miraron el uno al otro. "¿Qué dijo ella sobre esta persona?", preguntó el detective.

"Es el mismo hombre que esperaba afuera de mi casa".

Waterson me miró con curiosidad. "¿Está relacionado con ustedes dos de alguna manera?".

Me froté las palmas sudorosas en mi pantalón del uniforme. "Él, en su mayoría, solo la seguía. Por eso estaba fuera de mi casa porque ella estaba allí, supongo".

"¿Lo viste bien?".

"Tenía una larga barba". Hice un gesto con las manos sobre la forma y la longitud, y la policía tomó notas. "Llevaba un gorro. Tenía el pelo largo y despeinado, y sus ojos eran azules, creo".

Waterson terminó sus notas. "¿Y su vehículo?".

"Una camioneta destartalada de color azul".

"¿Sabes el número de la placa?".

Tomé un profundo suspiro. "Lamentablemente, no".

"¿Estarías dispuesto a venir a la estación para un boceto compuesto?"

Finalmente, el policía bigotudo me miró y me señaló con su bolígrafo. "Eras el tipo que llamó por el disparo, ¿no?".

Mis mejillas se calentaron de vergüenza, y puse mis manos en mis bolsillos. "Sí, ese fui yo".

"También reportaste un robo antes, ¿no?", preguntó.

"Así es".

Waterson miró a su compañero con los ojos muy abiertos. "Parece que necesitas mucho nuestra ayuda últimamente", dijo Waterson.

Mis palmas se pusieron sudorosas y estaba agradecida de poder ocultarlas, o las verían temblar. "Sí, han sido unos días extraños".

Waterson me miró de arriba abajo con recelo. "Muy bien, ven a vernos después de tu turno".

Después de un día lleno de ansiedad en el trabajo, fui a la estación de policía para dar el bosquejo compuesto. Me guiaron a una habitación totalmente cementada que tenía un espejo de doble sentido a mi izquierda y una mesa de metal con algunas sillas. El artista entró, y yo le describió en la medida de mis posibilidades como el hombre se veía. Sin embargo, el bosquejo fue la menor de mis preocupaciones. Después de que el artista se fue, el detective Waterson junto con el policía con bigote, entró en la habitación y me dijo que me quedara sentado.

Tamborileé con el dedo la mesa mientras se sentaban frente a mí. Nunca antes había estado en una situación como esta, y de repente sentí que era el sospechoso. "¿Qué más sabes?", preguntó Waterson. "Leí el informe de robo, y dice que un hombre en un camión similar fue el que robó su casa. ¿Es eso correcto?".

El sudor me golpeó el costado de la cabeza.

"Sospecho que fue él desde que estuvo allí cuando Mónica estuvo en mi casa por última vez".

Waterson frunció el ceño. "¿Y no pensaste en llamar a la policía cuando escuchaste que un hombre estaba siguiendo a tu amiga?".

"Supuse que Monica lo había hecho. Le ofrecí llevarla a casa cuando vino a trabajar la semana pasada diciendo que alguien la estaba siguiendo".

Waterson frunció el labio mientras continuaba mirándome. "Y resultó que eras así de agradable".

Mierda. Ellos sospechaban de mí.

"Según los otros que entrevistamos, nadie más la vio ese día que la seguiste a su casa". Waterson me señaló. "Fuiste el último en verla viva".

Doble mierda.

Esto se veía mal, y mi rodilla comenzó a temblar. "Ella parecía incómoda cuando me vio por última vez, pero ningún camión siguió su casa ese día, por lo que pensé que estaba bien. Ese fue el día que me robaron".

Waterson se reclinó en su silla. "Entonces, fue tras de ti en lugar de Mónica. ¿Por qué?". No parecía que me creyera en lo más mínimo.

"Nosotros...". Luché por terminar la oración porque sabía que esto abriría una nueva lata de gusanos, pero tenía que hacerlo si conducía al regreso seguro de Mónica. "Estábamos investigando quién mató a su hermana. Teníamos razones para sospechar que Howard estaba cerca".

Dejé de lado la parte de los demonios porque esa fue realmente idea de Mónica y no mía. "Y durante el robo, el hombre tomó solo la evidencia que habíamos acumulado". Waterson frunció el ceño. "Según el informe presentado, decía que era evidencia sobre la casa en la que vivía y no un asesinato".

"Lo sé. Yo simplemente no quería confesar que lo que estábamos haciendo realmente".

Waterson se cruzó de brazos mientras continuaba recostándose en su silla. El tono que adoptó fue como el de un padre que tenía a su hijo acorralado en una mentira y estaba a punto de resolver el misterio de quién rompió el jarrón. "¿Por qué?".

"Porque habría llevado a más preguntas, y en ese momento era solo un robo, y Mónica no estaba perdida. Al menos no sabía que lo estaba. Sé que eso estuvo mal de mi parte, pero ¿cómo podría saber que lo que estábamos investigando llevaría a la policía a encontrar al ladrón?".

"Podría haberlo hecho. Nunca sabes".

"Su hermana había estado investigando sobre la casa antes de morir, y pensamos que de alguna manera podría conducir a cómo y por qué la mataron".

"¿Cómo?". Noté que Waterson tenía la misma costumbre de tocar su dedo como yo.

Me encogí de hombros. "No lo sé, pero me lo robaron, así que teníamos que estar en el camino correcto".

Waterson asintió y sonrió. "Es verdad. Deberás contarme todo lo que sabe para que podamos estar atentos. ¿Dijiste que este hombre vive cerca de las montañas?".

"Sí, lo vi allí una vez antes de que todo esto comenzara".

236

"¿Qué estabas haciendo en las montañas?".

"Mis padres viven allí".

Waterson me sonríe. "Es un mundo pequeño, ¿no?". Solté una carcajada, y esa fue la primera vez en mucho tiempo que me reí. Era como si esa risa me permitiera dejar ir todo el estrés que había estado retorciendo los músculos alrededor de mi estómago.

Conté todo desde el principio, y comencé cuando Mónica se me acercó por primera vez después de confesar mis sueños. Los sueños les hicieron levantar una ceja, lo que llevó a una completa incredulidad cuando finalmente mencioné la teoría de Mónica.

"Ella pensó que Howard estaba poseído por el Dr. Ransteen y mató a Lavinia para continuar su trabajo", le dije. Puse los ojos en blanco junto con ellos. "Pensé que Howard solo era abusivo, y tal vez tomó la evidencia por alguna razón. Tal vez había algo allí que podría condenarlo o mostrar dónde estaba ahora. ¿O tal vez era su forma de tener ese último control sobre ella? No tengo idea de lo que tendría que ganar con eso".

"Pero viste a este hombre, ¿y se parecía a Howard?", preguntó Waterson.

Bajé la vista hacia la mesa mientras hurgaba en mi memoria. Presioné mis labios juntos. "Usted sabe, no puedo decirlo con seguridad porque tenía mucho pelo facial y se veía tan diferente de la última foto se muestra de Howard".

"Pero es una posibilidad. Él podría haber dejado crecer su pelo".

"Eso es cierto, pero todavía no lo sabría".

237

Waterson golpeó su dedo sobre la mesa. "Bien, gracias por tu información. Mantente cerca en caso de que necesitemos contactarte nuevamente".

Cuando volví a mi vehículo, pensé en el hombre de la destartalada camioneta en las montañas. Tenía la impresión de que él vivía allí. ¿Dónde más podría estar? Las montañas estaban lejos de la civilización, y él necesitaba un lugar para esconderse. Un escalofrío recorrió mi columna vertebral. Si sabía que lo estábamos investigando y que debía robar la caja, ¿era posible que él supiera dónde estaban mis padres?¿Mi hermana? Salté al camión y salí corriendo del estacionamiento hacia la casa de mis padres. Solo necesitaba ver si estaban a salvo y alejarlos lo más rápido posible. Ya estaban planeando mudarse. Si pudiera simplemente convencer a mi padre para hacerlo antes, entonces tal vez estarían más seguros.

Aceleré en la montaña y casi me volqué cuando me di la vuelta por un acantilado. Di vuelta a mi rueda de urgencia en la dirección opuesta. El humo se elevaba de mis neumáticos traseros mientras apretaba los frenos. Mi camioneta giró bruscamente y luego se detuvo. Apoyé mi frente contra el volante y respiré hondo. Los neumáticos delanteros de mi camioneta apenas colgaban del acantilado. Después de que mi ritmo cardíaco disminuyó y mis manos dejaron de temblar, volví a la carretera.

Llegué a la casa de mis padres y ni siquiera me molesté en cerrar la puerta del camión mientras corría por el porche. Abrí la puerta y vi a mi padre ponerle cinta a una caja mientras mi madre estaba sentada en su sillón con la cabeza hacia atrás, la boca abierta, y la baba chorreando, roncando en voz baja. Sonreí aliviado y puse mis manos sobre mis rodillas para recuperar el aliento.

"Oh, hola, hijo. No te esperaba", dijo mi padre. Me miró con la cabeza inclinada hacia un lado. Empujó las gafas hacia arriba. "¿Estás bien?".

Respiré y me puse derecho. "Lo estoy ahora". No quería alarmar a mi padre, por lo que no había dicho nada acerca de por qué estaba allí.

Mi padre se rio entre dientes. "Muy bien. Ayudarme con estas cajas, ¿sí?".

Fui a trabajar, ayudando a mi papá a sacar algunos libros del estante.

"Conservaremos algunos de ellos aquí. Estamos llevando solo los libros de mamá. Ella comienza uno y luego olvida que lo está leyendo y luego lee otro".

Eran un total de quince libros sin terminar que guardó en la caja, y que solo sirven como un recordatorio de su dolencia. Trabajé rápido mientras envolvía algunos de los platos de mis padres en periódicos viejos. Quería hacer todo lo posible tan pronto como pudiera porque entonces podrían mudarse.

Mi padre se dio cuenta y preguntó: "¿Tienes prisa?".

"Solo quiero acercarlos más pronto". Me detuve. "Ya sabes, para mamá".

"Ajá". Mi padre me miró con recelo.

Vi que la basura estaba llena y me ofrecí a sacarla. Salí hacia el contenedor de basura que se encontraba en el borde de la propiedad cuando un olor extraño se apoderó de mi nariz. Olía a una extraña mezcla de azufre, cabello ardiente, un aroma extrañamente dulce y a carbón. La combinación horrible y confusa me hizo taparme la boca con la mano. Arrojé la basura al contenedor de basura, y fue entonces cuando vi que más arriba en la montaña a mi izquierda, había humo saliendo entre los árboles. Sabía que tenía que ser Howard. Simplemente *tenía* que ser. Esta era mi oportunidad de encontrar a Mónica y enviar a ese hombre a la cárcel. Regresé corriendo a mi camioneta y subí. Salí de la carretera usando el humo que se levantaba como mi brújula. Eventualmente, me condujo a un camino de tierra que estaba fuera del principal. Decidí estacionar mi camioneta al costado de la carretera y seguir el camino de tierra hacia el bosque para no ser detectado. Todo el tiempo, mi corazón latía en mis oídos. Me agaché y presté especial atención al lugar donde pisaba para no hacer demasiado ruido.

Caminé entre los árboles escondidos detrás de sus troncos mientras me dirigía lentamente hacia la propiedad. El camino serpenteaba a lo largo de la montaña, y me dolían las rodillas por el uso excesivo mientras subía en una pendiente pronunciada. Finalmente llegué al final del camino cuando vi una gran cabaña con un camión estacionado afuera. Reconocí el destartalado camión azul. A través de las ventanas del camión, reconocí la misma barrera para bloquear los asientos traseros de los asientos delanteros. En la parte posterior de la ventana, estaba manchada de sangre.

La cabaña tenía musgo creciendo a un lado, y el techo de tejas de madera era tan viejo que parecía que estaba a punto de derrumbarse. La casa no parecía ser muy grande. A cada lado de la puerta principal había dos ventanas, y los paneles estaban pintados de verde oscuro. Vi a través de una ventana al costado de la casa que había una cocina y una sala de estar. En la esquina de la sala había una cama grande.

Decidí seguir el humo, pero estaba al otro lado de la propiedad, lo que significaba que tenía que cruzar una abertura para llegar a los árboles al otro lado del claro. Di un paso y miré a ambos lados antes de correr por el claro. Camuflado una vez más, seguí el humo. El hedor a carne podrida me hizo llorar los ojos. Me atragantó mientras me tapaba la boca con la manga de mi chaqueta.

Allí estaba ese hombre barbudo frente al pozo. Sostenía el libro de hechizos negro que fue robado de mi casa mientras cantaba en lo que reconocí que era latín. Su voz era profunda y solemne, y no pude evitar encontrarla adecuada para lo que estaba haciendo. Contra la pared de la cabaña había herramientas colgadas con una hoja de metal encaramada que cubría el clima. Una de las herramientas era un hacha que estaba empapada en sangre. Pude ver las huellas de las manos de su dueño por todo el mango. Se me revolvió el estómago.

El hombre se paró frente a una hoguera improvisada hecha de mármol de piedra, lo que me pareció extraño. El mármol parecía ser demasiado extravagante para usarse alrededor de una hoguera. Noté más de esos símbolos satánicos grabados en el mármol. Reconocí uno de los símbolos como la U cursiva que se curvaba hacia afuera con una línea corta debajo y dos arriba. El pozo estaba lleno de brasas que se estaban volviendo a quemar.

En el fuego, podía ver, claro como el día, el tobillo de Mónica. Supe que era suyo por el tatuaje del nombre de Lavinia junto con las fechas de su nacimiento y muerte. Me agaché y vomité. Me tambaleé hacia atrás mientras mi pecho subía y bajaba. El hombre dejó de cantar y miró hacia mi

241

dirección. Mis ojos se abrieron en puro terror. Sin pensarlo dos veces, salí corriendo a mi camioneta.

Me dolían los pulmones por el aire frío cuando llegué a mi auto y salí a toda velocidad. Todo el tiempo, me apreté fuertemente al volante y miré expectante a través del espejo retrovisor anticipando que el hombre vendría detrás de mí. Cuando llegué a la propiedad de mis padres, cerré la puerta de golpe y miré por encima del hombro convencido de que el hombre me había seguido a pesar de que no había nadie allí. Cuando entré, finalmente pude respirar profundamente.

"¿Estás bien, hijo?", preguntó mi padre. Se acercó a mí lentamente y extendió su brazo hacia mí. Mi madre estaba despierta y tenía la cabeza inclinada hacia un lado en cuestión. Tenía esa mirada lejana de nuevo.

Di un paso atrás y agité la mano para descartar el gesto de mi padre. No sabía por dónde empezar a contar lo que sucedió. Mi padre no entendería nada de eso, ya que no conocía a las personas involucradas o lo que estaba en juego. "A..a- alguien está muerto". Solté. "Mi amiga. Muerta". Señalé la dirección donde vi la atrocidad. "Ella fue... fue quemada". Me faltaban las palabras y me faltaba el aliento. No pude encontrar suficiente oxígeno. Mi pecho estaba constreñido. "Ella…".

"¿Por qué no te sientas?", dijo mi padre. Me guio hacia el sofá y me senté al lado de mi madre que preguntó: "¿Qué está pasando?¿Quién es este hombre?". Bajó la cabeza para ver mis ojos bajos. "¿Está bien, señor?¿Necesitamos llamar a la policía?, preguntó.

No pude soportar la falta de recuerdo de mi madre sobre mí en ese momento. Me pasé los dedos por el pelo. Mi respiración aún era difícil. Parecía que una pared de ladrillos me impedía aspirar suficiente oxígeno para llenar mis pulmones. Salía en ráfagas cortas y rápidas.

Mi padre me entregó una bolsa de papel. "Respira con esto. Te va a ayudar. Pon tu cabeza entre tus rodillas", dijo. Hice lo que dijo, pero nada mejoró después de unos minutos. "Solo dale tiempo", dijo.

Lentamente, los músculos de mi pecho se aflojaron, y con eso también lo hicieron mis breves respiraciones. Finalmente pude llenar mis pulmones por completo, y fue el mayor alivio que había conocido. "Pensé que estaba teniendo un ataque al corazón", dije.

Mi padre sonrió, pero estaba lleno de preocupación. "No, solo un ataque de pánico. Tu mamá solía tenerlos todo el tiempo al comienzo de su diagnóstico de Alzheimer". Se detuvo por unos segundos. Podía sentir sus ojos analizándome para asegurarme de que estaba mentalmente bien. Me hizo encogerme. "¿Quieres decirme qué está pasando?".

Tomé una respiración profunda. "Sí, necesitamos llamar a la policía. Tenía una amiga que desapareció y la encontré muerta".

Los ojos de mi padre se abrieron y mi madre se cubrió la boca con la mano. Ella murmuró: "Oh, Dios mío".

Mi padre me miró con sorpresa y preocupación. "¿Estás seguro de que viste esto?".

Pasando mis dedos de mi cabello, exclamé: "¡Sí!¡Sé lo que vi!¡Estaba quemando su cuerpo!¡Vi su tatuaje!".

Mi padre hizo un gesto con la mano para que me relajara. "Bien, bien. Yo solo quiero obtener la historia completa antes de llamar a la policía. ¿Estás seguro de que no era algo que querías ver porque todavía estás triste por la desaparición de tu amiga? Alguien quemando cuerpos aquí es altamente improbable, hijo. ¿Podría ser que viste algo que no entendiste y lo confundiste con tu amigo porque estás estresado por su desaparición?".

Sabía que mi padre solo estaba tratando de ayudar, pero me enfureció aún más. Me levanté del sofá. "¡Sé lo que vi!¡Era ella!".

"Deberíamos confiar en él", dijo mi madre.

"Obviamente se ve lo suficientemente molesto. Deberíamos llamar a la policía por si acaso".

Mi padre nos miró a los dos y suspiró. "Parece poco probable, como algo de una película".

"Si tuviera un hijo, me gustaría que alguien llamara si creyeran que lo vieron muerto", dijo mi madre.

Fruncí el ceño y sentí que el comentario de mi madre me golpeó en el estómago. Ella no podía recordarme. Era como si tuviera más días malos que buenos hoy en día. Me encontré con los ojos de mi padre, y él tenía la misma expresión sombría. Los dos sabíamos que la perderíamos más temprano que tarde.

"Solo creo que tal vez viste a un hombre que terminó de cazar y estaba cocinando su comida. Creo que tu estrés te hizo alucinar. No es la primera vez", dijo mi padre. "El estrés y los malentendidos pueden hacer que tu cerebro llegue a conclusiones extrañas para llenar los vacíos. Eso es todo". Tomó su teléfono celular y me lo entregó mientras se encogía de hombros. "Pero si sientes que esto es lo mejor, entonces...". Él suspiró. "Usa mi teléfono. Mi plan tiene un poco mejor recepción aquí"g.

Después de que marqué el 9-1-1 y les di la información, nos sentamos en la cabaña en total silencio esperando algún tipo de devolución de llamada o que llegara un auto de la policía. Mi padre nos preparó un té y decidí conversar con mi madre, que parecía no darse cuenta de lo que estaba sucediendo. "¿Cómo te sientes hoy?", pregunté.

Se quitó una pelusa de la manta. Era una vieja manta naranja que mi abuela había tejido a ganchillo años atrás. Mi hermana y yo usamos esa manta para construir muchos fuertes en el pasado. Hoy en día, estaba nudosa, delgada y el tejido se desbarataba. No pude evitar encontrar las similitudes tanto en la manta como en mi madre. "Estoy bien", dijo casualmente. "Tomé sopa hoy".

Le di una pequeña sonrisa. "¿Estuvo buena?".

Ella levantó un hombro. "Supongo. Era una sopa vieja. Odié las galletas, pero el hombre que me la dio fue bastante amable".

"¿Te refieres a mi papá?".

Ella me miró con los ojos muy abiertos. "¿Ese es tu padre? Él me cuida".

Me reí un poco. "Sé que lo hace".

Ella se quedó mirando por la ventana más allá de mi hombro. Sus ojos parecían muy lejanos.

Seguí su mirada y luego la miré. "¿Qué estás mirando?".

"A veces salgo a caminar. Me pierdo". Su voz era distante.

"¿Por qué es eso?".

Ella finalmente me miró. "Estoy en busca de algo".

"¿Qué estás buscando?". Tenía una curiosidad genuina sobre lo que ella diría.

Su voz era pequeña. "No lo sé". Miró hacia abajo y luego sus ojos se iluminaron nuevamente cuando me miró. Era como si las luces volvieran a encenderse dentro de su cabeza. "¡Ted! Eres tú".

Una gran sonrisa apareció en mi rostro. "Hola, mamá".

En ese momento, las luces rojas y azules de un coche de policía llegaron rodando hacia la cabaña. Mi padre y yo salimos cuando dos oficiales se nos acercaron. Ambos tenían expresiones ferozmente sombrías en su rostro. Uno de ellos tenía todo el color drenado de la cara. El oficial principal inclinó su sombrero hacia nosotros y tenía los pulgares enganchados a su cinturón. "Buenas noches", dijo.

"¿Encontró algo?", pregunté.

"Oh, sí, lo hicimos". él dijo. "Gracias por llamar cuando lo hiciste. Ahora guíame a través de cómo te topaste con la propiedad de este hombre. ¿Por qué estabas allí?".

Le conté al policía toda mi historia de lo que le conté al detective Watterson, y luego me dirigí a cuando estaba en la propiedad. "Cuando vi su tobillo con el tatuaje, me fui de allí. Volteó a verme, pero no creo que me haya visto en verdad. Vine directamente aquí y llamé a la policía".

El policía asintió. El otro oficial todavía estaba completamente pálido, y sus mejillas se estaban poniendo un poco verdes. " Bueno, encontramos restos humanos y un cobertizo con mesas y suministros quirúrgicos. Eso es todo lo que podemos decir por ahora, pero no había ningún hombre en la propiedad. Debe haberse ido cuando lo viste. Enviaremos un informe para comenzar a vigilarlo".

Toda esperanza disminuyó instantáneamente cuando escuché que se había ido. Supe que vendría por mí. Se me

hizo un nudo en el estómago y se me cayó el corazón.
"Gracias por echarle un vistazo", le dije.
El oficial asintió con la cabeza. "Gracias usted por
informar sobre él. Dios sabe cuánto tiempo ha estado ese
hombre allí haciendo eso. Lo encontraremos". Los dos
oficiales regresaron a sus autos y se fueron. Cuando se
fueron, mi padre puso su mano sobre mi hombro. "Deberías
quedarte aquí esta noche, hijo", dijo en un tono sombrío.
Estuve de acuerdo. No había manera en el infierno que
pudiera ir a casa solo ahora. Ese hombre estaba huyendo de
nuevo.

En la madrugada, mi padre me sacudió. La repentina
sacudida me arrancó de mis sueños y no me preparó para lo
que dijo a continuación. No pude entenderlo, y le pedí que
volviera a hablar. "Tu madre está desaparecida", dijo
histéricamente.

Se me heló la sangre. "¿Qué quieres decir?¿Fuiste a
buscarla?".

"Lo hice. Ella se ha ido. No puedo encontrarla en
ningún lado".

"¿Llamo a la policía?". Mi adrenalina estaba
bombeando mientras saltaba del sofá todavía parpadeando
lejos de los sueños.

"Aún no. No puedo encontrarla en ninguna parte de
la propiedad. Ella debe haberse levantado en medio de la
noche o algo así".

Me puse mis zapatillas y ni siquiera me molesté en
atarlas mientras salía corriendo por la puerta principal. El
aire fresco de la mañana golpeó mi cara y me envió un
escalofrío. Me subí la cremallera de la chaqueta mientras
miraba el suelo buscando huellas. Minúsculas gotas de agua

de la niebla en el aire cubrieron mi rostro, y las nubes grises llenas de lluvia lentamente comenzaron a cubrir el cielo. Busqué en los gabinetes de metal en el cobertizo y encontré una linterna industrial. Corrí hacia el bosque en la misma dirección en que la había visto alejarse antes. El cielo nublado no proporcionaba suficiente luz mientras corría más profundo entre los árboles. Encendí mi linterna contra los oscuros troncos y ramas que se extendían como telarañas tejiéndose sin cesar en el espacio vacío.

El sonido de mis pies crujiendo en el suelo junto con mi respiración pesada fue todo lo que me acompañó. Entré en lodo profundo y miré hacia abajo. Había huellas desnudas que se dirigían en una dirección. Mi ritmo cardíaco se aceleró mientras los seguía. Más arriba, noté huellas de botas acercándose al rastro de mi madre y siguiéndolas a su lado. Aceleré el paso en pánico. Esperaba que fuera un oficial o un vecino que la hubiera llevado a un lugar seguro. Más adelante, vi una pequeña luz que estalló entre el oscuro abismo. Lo seguí y me encontré en un camino donde continuaban las huellas de barro.

Desaparecieron donde había huellas de neumáticos. Las huellas despegaban desde el costado del camino, y pude ver los caminos embarrados que bajaban por el camino hacia la ciudad. A pesar del frío, mis palmas comenzaron a sudar. Decidí seguir el camino y saqué el teléfono de mi bolsillo para llamar a mi padre y hacerle saber que tenía una pista, pero la línea telefónica se cortó. Apreté mis dientes mientras lo volvía a meter en mi bolsillo.

El cielo se había oscurecido progresivamente y los truenos rugían en la distancia. Pequeñas gotas de agua cayeron, y aceleré para no perder el rastro bajo la lluvia.

Caminé por el costado de la carretera durante varios minutos. Mientras la lluvia golpeaba más fuerte, me subí la capucha y comencé a trotar. Mis pulmones se sentían débiles cuando encontré huellas similares a las del camino. Estaban al costado de la calle en el barro, y parecía haber algún tipo de pelea que tuvo lugar con los pies descalzos de mi madre y las huellas de las botas de la misteriosa persona.

Se me cayó el corazón. Esto sucedió justo afuera de la propiedad de mis padres. Significaba que mi madre intentó salir, pero esta persona no la dejó y la obligó a volver a entrar. Apreté la linterna y mordí hasta que me dolieron los músculos de la mandíbula. Las huellas se desviaron desde el costado del camino hacia la ciudad. Mi instinto me dijo qué y quién era, y decidí seguir ese sentimiento. En este punto de mi vida, tenía que hacerlo porque la vida de mi madre estaba en juego. Me rendiría ante cualquier superstición por ella.

Corrí hacia mi camioneta, donde vi a mi padre hablar por teléfono con quien supuse que era la policía. Puse mi camioneta en marcha y salí corriendo sin siquiera molestarme en decirle a dónde me dirigía.

Me llevó alrededor de cuarenta minutos conducir de regreso a mi casa, y quién sabe en qué condiciones estaría ella para cuando yo llegara allí, si es que estaba allí. No me molestó romper la parada de cuatro vías en mi vecindario, y apenas logré pasar entre dos autos. Sus cláxones sonaron detrás de mí, pero no hice caso.

Me detuve en mi casa. Estaba a oscuras y no parecía haber ningún camión destartalado en el frente. La esperanza se elevó en mi pecho, y pensé que tal vez estaba equivocado. Sin embargo, me molestó pensar que ella todavía estaba desaparecida. Mientras me dirigía hacia el porche delantero, vi huellas de neumáticos al costado de la casa. Los seguí, y en la parte trasera de mi casa estaba el camión destrozado. "Joder", exclamé. El calor recorrió mi cuerpo cuando la adrenalina se hizo cargo, y abrí la puerta principal. Estaba sin seguro y sabía que la había asegurado. No había luces encendidas, y la tormenta oscureció aún más la casa. No había señales de vida en ningún lado. "¿Mamá?", la llamé.

Sin respuesta.

Grité aún más fuerte. "¡Madre!".

Silencio.

Caminé hacia la cocina teniendo cuidado de qué tablas pisaba, ya que algunas eran más ruidosas que otras. Me puse de puntillas ligeramente teniendo cuidado de no poner demasiado peso en un pie. Mis oídos se animaron cuando escuché los crujidos. Rebotó en las paredes desnudas dejándome confundido en cuanto a de dónde veía que el ruido. El pánico se elevó en mi pecho, y grité el nombre de mi madre frenéticamente. "¡Patricia!¿Dónde estás?". Justo cuando estaba a punto de agarrar un cuchillo de cocina, sentí un dolor punzante en la cabeza. Mi cabeza se adormeció antes de caer al suelo inconsciente.

Capítulo nueve

La verdad universal

El olor a metal y lluvia me saludó. Mis ojos aún estaban cerrados, y podía escuchar a un hombre tarareando caprichosamente a unos metros de distancia. Hice una mueca cuando la parte posterior de mi cabeza vibró de dolor. Traté de levantar la cabeza, pero no podía moverla. Intenté mover mis brazos, y ellos tampoco se movieron. Mis ojos se abrieron de golpe, y sobre mí, todo lo que podía ver era una bombilla solitaria que se balanceaba de izquierda a derecha cuando el viento soplaba a través de la habitación húmeda. Reconocí la bombilla como la que colgaba en mi sótano.

Traté de mirar con mis periféricos y vi que mis brazos estaban sujetos con correas de cuero a la cama. Al mirar más allá de mi mano, vi el viejo gabinete de metal del armario de almacenamiento con algunos de los viejos suministros quirúrgicos colocados cuidadosamente sobre una toalla. Reconocí algunas de las herramientas quirúrgicas antiguos como una jeringa de plata, agujas rectas y curvas, un pequeño martillo de metal, y otros esquemas nefastos que solo podía imaginar para qué habían sido usados. Además de eso, vi el mismo cuaderno de cuero marrón de mis sueños. Fue el que vi a Lavinia esconder en el sótano.

Mientras estaba medio consciente, pude ver a mi madre en otra mesa quirúrgica, que reconocí que era del almacén. Estaba atada e inconsciente. Me dolía la cabeza y cerré los ojos mientras dejaba escapar un gemido involuntario. Traté de mover mis muñecas para salir, pero mis músculos estaban débiles.

"Oh, bien. Estás despierto", dijo la voz zumbante.

Apreté los dientes para controlar mejor mi dolor.

"¿Por qué tienes a mi madre aquí atrapada?".

"Todo a su debido tiempo, Ted".

Intenté abrir los ojos, pero la luz me hizo retroceder de dolor. "¿Cómo sabes mi nombre?¿Quién eres tú?". A medida que, lentamente, obtuve un mejor control de mi cuerpo, tiré de mis muñecas atadas tratando de aflojar las correas.

El mismo hombre barbudo que vi en el camión golpeado se paró sobre mí. Sus penetrantes ojos azules brillaban con lo que solo podía distinguir como alegría. "No saldrás de eso pronto. Al menos no sin que yo lo diga".

"Eres Howard, ¿verdad? El que mató a Lavinia".

El hombre se echó a reír. Fue una risa profunda y baja que hizo que un escalofrío recorriera mi espalda. "Howard ya no está con nosotros".

"Loco bastardo. Solo te estás desasociando de tus crímenes".

El hombre se inclinó sobre la cama de metal en la que estaba acostado. Estaba a escasos centímetros de mí. "Todavía no lo entiendes, ¿verdad? *Soy* el Dr. Ransteen. El propietario original de esta casa en la que ahora vives". Se acercó a su banco de trabajo improvisado y tomó una de las agujas con forma de pico de hielo. La herramienta plateada brilló contra la luz oscilante.

"Estás loco por pensar que eres alguien que está muerto".

Giró la cabeza hacia mí. "¿Todavía no crees incluso después de todo lo que has presenciado?".

"¿Qué he visto?". Quería mantenerlo hablando. Cualquier cosa para mantenerlo distraído, para que yo pudiera tratar de soltarme.

El hombre se maravilló de la picadora de hielo mientras usaba un paño para limpiarla. "En esta casa, has tenido visiones, ¿cierto? Yo también los tuve cuando las almas comenzaron a acumularse. Las sombra: se presionaron sobre ti. Los sueños te volvieron loco. Lo sé todo".

Me detuve. No había forma de que este hombre pudiera conocer mis sueños a menos que alguien se lo hubiera contado. "¿Cómo sabes acerca de los sueños?".

La mirada alegre dejó sus ojos, y movió la cabeza en mi dirección. Sus ojos se volvieron de un negro áspero. "Lo sé porque tengo esta casa marcada. Lo sé porque has estado tratando de divulgar mi secreto como esa chica Lavinia. Las almas reunidas en esta casa, se quedan en esta casa. Deben permanecer en esta propiedad".

"¿Por qué? Estás muerto, entonces, ¿por qué importa?". Todavía no creía completamente lo que decía este hombre enloquecido, pero no podía negar que él sabía mucho sobre mis sueños. Aun así, solo necesitaba distraerlo, para poder intentar escapar.

Él sonrió, y la blancura de sus dientes parecía fuera de lugar contra el aspecto rústico de su rostro. "La muerte no es la muerte, Ted. *Puedes* vivir en otras formas si sabes cómo. Encontré una manera de continuar mi trabajo, y esas almas que están unidas a esta casa están unidas a la Bestia de la Vida Eterna".

Pensé en mis visiones y vi al Dr. Ransteen rociar su sangre a través del círculo. "Si esa es la verdad, entonces tu alma está ligada aquí también, ya que aquí es donde moriste". Seguí aflojando las correas de mi muñeca derecha muy lentamente.

Su encantadora sonrisa regresó y también el tono caprichoso de su voz. "Sé que tu madre tiene Alzheimer, y sé que es hereditario". Miró a mi madre mientras limpiaba la toalla por última vez sobre el pico de hielo.

Me congelé en el lugar.

"Lo que hago es tratar de encontrar secretos para la mente humana", dijo. "Puedo encontrar el secreto detrás de la enfermedad de Alzheimer y curarlos a ti y a tu madre de esta maldición". Se rio entre dientes. "Por supuesto, tuve que improvisar con algunas de mis herramientas más antiguas, ya que la policía me sacó de mi lugar de residencia gracias a ti". Lo hizo sonar como si fuera un pequeño inconveniente para él y suspiró. "Tuve que conformarme con lo que tenía incluso si está un poco desactualizado". Él frunció el ceño a la cama en la que yo estaba atado y mantuvo sus labios en una línea apretada mientras miraba por encima de sus instrumentos. Era como si fuera un artista que no tenía su pincel favorito.

"No puedes hacer tales promesas. Ni siquiera pudiste salvar a tu propia madre". Eso parecía haberlo distraído con éxito de ir hacia mi madre con la herramienta afilada. Su sonrisa se desvaneció y una expresión siniestra contrajo su rostro. "¡Mi madre podría haber sido salvada!". Él corrió hacia mí con su cara a solo centímetros de la mía, y sujetó el piolet contra mi carne. "Ella podría haber sido salvada", dijo en un tono más tranquilo. "Al igual que tu madre puede".

"Todo lo que haces es experimentar con personas de manera inhumana".

"Hago lo necesario para encontrar curas. No puedes tener la luz sin la oscuridad, Ted. Soy lo que se necesita para que la luz sobreviva".

Yo fruncí el ceño.

El Dr. Ransteen enderezó su postura y dejó el pico sobre la mesa de trabajo. "Es verdad. Soy lo que es necesario. El universo necesita equilibrio, y yo le doy equilibrio. Piensa en el pasado. Si no fuera por los nazis que experimentan con los judíos y otros prisioneros en el Holocausto, no tendríamos la información que tenemos ahora sobre las drogas y nuestras reacciones a ellas. Tampoco el conocimiento de la durabilidad del cuerpo humano. Incluso la bomba de Hiroshima condujo a una gran comprensión de la radiación y de cómo podríamos usarla para salvar vidas. Un montón de maldad, sí, pero muchas cosas buenas vinieron a largo plazo". Se volvió hacia mí con un taladro de mano. "¿Ves?, no puedes tener lo bueno sin lo malo. Se necesitan las dos con el fin de existir, y esa es la verdad universal que he aprendido desde la muerte". Se acercó a la parte posterior de mi cabeza, donde ya no podía verlo. Comencé a sacudir mi muñeca furiosamente, haciendo temblar toda la cama.

"Quédate quieto, o perforaré en el lugar equivocado y tendré que empezar de nuevo". No parecía en absoluto agitado. Fue más como una pequeña molestia para el Dr. Ransteen tener que perforar un agujero completamente nuevo en mi cabeza.

Todavía sacudí la cama. "¿Por qué no me pones a dormir para que sea más fácil?".

"Te necesito despierto. Me parece que el cerebro funciona mucho mejor cuando está despierto".

Comencé a balancearme erráticamente tanto como pude cuando Lavinia apareció a mi lado. Apoyó su mano en mi muñeca y me puso la piel de gallina sobre el brazo, donde su mano fría tocó mi piel.

El Dr. Ransteen notó a Lavinia y relajó el taladro manual a su lado. Se echó hacia atrás, sonriendo. "Bueno, si no es Lavinia. Te ves bien siendo transparente". Todo lo que Lavinia pudo reunir como respuesta fue una sonrisa taciturna. El médico se inclinó hacia delante con los ojos muy abiertos y una sonrisa plasmada en su rostro. " Oh, ¿no puedes hablar?". Se rio entre dientes. "Deberías haber pensado mejor antes de meter la nariz en asuntos que no te conciernen. No puedes hacer mucho para ayudar a este chico aquí". Me dio unas palmaditas en la cabeza.

Noté un ligero cambio en la presión de las correas alrededor de mis muñecas donde estaba la mano de Lavinia. La miré. Me miró brevemente y sacudió la cabeza sutilmente antes de volver su atención al Dr. Ransteen. Él no pareció darse cuenta de nuestro intercambio rápido.

"Ya sabes", comenzó el médico mientras se acercaba a Lavinia. "Siempre fuiste un dolor para mí incluso en la muerte. Pero ahora soy más poderoso que tú. Un espíritu común no puede hacer lo que yo puedo".

Se apartó de mí y se dirigió lentamente hacia el banco de trabajo improvisado para posicionarse frente al cuaderno. El médico se acercó a ella, lo que me dio tiempo para comenzar a aflojar más mis correas. Mi muñeca ahora podía moverse más fácilmente de lado a lado.

"Continuaré la misión de mi vida, que es purificar a la humanidad", dijo. En ese momento, Lavinia desapareció con una sonrisa. Los ojos del doctor recorrieron la habitación, y cuando se dio cuenta de que ella no regresaba, volvió a centrar su atención en mí. Mi muñeca ahora estaba casi completamente libre, pero me congelé cuando hizo contacto visual.

"Volviendo a nuestro trabajo actual", dijo. "Me parece que el problema con el Alzheimer es que el cerebro se deteriora más rápido que el cuerpo. Específicamente, en el área donde se almacenan los recuerdos". El doctor extendió su brazo hacia el cuaderno. "Tengo una teoría que puede arreglar eso, pero primero tengo que probarla. Usted y su madre serán mis conejillos de indias si lo desean". Él sonrió y habló como si todo esto fuera un procedimiento normal. Se me heló la sangre.

El ceño del Dr. Ransteen se frunció mientras acariciaba la improvisada mesa de trabajo. Giró la cabeza buscando algo. "¿Dónde está?", murmuró él. Esparció a un lado las herramientas que estaban encima del gabinete de metal. Se arrodilló y buscó debajo. "¿Dónde está?", exclamó. Se puso de pie y agarró mi camisa en su puño. "¿Ella lo

257

tomó?¡¿Lo tomó ella ?!". Instintivamente tiré mis ojos al cuaderno que estaba claramente encima del banco de trabajo. El doctor me dejó ir y fue a buscarlo. Pude verlo claro como el día en el gabinete, pero por alguna razón, el Dr. Ransteen no pudo. Un pensamiento hizo clic en mi cabeza mientras recordaba cada vez que perdía las llaves o el teléfono en la casa. Lavinia apareció al borde de la cama y me guiñó un ojo. Mi boca se abrió y mis labios se curvaron de diversión cuando vi al médico luchar por encontrar algo que fuera completamente ciego para él.

Decidí hacer uso de la distracción del Dr. Ransteen para aflojar aún más mi muñeca. Me retorcí el brazo hasta que finalmente pude pasar mi muñeca. Usando mi mano libre, liberé la izquierda. Frenéticamente busqué alrededor de mi cabeza una forma de liberarme. Sentí tornillos que sobresalían del lado izquierdo y derecho de la barra de metal que atrapaba mi cabeza en su lugar, y comencé a girarlos. El metal se apretó fuertemente contra mi piel mientras luchaba por aflojarlos lo suficientemente rápido.

El Dr. Ransteen volvió su atención hacia mí, y antes de que pudiera reaccionar, solté mi cabeza y lo golpeé en la mandíbula, haciendo que cayera al suelo. Mis nudillos gritaron de dolor. Apresuradamente liberé mis tobillos mientras él se recuperaba del golpe.

Salté de la cama y mi visión se volvió borrosa cuando la sangre se precipitó a mi cabeza. Me agarré a la cama. Tomó una aguja de la jeringa de la parte superior del gabinete y se lanzó hacia mí. Luché contra él con todas mis fuerzas y lo derribé al suelo. Acostada sobre él, me senté y le di un par de golpes, haciendo que la sangre saliera de su nariz.

Me puse de pie y corrí para agarrar el cuaderno y meterlo en un bolsillo que estaba cosido en el interior de mi chaqueta. Agarrando un bisturí del escritorio, me acerqué al cuerpo inmovilizado del médico. Usé mis rodillas para mantener sus brazos clavados en el suelo mientras presionaba el arma contra su cuello.

El Dr. Ransteen se echó a reír y levantó la cabeza para empujar aún más el cuello contra la hoja. "¿Crees que amenazar mi vida cambiará algo? Siempre puedo encontrar otro cuerpo". No era un hombre de extrema violencia, así que repensé mi enfoque por un segundo. Aprovechó mi momento de vacilación a su favor y usó la fuerza de su cuerpo para sacarme de él. Causó que mi arma atravesara su piel. Agarró el bisturí para sacarlo de su cuello. Brillante líquido rojo rezumaba y caía sobre su hombro, pero esto no parecía perturbarlo en absoluto. Cargó hacia mí, y me preparé para el impacto.

Él aplastó mi cuerpo contra el suelo y dijo: "Dime dónde está el cuaderno y dejaré ir a tu madre". Lo golpeé en la cara dejando una marca roja brillante a un lado. Alejándome del hombre, corrí hacia mi madre para desatarla. Mis manos temblaban de pura adrenalina y pánico, lo que lo hacía difícil. Ella se despertó. Giró la cabeza y gimió. "¿Ted?", preguntó con voz mansa. "¿D-dónde estamos?".

Antes de que pudiera lograr liberarla por completo, escuché el clic de una pistola.

Me congelé en el lugar.

"Dame el cuaderno", dijo el Dr. Ransteen.

Tragué saliva y lentamente me di la vuelta con los brazos levantados. Cuando me volví, vi mi bate de béisbol contra la pared.

"¿Dónde está?", gritó con una mirada de furia enloquecida en sus ojos.

Yo sabía que el diario era lo único que posiblemente le impidió continuar su trabajo, y yo sabía que era la única influencia que tenía. Tuve que actuar rápidamente, así que pateé la mesa quirúrgica de mi madre, de modo que la parte trasera estaba frente a él. Esto era para protegerla al menos un poco de las balas. Me agaché a tiempo, antes de que dejara escapar un tiro. El sonido vibró por toda la habitación, y un sonido agudo se apoderó de mi tímpano.

Gritó de nuevo. "¿Dónde está?".

Señalé hacia la puerta del almacén y dije: "Está allí".

El Dr. Ransteen pasó junto a mí con el arma apuntando hacia el suelo. Me sorprendió que me diera la espalda de esa manera. Por otra parte, su mente solo debe haberse centrado en el cuaderno y no en mí. Tomé su error a mi favor y agarré mi bate para golpearlo. El doctor escuchó mis movimientos a tiempo de alejarse, así que no le golpeé la cabeza como quería. En cambio, clavé el costado de su torso, derribándolo.

El Dr. Ransteen apuntó su arma en mi dirección, y tuve la oportunidad de dar otro golpe esperando que lo derribara a tiempo antes de que pudiera apretar el gatillo.

¡Disparo!

Agarré mi costado y caí de rodillas. Los sonidos de los gritos de mi madre fueron todo lo que pude oír. El dolor que sacudió mi costado se deslizó por la parte superior de mi cuerpo, y miré hacia abajo brevemente para ver que una bala había rozado mi piel, dejando una sensación de ardor a su paso. Mordí con fuerza mientras intentaba agarrar mejor mi bate para golpear al médico. Grité de dolor cuando lo golpeé.

Golpeé su trasero y escuché un crujido cuando golpeó el suelo.

Me tropecé con el suelo. Mientras yacía allí, vi que en el fondo del sótano, las sombras oscuras comenzaron a caer alrededor de las cuatro esquinas de la habitación. Abarcaban por completo la totalidad del sótano, y se me puso la piel de gallina en los brazos cuando la temperatura bajó dramáticamente. Mi aliento caliente salía de mi boca con cada exhalación. Me di cuenta de que el médico también se había dado cuenta del cambio repentino de temperatura, y miró alrededor del sótano la niebla oscura que ahogaba el aire. Sabía que esto era solo el comienzo, y las sombras oscuras pronto me fijarían como siempre lo hacían. Los ojos del médico se abrieron con terror, lo que me hizo apretar la frente, confundido. *¿Por qué un espíritu que posee un cuerpo tiene miedo de otros espíritus?*

Soltó un suspiro frenético, y seguí su mirada hacia la pared detrás de mí. Humo apareció de la nada contra la pared. El olor a humo me hizo saltar a la acción. Gruñí y apreté los dientes mientras me forzaba a levantarme, sosteniendo mi costado. Fue entonces cuando las llamas aparecieron contra esa pared lejana del sótano, y me sorprendió la conmoción de todo.

Las llamas fueron controladas por una fuerza invisible que se deslizó a través de la pared de ladrillo. Se cerró de un lado a otro. La línea de llamas bajó y se curvó. Mi boca se quedó boquiabierta cuando comencé a distinguir palabras:

Paulton Edwards.
Sasha Greensfield.
Marcus Smithson

Janet Barton.

Jacob Cruz

Estos fueron los nombres de todas las víctimas que el Dr. Ransteen experimentó en la mansión. Entre la niebla ya oscura, se formó un abismo negro en uno de los rincones del sótano. Creció y cubrió el humo. Podría haber jurado que las llamas se hicieron más grandes y se volvieron cada vez más fuera de control a medida que la masa oscura rodeaba la habitación.

Sabía lo que vendría después, así que corrí hacia mi madre. Me esforcé por terminar de desatarla. La cara del Dr. Ransteen era blanca como una sábana, y no nos prestó atención, ya que su mirada se quedó pegada a la vista que tenía delante. El humo que llenaba la habitación hacía casi imposible vernos de todos modos.

Cuando mi madre fue liberada, se arrastró hacia mí. "¿Estás bien?", susurró. Puse su brazo alrededor de mi hombro para ayudarla a levantarse, y nos arrastramos hacia las escaleras. Gemí de dolor y mi visión se nubló debido a la herida en mi costado. Me aferré a la lesión con la esperanza de que cediera parte de los latidos.

Escuché el jadeo asustado del Dr. Ransteen y giré la cabeza hacia él para ver que la masa negra comenzaba a romperse en pedazos. Las piezas se dispararon en el aire antes de arremolinarse hacia el suelo formando siluetas encubiertas.

El doctor apuntó su arma y les disparó rápidamente hasta que todo lo que pude escuchar fueron los clics de una cámara vacía. Las siluetas se lanzaron hacia él a la velocidad del rayo. El calor del fuego ardía en mi piel y subí los escalones con mi madre lo más rápido que pude. Mientras salíamos de la casa, pude escuchar los gritos de terror puro del Dr. Ransteen.

Cuando salí cojeando del porche delantero, unos cuantos coches de policía seguidos de una ambulancia vinieron corriendo calle abajo hacia mi casa. Caí de rodillas cuando llegué a la hierba. "¡Ted!", exclamó mi madre. Su voz tembló y se arrodilló a mi lado mientras las lágrimas caían por sus mejillas. Sus manos temblaron mientras aplicaba presión sobre mi herida. Grité de dolor, lo que hizo que mi madre rompiera en llanto.

Los policías salieron e inmediatamente me apuntaron con sus armas. "¡Levanta las manos!", ordenó uno de ellos. Hice una mueca y mis brazos temblaron mientras los levantaba lentamente, pero mi brazo derecho no podía subir casi tan alto como el otro.

"Está herido. ¿No puedes ver?", gritó mi madre. "¡Ayúdanos!".

Por el rabillo del ojo, pude ver el humo saliendo de la ventana del sótano. La policía también lo notó, y uno de ellos llamó a su radio que estaba pegada a su hombro: "También necesitaremos el departamento de bomberos aquí". El oficial me habló a continuación. "¿Qué pasó aquí?".

"Hay un intruso en mi casa", susurré. "Me han disparado".

La policía bajó sus armas ligeramente, y el oficial principal asintió con la cabeza a los otros policías para comunicar en silencio que yo no era el autor. Devolvieron sus armas a sus fundas, y los médicos vinieron corriendo en mi ayuda. Tenían una camilla para mí y me colocaron en ella antes de llevarla a la ambulancia. Otro médico atendió a mi madre.

Cuando empujaron la camilla hacia la parte trasera del vehículo, la brillante luz fluorescente en el interior hizo que me dolieran los ojos, y los cerré momentáneamente. "Es solo una herida de carne", dije con los ojos cerrados. "La bala me rozó". Podía escuchar las sirenas del camión de bomberos acercándose en la distancia.

"Tienes suerte de que no te atravesó o golpeó una arteria principal. Necesitará puntos de sutura", dijo el médico.

"¿Eres el dueño de casa?", preguntó una voz.

Entorné los ojos y abrí la cabeza al oficial principal que estaba parado afuera de la ambulancia. Los técnicos de emergencias médicas levantaron mi camisa y comenzaron a limpiar la herida. "Soy dueño de la casa", dije haciendo una mueca por la quemadura del alcohol. "Hay un hombre dentro de la casa. Dile al departamento de bomberos cuando lleguen aquí".

"¿Qué pasó?".

Tragué saliva cuando el médico comenzó a coserme. Me dio mucho dolor, pero cuando se limpió todo, la lesión ya no era para tanto. No había forma de que pudiera decirle a este policía sobre los espíritus y el hecho de que fue el alma del Dr. Ransteen quien usó la magia negra para regresar de la tumba. En cambio, decidí decir: "Se llevó a mi madre. Ella desapareció en el bosque, y cuando fui a buscarla, lo encontré en mi casa con ella atada. Me tomó por sorpresa golpeándome en la cabeza. Me desmayé".

"¿Quieres decir que podrías tener una conmoción cerebral?", preguntó el médico.

Logré asentir, pero no presté mucha atención a su preocupación. Se había parecido como un pequeño problema ahora. "Me tenía atado a esta mesa de operaciones cuando me desperté".

"¿Cómo te liberaste?", preguntó el policía.

"Perdió su cuaderno, que tenía todos los experimentos que iba a hacer conmigo. Tenía una propiedad que fue encontrada ayer con cuerpos. Mientras estaba distraído, me liberé". Mi mano tembló cuando metí la mano en el bolsillo interior de mi chaqueta y saqué el libro.

El policía inclinó la cabeza hacia un lado mientras buscaba el cuaderno.

"Luché contra él para sacar a mi madre y a mí de allí".

"¿Crees que él es el que ha estado secuestrando a todos esos pacientes con enfermedades mentales?".

"Sí. Creo que eso es lo que lo atrajo a mi madre".

El policía asintió mientras estudiaba el cuaderno. "Los técnicos de emergencias médicas te transportarán al hospital. El departamento de bomberos lo sacará y lo interrogaremos si está vivo".

En ese momento, las luces rojas del departamento de bomberos brillaron a través de las otras casas en el vecindario cuando se estacionó justo afuera de mi casa. El oficial se acercó a los bomberos para decirles que todavía había un hombre adentro. Se pusieron a trabajar limpiando la casa donde estaba la ventana del sótano. El médico cerró de golpe las puertas de la ambulancia, y cuando nos alejamos, pude ver a un par de bomberos sacar al Dr. Ransteen. Parecía débil, pero vivo. Su pecho se agitó cuando tosió, y cayó al suelo.

Capítulo diez

Almas liberadas

Estaba cómodo en mi manta, e hice una mueca mientras lentamente me recostaba en el sofá de la casa de mis padres. La sensación de la manta mal tejida de mi madre me rascó en la parte posterior de mi cuello. Mi lesión aún era sensible, pero no era nada que aspirina no pudiera arreglar. "¿Te importa si vemos las noticias?", preguntó mi madre.

"Está bien. ¿Cómo te sientes hoy?", pregunté.

"Estoy bien". Mi madre todavía tenía moretones en sus muñecas por estar atada a la mesa de operaciones.

Pude escuchar a la presentadora en la televisión decir: "Hoy Howard Jefferson será encerrado de por vida por la muerte de más de quince pacientes con enfermedades mentales que habían desaparecido. Sus restos fueron encontrados en su propiedad. Los expertos sospechan que podría haber más víctimas que aún no se han encontrado. Las cenizas de los fallecidos también fueron confiscadas junto con las herramientas sádicas que utilizó en ellos".

267

El canal de noticias reprodujo un clip de vídeo de Howard siendo colocado en la parte trasera de un automóvil policial. Ya no tenía esa mirada oscura en sus ojos como cuando el Dr. Ransteen tenía el control. Había dejado el cuerpo de Howard poco después de ser capturado. Él podía saltar a cualquier cuerpo en cualquier momento, así que eso significaba que aún tenía trabajo por terminar.

"Howard Jefferson fue responsable de la muerte de su novia, Lavinia Holland, hace más de ocho años. Los investigadores creen que se había obsesionado con un hombre llamado Dr. Ransteen y sus experimentos durante el tiempo que Lavinia había estado investigando sobre las prácticas poco éticas de este médico. Vivían en la misma casa que alguna vez fue la institución mental del médico. Los investigadores creen que Howard comenzó a imitar sus experimentos.

Una oscuridad se retorció en la boca de mi estómago. El pobre Howard no hizo ninguna de estas cosas, y aun así tuvo que pagar el precio por ser poseído. Esa culpa se quedaría conmigo para siempre. La mujer en la televisión continuó diciendo que los investigadores encontraron los huesos de los pacientes mentales desaparecidos de la práctica del Dr. Ransteen en mi propiedad, y fueron confiscados. Al menos una parte del ritual que tenía que hacer para revertir sus poderes estaba hecho. De esta manera, no tendría fuerzas suficientes para volver tan pronto. Aun así, necesitaba volver a esa casa antes de que fuera demasiado tarde.

"¿Alguien quiere un té?". Christina entró en la sala de estar sosteniendo una bandeja de tazas con una tetera humeante.

Mi mamá se sentó y sonrió. "Oh, gracias querida. Tu ayuda ha sido apreciada. Mi esposo no puede cuidar de mí y de Ted".

Christina sonrió mientras colocaba suavemente la bandeja sobre la mesa de café. "No es problema. Cuando Ted finalmente decidió pedir mi ayuda, aproveché la oportunidad". Se rio ligeramente. "Puede ser terco".

Mi madre se rio. "Oh, que si lo sé".

Me ardía la cara y masticaba el interior de la mejilla. "Sí, sí".

Mi madre me dio una sonrisa juguetona. Después de tomar un sorbo de su té, preguntó: "¿Cuándo volverá tu padre de la tienda?".

Miré mi reloj de pulsera. "Se fue hace aproximadamente una hora. Se necesita tiempo para subir y bajar la montaña, por lo que debería estar en casa dentro de una hora más o menos. Más tarde, hoy, tengo que pasar por mi casa para recoger algunas cosas".

"¿Ya tienes permitido volver allí?", preguntó mi madre con preocupación. "¿No es todavía una escena del crimen?".

"¿Es incluso seguro entrar allí después del incendio?", preguntó Christina

Me senté para alcanzar mi té. El dolor en mi costado estaba adormecido por las píldoras, lo que hizo que moverse fuera más fácil. "No bajaré al sótano. Yo solo necesito tomar algunas cosas. Además, ya recogieron todos los cuerpos. Estoy seguro de que está bien ahora".

"Iré contigo, entonces", dijo Christina. Ella había sido de gran ayuda para mi familia y para mí la semana pasada. Fue una de las primeras personas en visitarme en el

269

hospital, además de mi padre y mi hermana. Ella estuvo a mi lado todo el tiempo mientras estuve allí, y durante mi breve estadía en el hospital, había llegado a confiar en ella. Era mucho más que una chica con la que salía. Se había convertido en alguien en quien podía confiar, lo cual era un concepto nuevo para mí. Por qué quería ayudar a un hombre con el que apenas comenzó a salir, no tenía idea. Intenté preguntarle una vez, y todo lo que hizo fue sonreír y besarme.

Christina y yo decidimos irnos antes del anochecer cuando mi padre llegó a casa de la tienda. Puse un mazo en el maletero del auto de Christina, y ella me llevó a Saratoga Springs.

"No puedo creer que hayas pasado por todo esto", dijo después de unos momentos de silencio.

Observé los robles que pasaban mientras corríamos por la montaña. "Tampoco puedo a veces".

"Fuiste a salvar a tu madre, ¿verdad? Y luego quedaste atrapado en todo eso".

Apreté mis labios juntos. Yo no sé si alguna vez le diría la verdad porque, incluso, tenía dificultad para digerir todo. "Si. Algo así".

"Me alegra que estés a salvo ahora". Ella me miró y extendió su mano para sostener la mía. Ese simple toque me tranquilizó, y tiernamente apreté mi mano alrededor de la suya.

Cuando llegamos a la mansión, noté que el lado izquierdo estaba carbonizado desde la ventana del sótano, y las rayas oscuras subieron por el costado de la casa como púas. La cinta amarilla había desaparecido de la puerta principal, lo que me hizo creer que la casa ya no estaba involucrada en la investigación. Hice que Christina abriera el maletero para poder sacar el mazo de mi padre. Hice una mueca cuando colgaba a mi lado.

"¿Necesitas mi ayuda?", preguntó Christina

Sacudí la cabeza.

Cuando entramos, sabía a dónde ir. Primero fui a la cocina a tomar un cuchillo, y luego bajé directamente al sótano.

"Pensé que habías dicho que no ibas a venir aquí", dijo Christina.

"Lo sé, y lamento haber mentido. Simplemente no quería que mi madre se preocupara". Vi el ladrillo en ruinas gracias al fuego. Seguía en pie, pero ahora estaba descolorida y debilitada. "Apártate", le dije a Christina. Levanté el martillo y gemí cuando golpeé el ladrillo. Lo dejé caer a mi lado y respiré hondo.

"Puedo ayudar", dijo. La preocupación se filtró en su voz.

Nuevamente, sacudí la cabeza y apreté los dientes al levantar el martillo para golpear la pared nuevamente. Esta vez, el ladrillo se rompió más fácilmente. Todo lo que necesitaba eran unos pocos rotos. Dejé caer el martillo al suelo y comencé a arrancar el ladrillo. Se hinchó una nube de polvo y tosí. "Pásame un balde", le dije. "Debería haber uno en algún lugar aquí".

Christina miró alrededor del sótano y encontró un viejo cubo de hojalata para entregarme.

Usé el cuchillo para apuñalar el mortero para aflojar los ladrillos y sacarlos más fácilmente. Mientras lo hacía, se derramó una oleada de polvo gris parduzco, que utilicé en el cubo para recoger.

"¿Qué es esto?", preguntó Christina. "¿Es del fuego?".

Usé mi mano para recoger el resto de las cenizas. Sentí un gran levantamiento de peso no solo de mí, sino de la casa misma. El sol parecía brillar más a través de la pequeña ventana. "Es una historia larga, pero la explicaré algún día. Es para liberar la casa de una carga pesada", dije.

Aunque ella no entendió, todavía me dio una pequeña sonrisa. "¿Quieres mi ayuda?".

Me rendí y le entregué el cubo. "Sostén esto mientras vierto las cenizas en él".

Sabía lo que haría con las cenizas de las víctimas. Los llevaría a un hermoso lugar para ser libres. Donde podían ir a donde quisieran y vagar por la Tierra si eso querían, y sabía que la liberarlos en el océano sería la única manera de hacerlo.

Noté que detrás de algunos de los ladrillos estaban esos símbolos que fueron utilizados por el Dr. Ransteen para encerrar las almas. Me propuse aplastarlos más tarde por si acaso. "Sé que esto puede parecer tonto o supersticioso", dije. "Pero después de todo lo que he pasado, no es práctico no serlo".

Más tarde ese día, recogimos algunas flores y visitamos el cementerio de Saratoga Springs. Caminamos hacia los marcadores donde descansaban Lavinia y Mónica. Habían recuperado los restos de Mónica y los enterraron junto a su hermana. Después de colocar las flores sobre sus tumbas, me paré al lado de Christina y le tomé la mano. Entonces, la idea de lo que dijo el Dr. Ransteen se hizo cargo de mis pensamientos:

No puedes tener la luz sin la oscuridad.

Todo en la vida causó un efecto dominó. ¿Podría ser que todo lo que me pasó fue para asegurarme de que obtuve lo que siempre quise? La chica de mis sueños, poder cuidar a mi madre y descubrir quién era yo como persona y qué quería de la vida. ¿Fue lo que me pasó a mí, a Mónica y a Howard era necesariamente malo? Miré a Christina y comencé a sonreír. Estaba donde quería estar, pero sabía que, a mis ojos, el mundo nunca sería el mismo.

El Fin